밀리언

MILLION CROWN

크라운 1

타츠노코 타로 지음
코게차 일러스트

eXtreme novel

C O N T E N T S

MILLION CROWN

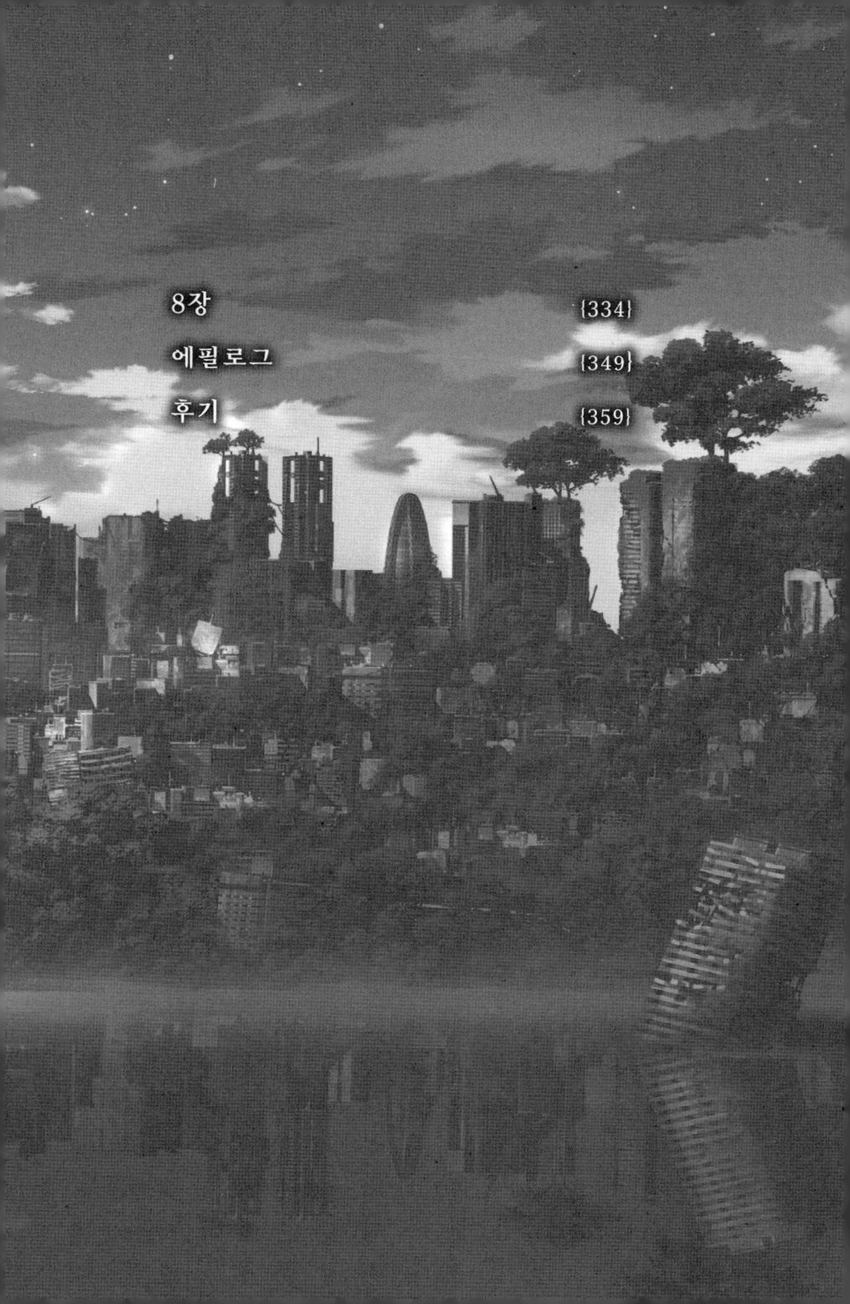

─별의 바다를 헤엄치는, 백경(白鯨) 같다.

　구름 사이로 고개를 내민 초승달을 보며 그는 문득 그런 생각을 했다.

　달에서 새어 나온 빛이 백경이 일으킨 물보라 같다는 착각이 들었기 때문이리라.

　열대야로 인해 몽롱해진 머리로 한 생각이었다면 제법 시적으로 느껴졌겠지만 지금은 딱히 그렇지도 않았다.

　살며시 쓴웃음을 짓고 있던 그─시노노메 카즈마(東雲一眞)는 고개를 가로저었다.

　'…슬슬 날이 밝으려나.'

도시유적─루인즈 시티 앞바다에 정박한 보트 위에서 지급된 회중시계를 품속에서 꺼내 확인했다. 동시에 수평선이 서서히 붉어지는가 싶더니 별하늘의 빛이 일제히 물러나기 시작했다.

　짙은 감색을 띠었던 바다가 햇볕을 쬐어 점차 밝아졌다.

　푸르게 빛나는 입자체─나노머신이 바닷바람과 함께 호를 그리며 카즈마의 뺨을 쓸고 코를 간질였다. 온화한 기후라고는 하나 이 시간대의 바닷바람은 다소 쌀쌀하다. 약간 옷을 얇게 입고 온 것 같다.

　카즈마와 함께 보트 위에서 모포를 뒤집어쓰고 있던 어린아이 둘이 그의 옷소매를 붙잡더니 불만스럽게 입술을 삐죽거렸다.

　"있지있지, 브라더!! 그만 철수해도 되지 않아?! 밤바람 무진장 차가운데?!"

　"맞아맞아, 브라더!! 야간 경비 정도는 대충 해도 되잖아!"

　"…안 돼. 조금만 더 있으면 동이 트니 참아."

　카즈마가 쓴웃음을 지은 채 고개를 가로젓자 두 인물─쌍둥이 자매로 보이는 두 소녀가 그 귀여운 입술을 삐죽거리며 항의했다.

　두 사람의 나이는 열두 살 정도 되어 보였다.

　황갈색 머리카락이 특징적인 쌍둥이는 둘 다 비슷한 모양으로 머리를 묶고 있어서 언뜻 보면 동일인물 같았다. 트윈테일로 묶은, 색이 다른 리본만이 두 사람을 구분 짓고 있었다. 지인이라도 헷갈릴 정도로 똑 닮은 쌍둥이다.

쌍둥이는 서로 거울에 비친 모습처럼 입술을 삐죽 내민 채 토라진 아이처럼 다리를 버둥거리며 불평을 했다.

"브라더는 참 성실해. 3주 전과 같은 규모의 대습격은 그렇게 흔치 않은데."

"시스터는 불성실한걸. 가능성이 전혀 없지는 않으니 경비를 서서 주민들을 안심시키려는 거잖아. …뭐, 우리가 꽝 제비를 뽑은 것 같아서 좀 억울하긴 하지만."

우으으, 쌍둥이 자매가 이를 갈았다. 그는 그런 두 사람을 무시하고 계속해서 수평선을 바라보았다. 오늘도 햇볕이 쨍할 것 같다.

올해는 장마전선이 작년보다 오래 머무른 탓에 한동안 무더운 날씨가 지속될 것이라고 한다.

흔히들 도쿄의 여름은 숨이 턱턱 막히도록 더워서 말 그대로 사람이 쪄 죽을 정도라고 한다.

그 살인적인 기후는 현대의 도쿄에서도 여전히 맹위를 떨쳐서 한산한 그의 방도 찌는 듯한 열기와 습도로 인해 찜통으로 돌변해 있었다.

늦은 밤에 갑작스럽게 출동한 것이 다행인지도 모른다.

바닷바람은 열대야로 달아오른 몸을 적당히 식혀 주었다. 이제 아무 일 없이 기숙사로 돌아가서 한숨 잘 수만 있다면 더 바랄 것이 없을 것이다.

'그렇긴 해도, 역시 좀 쌀쌀하군.'

쌍둥이처럼 어깨에 모포를 둘렀다.

적이 새벽에 습격해 올 가능성을 우려하여 출동한 것이었지만 파도는 여전히 잔잔했다. 아무 일 없이 해가 뜨면 철수 명령이 떨어질 것이다. 그런 생각을 하고 있는데 가슴께에 달아 둔 통신기에서 경쾌한 소리가 들려왔다.

삐삐삐. 단조로운 소리를 내는 통신기를 집어 들고 상대가 말하기를 기다렸다.

뜻밖에도 통신기에서는 방울소리처럼 맑고 귀여운 소녀의 목소리가 들려왔다.

[수고했어, 카즈 군. 혹시 해수면에 외적 같은 게 보여?]

"아니, 아무것도 안 보여."

[그렇구나. 그럼 등대지기가 잘못 본 걸 수도 있겠네. 따뜻한 스프를 만들고 있으니까 슬슬 돌아와.]

"알겠어. …그런데 나츠키."

응? 의아하다는 투의 답변이 돌아왔다.

무전기 너머에서 작은 동물처럼 고개를 갸웃하고 있을 그녀의 모습을 머릿속으로 상상하며 시노노메 카즈마는 망설이는 투로 물었다.

"혹시, 밤새 기다린 건가?"

[……? 그랬는데?]

그게 왜? 라고 묻는 듯한 답변이 돌아왔다. 하지만 시노노메 카즈마는 그녀가 당연하다고 생각할 그러한 배려가 너무도 따뜻하게 느껴졌다.

그렇다면 더 이상 지체할 이유는 없을 듯하다. 따뜻한 식사와 동료가 기다리고 있지 않은가.

쌀쌀한 연안에서 바닷바람이나 쐬고 있을 때가 아니다.

"알겠어. 금방 그쪽으로 돌아갈게. 함께 스프를 먹도록 하지."

[알았어. 돌아오려면 얼마나 걸릴 것 같아?]

"공원과 도쿄 만 주변을 대충 둘러보고 나서 돌아갈 예정이니까, 그렇게 오래….″

걸리지는 않을 거라고 말하려 했으나 결국 끝을 맺지 못했다.

바다를 등지려던 카즈마의 시야에 이질적인 물체가 비쳤기 때문이다.

말을 멈춘 카즈마는 의아한 눈으로 그것을 응시했다. 통신기 너머에 있는 그녀—카야하라 나츠키(茅原那姬)라 불리는 소녀도 무슨 일이 일어났음을 바로 알아채고는 긴장된 목소리로 물었다.

[…왔어?]

"아니, 바다에서가 아니야. 유적의 얕은 여울… 거대수(巨大樹) 안에 뭔가가 있었어."

[거대수… 야마츠미 님의 거목* 아냐? 환기탑 위에 돋아나 있지는 않아?]

"환기탑? 뭐지, 그게? 환경제어탑 같은 건가?"

[그렇게 거창한 건 아니고. 도쿄 내 지하철이랑 지하도 같은, 지하미궁의 공기조절을 위한 시설 아니었을까? 수몰된 지금은 가동되고 있지 않지만.]

카즈마는 그 단적인 설명에 귀를 기울였다.

도시유적의 해저공원─지금은 바닷속에 가라앉아 있지만 약 15만 5천 제곱미터라는 광대한 부지를 지닌 도영광장(都營廣場)을 말한다. 환기탑은 그 한구석에 높이 솟은 하얀 건조물이다. 도쿄 항 터널의 공기를 조절하는 역할을 맡은 이 탑은 광장의 경관을 유지하기 위해 겉면을 하얗고 아름답게 도장해서, 척 보면 빼어난 경관을 과시하기 위한 조형물로만 보일 것이다. 하지만 대부분이 침수되고 침몰되는 바람에 환기탑은 이제 완전히 기능이 정지된 상태다.

해수면에서 뻗어 나온 긴 덩굴이 폐기된 탑 전체를 뒤덮듯 에워싸고 있었다.

"그랬군…. 저 하얀 탑이 그런 역할을 했었다니."

[후후, 카즈 군도 모르는 게 다 있었네. 살짝 의외인걸?]

※야마츠미 님의 거목 : 일본 신화에 등장하는 '오오야마츠미'를 이르는 것으로 보인다. 신도에서 신앙의 상징으로 삼기도 하는 신목(神木)을 그에 빗댄 것.

"그거야말로 뜻밖의 말이야. 난 모르는 것투성이인데. …그래서, 어쩔까? 위험한지 어떤지 확인하는 게 좋을까?"

카즈마는 자세를 낮추고 허리에 차고 있던 검의 칼자루에 손을 대어 임전태세를 갖춘 채 하얀 탑을 주시했다.

파릇파릇하게 돋아난 이파리 아래로 풍화되어 금이 간 하얀 건조물의 모습이 보였다.

오랫동안 방치된 탓에 햇볕에 그을린 부분도 곳곳에 보였지만 본래의 청결감이 감도는 건축양식은 그대로 남아 있었다.

폐허가 된 환기탑은 불한당들이 모습을 감추기에는 최적의 장소일 것이다.

상황을 대충 파악한 나츠키는 잠시 생각한 끝에 나직이 중얼거렸다.

[그곳에 사는 거주자일 것 같지는 않네. 밤을 틈타서 도굴이라도 하는 걸까?]

"역시 도굴 같은 걸 하는 녀석들도 있나 보지?"

[어라, 말 안 했던가? 과거의 기호품은 비싼 값에 거래돼서 유적을 터는 사람들이 꽤 많아. 해양원정군이 공인되지 않은 사람들의 미개지 침입을 금지하고 있는 건 그런 이유에서고.]

"…과연. 그래서 추오(中央) 구와 미나토(港) 구가 출입금지 지역인 건가."

[응. 집정기관이 있었던 추오 구랑 부유층이 살았던 미나토 구

의 유적, 환락가에는 값나가는 물건들이 많으니까. 도굴꾼일지도 모르니 일단 확인해 보는 게 좋겠어. 셋이서 괜찮겠어?]

"문제없어."

지시를 받은 시노노메 카즈마는 즉시 답하고는 벨트에 차고 있던 칼을 칼집에서 뽑았다. 오른손에 장착된 B.D.A를 가동하자마자 도신이 그의 피에 호응하여 황황히 빛났다.

ㅡ고동이, 가속되기 시작했다.

일본도 특유의 물결무늬가 고동에 맞춰 신비롭게 번뜩이며 모든 것을 단칼에 가를 듯 날카로운 빛을 내뿜었다.

자루 부분을 통해 그의 핏속에 섞인 성진입자체ㅡ아스트랄 나노머신을 흡수한 칼날의 물결무늬가 발광하기 시작했다. 성진입자체는 물질계의 빈틈을 메우듯 퍼져 나가 그가 든 칼에 결합 한계를 초월한 경도를 가져다주었다.

카즈마가 임전태세에 돌입했음을 알아챈 카야하라 나츠키는 조용히 격려를 해 주고서 통신을 종료했다.

[그러면 카즈 군. 히비키랑 후부키를 데리고 유적을 조사해 줘.]

"알겠어."

카즈마는 통신이 끊겼음을 확인하고서 통신기를 원위치에 돌려놓았다.

그리고 살며시 쓴웃음을 지었다.

'…도쿄 항 터널의 환기탑이 **유적**이고 지하철이 **미궁**이라.'

거창한 표현이라 생각했지만 현대에는 그렇게 불릴 만도 하다고 생각을 고쳤다.

시노노메 카즈마는 정신을 다잡고 다시 환기탑으로 시선을 돌렸다. 모포를 두르고 있던 쌍둥이 소녀—히츠가야 히비키(日番谷響)와 히츠가야 후부키(日番谷吹雪)는 조금 전까지 야단을 떨던 모습에서 일변해 그의 지시를 기다리고 있었다.

시노노메 카즈마도 쌍둥이와 잠시 시선을 마주치고 지시를 내렸다.

"히비키, 후부키. 저 하얀 탑을 조사하자. 보트를 붙여 줘."

"라저, 브라더!"

"오케이, 브라더!"

언니인 히비키에 이어 동생인 후부키가 답했다.

잘못 본 것이었으면 했지만 어릴 적부터 시력에는 자신이 있었다. 하물며 동이 채 트지도 않은 이른 시간에 거주구획인 신주쿠에서 멀리 떨어진 유적으로 발길을 옮길 사람은 없을 것이다.

십중팔구 도시 밖에서 온 외부인일 것이다. 사실 몸을 숨긴 채접근하고 싶었지만 유감스럽게도 주변에는 몸을 숨길 만한 곳이 없었다. 뽑아 든 칼을 움켜쥐고서 보트를 천천히 전진시켰다.

여명을 밝히는 해는 확실히 솟아오르고 있었다.

해수면은 동이 트는 것과 동시에 거칠게 요동치기 시작했다. 그로 인해 주변 광경이 선명하게 눈에 비쳤다. 도시 외곽에 만들어진 공원은 바다 밑에 가라앉았고 놀이를 위해 준비된 수많은 놀이기구들은 바닷말로 뒤덮여, 이제는 어린 물고기들의 은신처가 되었다.

생태계도 상당히 바뀌지 않았을까, 그런 생각을 하며 바다로 시선을 주었다.

바다는 희미한 빛만 비춰도 선명하게 보일 정도로 투명했다.

민물고기와 바닷고기를 가리지 않고 대부분의 어린 물고기들이 플랑크톤 대신 성진입자체를 흡수하게 되었고 그 영향은 결코 적지 않았다.

도쿄 만이라는 것이 믿기지 않을 정도로 맑디맑은 수면을 통해 바다 밑을 들여다본다.

놀이를 위해 만들어진 놀이기구들 사이로 도롱뇽처럼 보이는 생물이 보였다. 하지만 그 표피는 투명감 있는 흰색을 띠고 있어 낯선 생물로 변질된 듯했다.

신종 도롱뇽은 고개를 들어 시노노메 카즈마를 보더니 투명감 있는 표피를 모래 색으로 의태시켜 곧장 모습을 감추고 말았다. 바닷속에서 잽싸게 도망치는 신종 도롱뇽을 배웅하던 시노노메 카즈마는….

'과학만능주의도 장단점이 있구나'라는 생각을 하고서 환기탑으로 시선을 옮겼다.

얕은 여울을 발견한 카즈마는 쌍둥이를 그곳에 대기시키고는 혼자서 환기탑으로 향했다. 만에 하나 도굴범을 놓치더라도 두 사람이 밖에서 대기하고 있으면 포위할 수 있을 거라는 생각일 것이다.

시노노메 카즈마는 혼자서 보트를 몰아 환기탑에 붙였다.

보트를 붙인 것까지는 좋았지만… 이거, 어떻게 안으로 들어가야 할까?

거목 위까지 올라가려면 건물을 뒤덮고 있는 덩굴을 좌우로 헤치고 올라가서 창문으로 들어가는 것이 가장 확실한 방법일 것이다. 하지만 뛰어들자마자 기습을 받을 가능성도 고려해야만 한다. 신중해서 나쁠 것은 없다. 동트기 전의 어스름 속에서 덩굴을 오르기 시작한 순간, 카즈마는 강렬한 충격을 받았다.

"윽?!"

갑작스런 일이었다.

초고속으로 날아든 철괴에 맞은 듯한 충격이 그를 엄습하는 바람에 카즈마의 몸이 해수면에 튕기며 날아갔다. 거대한 통나무나 철골이 빠른 속도로 부딪친 듯한 충돌음이 바닷가에 울려 퍼졌다.

예상치 못한 습격을 받은 카즈마는 물수제비를 일으키며 연신 튕겨 나가다가 바다에 가라앉았다.

인체를 물수제비가 일어나도록 날아가게 하는 것은, 어지간한 힘으로는 불가능하다.

가옥을 해체하는 크레인용 철구에도 이만한 파괴력은 없을 것이다. 엄청난 중량과 속도로 가해진 일격은 인체를 산산조각 내고도 남음이 있을 정도의 파괴력을 지니고 있었다.

카즈마를 날려 버린 환기탑의 주인은 그 굵디굵은 **다리**를 달각달각 움직여 건물 안으로 숨어들었다. 다관절로 된 다리이기에 가능한 그 움직임이 환기탑 주인의 정체를 부각시켜 주었다.

순간 어슴푸레한 환기탑 안에서 여덟 개의 새빨간 눈이 빛났다.

도굴을 꾀한 인간이 상대일 줄 알았던 카즈마로서는 환기탑 주인의 정체가 뜻밖이 아닐 수 없었을 것이다.

거대한 여러 개의 눈과 철골과도 같은 여덟 개의 다리를 지닌 그것은 명백하게 인간이 아니었다.

탑의 주인이 실내에 친 하얀 실은 강력한 점착성과 강도를 지녔으리라. 이 실에 묶이면 그대로 환기탑 주인의 먹잇감이 될 운명에 처하게 될 것이다.

시노노메 카즈마가 일격에 분쇄된 것은 행운이었을지도 모른다.

만약 실내에 들어섰다면 실에 묶인 후 신경독으로 인해 자유를 빼앗긴 끝에, 거대한 턱에 잘려 잡아먹혔을 테니. 환기탑의 주인은 철골로 착각할 정도로 튼튼한 다리를 익숙하게 접더니 큰턱 아래 달린 독침을 내밀었다가 원위치시키기를 반복하며 잠자리로 돌아갔다.

"……."

순간, 환기탑의 주인이 걸음을 멈췄다.

반사적으로 공격하기는 했으나 오랜만에 만난 양식을 분쇄할 이유가 어디에 있다는 말인가. 습격자가 하잘것없는 상대라면 자신의 둥지로 유인해 붙잡으면 그만이 아닌가.

기습을 해 가면서까지 습격자를 제거해야만 했던 이유. 그것은 포식자로서의 직감이었다. 지금 처치해야만 한다는 압도적인 위기감이 환기탑의 주인을 움직이게 했던 것이다.

원시적인 수준의 뇌로는 그 이유를 논리적으로 밝혀낼 수가 없었다.

만약 그 이유를 밝혀낼 만큼의 지능이 있었다면 환기탑의 주인에게도 살아남을 가능성이 있었을지도 모른다.

폐허가 된 이 탑에 붉은 사신이 발을 들인 그 순간까지는.

"…놀라운걸. 지금 시대에는 이렇게 커다란 **거미**까지 있는 건가."

달그락! 탑의 주인이 놀라서 몸을 움찔했다. 그곳에는 조금 전에 기습하여 분쇄했을 터인 청년─시노노메 카즈마가 신기하다는 눈빛을 한 채 서 있었다.

"……?!"

지능이 낮은 거대거미도 이 이변에는 민감하게 반응할 수밖에 없었다.

하지만 카즈마의 모습을 본 거대거미는 다시 한번 놀랐다.

습격했던 먹잇감이 살아 있기만 한 것이라면 차라리 납득이 되었을 것이다. 온갖 천운이 도우면 겨우겨우 살아남았어도 이상할 것은 없다.

하지만 이 방문자는 사지가 멀쩡한 것은 물론이거니와 외상으로 여길 만한 것이 전혀 보이지 않았다. 거대거미가 아는 인간은 그렇게 튼튼하게 되어 있지 않다.

인간치고는 이상하기 그지없을 정도로 튼튼하다.

탑의 주인은 경계심을 끌어올리며 거미 특유의 여덟 개의 눈으로 침입자를 쳐다보았다.

수평선에서 떠오르는 새벽 해를 등진 채 선 시노노메 카즈마는, 눈이 부시도록 산뜻한 빛을 띤 진홍색 가죽 재킷을 펄럭이며 탑의 주인을 바라보고 있었다.

"거대거미라. 사람에게 무해하다면 내버려 둬도 상관없겠지만 그럴 수는 없겠군. 방금 전 공격은, 내가 아니었다면 죽었을걸."

비난이라도 하듯 입술이 비죽 나와 있었다. 하지만 객관적으로 보자면 이렇게 비난이나 할 상황이 아니었다. 거대거미의 몸길이는 5미터도 더 되었고 다리까지 포함시키면 전체 길이가 20미터는 될 듯했다.

요령껏 몸을 접어 건물 안에 들어가 있기는 하지만 그 다리 하나하나가 크레인에 버금가는 괴력을 감추고 있으리라는 것은 누구의 눈에도 분명했다.

하지만 그는 탑의 주인을 똑바로 바라본 채 당당하게 한 걸음을 내디뎠다.

무예에 소양이 있는 자가 보았다면 그 자세가 치열한 수련과 단련을 통해 숙달된 것임을 알 수 있을 것이다. 하지만 당연하게도 거대거미는 그러한 사소한 차이를 분간할 방도가 없었다.

하지만 여덟 개의 눈은 그 자연스러운 행동거지에서 뿜어져 나오는 위압감을 또렷이 감지해 냈다.

「——!!!」

거미에게 존재할 리 없는 발성기관이 절체절명의 위기감에 이상한 소리를 질렀다.

큰턱 아래 감춰진 독침을 훤히 드러낸 채 몹시 격렬하게 거미줄을 뿜어냈다. 폭포처럼 쏟아지는 허연색 비가 카즈마를 덮쳤지만 그는 칼을 번쩍 치켜든 채 미동도 하지 않았다.

똑바로 칼을 치켜든 팔에 힘이 실렸다.

그 검을 내려친 직후, 대기에 강렬한 균열이 퍼져 나갔다.

「GE——EEEEYAAAaaaaaa!!!」

거대거미가 뿜어낸 거미줄은 폭풍 앞의 지푸라기처럼 흩어졌다.

하지만 거기서 끝이 아니었다. 균열은 거대거미의 거구에까지 도달하여 여덟 개의 다리 중 두 개를 베어 냈다. 절단면에서 체액이 분수처럼 솟구쳐 환기탑의 벽을 어지럽게 물들였다.

탑의 주인은 그제야 이해했다. 이해하지 않을 수 없었다.

자신이 현재, 죽을 위기에 처했음을.

「GEEEEEYAAAaaaaaa!!!」

거대거미는 거품을 문 채 도망치기 시작했다.

하지만 카즈마는 놓아주지 않고 빠르게 돌진했다. 그는 거대거미의 다리를 아무렇지도 않게 붙잡더니 힘을 약간 줘서 끌어당겼다. 그는 놓치지 않을 정도로만 힘을 줬다고 생각했지만, 그렇지가 않았다.

움켜쥐었던 거대거미의 다리는 맹수의 습격을 받기라도 한 듯 근섬유를 사방에 흩날리며 거칠게 **찢어졌다.**

"…아."

낭패다. 카즈마는 혀를 찼다.

놓치지 않기 위해 다리를 잡아당긴 것인데… **찢어 버려서는 의미가 없다.**

거대거미는 그와 대조적으로 지금까지 냈던 소리보다 큰 비명을 지르며 쏜살같이 달아났다. 지능이 낮은 짐승이라도 이 침입자가 이상하다는 것을 느낄 수는 있었다.

─이 먹잇감은, **뭔가 이상하다.**

포식자로서의 본능이 호소했다. 이런 인간이 존재할 리가 없다.

단칼에 공기를 가르고 거대거미의 다리를 힘으로 찢다니.

그것은 불가능한 일이다. 그런 인간은 존재하지 않는다. 존재할 리가 없다.

압도적인 전력차 앞에서 거대거미는 체액을 흩뿌리며 도망쳤다. 그리고 낮은 지능으로 몇 번이고 반추했다. 탑의 주인으로서의 위엄은 버린 지 오래다.

포식자와 먹잇감의 입장은 이미 역전되었다. 상대는 철골 같은 다리를 **찢을 수 있는** 인간이다. 이 붉은 옷을 입은 남자가 제대로 싸우면 단칼에 몸이 두 동강 날 것이다.

창문을 통해 달아난 거대거미는 뒤도 안 돌아보고 환기탑의 옥상을 향해 달렸다.

옥상에 위치한 거목까지 올라간 거대거미는 점착성이 강한 실을 뿜어내어 주변을 에워쌌다.

복잡하게 뒤엉킨 나무뿌리 틈새에 매우 두꺼운 거미줄 벽을 만들었다.

거목의 뿌리에 발을 들이면 거미줄에 붙들릴 테니 그 즉시 움직임을 봉할 수 있을 것이다. 거대거미는 요격태세를 갖추고서 조용히 적대자를 기다렸다.

신경독이 발라진 예리한 독침을 포탄처럼 쏘면 아무리 적이 강대하다 해도 행동의 자유를 빼앗을 수 있을 것이다. 그렇게 한 뒤에 천천히 사냥감을 산 채로 잡아먹고 상처를 치유하면 그만이다.

올 테면 와라. 거대거미는 큰턱 아래 숨겨 둔 독침을 쏠 준비를 했다.

그때 문득 탑 안에서 목소리가 들려왔다.

"'Override(한정해제), in Far East Crown(극동의 왕관)'."

여명의 정적이 일대를 가득 메웠다.

모든 소리가 사라진 그 순간, 별빛보다 눈부신 섬광이 탑 안에서 터져 나왔다.

수평선에서 떠오른 태양으로 인해 대기 중에 산포된 푸른빛을 띤 성진입자체가 모습을 드러냈다. 그것은 말 그대로 빛의 파도라 해도 과언이 아닌 광경이었다.

빛나는 입자는 소용돌이치며 거친 파도처럼 시노노메 카즈마의 도신으로 향한다. 그가 숨을 한 번 내쉴 때마다 칼날의 물결무늬가 빛을 내뿜었다 빨아들였다.

빛의 입자를 여러 개의 겹눈으로 본 거대거미는 굳어진 채 어떠한 예감에 사로잡혔다.

—이 빛으로부터는, 도망칠 수 없다.

어리석은 짐승의 몸으로도 이것이 초자연적인 힘의 현현이라는 것을 느낀 것이리라.

이 빛의 입자가 방출되면 오장육부를 흩뿌리며 스러질 수밖에 없다. 경직되어 있던 거대거미는 이 붉은 옷을 입은 남자가 자신에게 죽음을 가져다줄 존재임을 알고 단말마의 비명을 질렀다.

「GEEEEYAAAaaaaaa!!!」

탑 안에서 섬광의 파도가 밀려들었다. 그것이 거대거미가 본 마지막 광경이었다.

밑에서 흘러넘친 빛은 하늘을 찌를 듯 치솟아 샛별을 꿸 기세로 뻗어 나갔다.

*

그 후 시노노메 카즈마는 잔해 위에서 주변을 확인했다.

건물이 붕괴되어 먼지가 날리기는 했지만 새벽의 바닷바람에 금세 쓸려 날아갔다. 시야가 트이자 카즈마는 거대거미를 쓰러뜨렸음을 확인하고서 가볍게 어깨를 돌렸다.

그리고 거대거미가 잡아먹고 남은 인간의 뼈를 한데 모아 불태웠다.

요란한 소리를 내며 타오르는 불꽃은 거미의 독액으로 형태가 허물어진 뼈를 눈 깜짝할 새 잿더미로 바꾸어 놓았다.

이 정도면 머지않아 모두 다 재가 되어 줄 것 같다.

카즈마는 잠시 기다렸다가 허물어진 뼈를 부수고 재를 모아서 간소하게 해장(海藏)을 지낼 준비를 하기 시작했다. 정식 장례법을 모른다는 것이 난점이기는 했지만 하지 않는 것보다는 나을 것이다.

하지만 그러던 도중에 통신기가 삐삐삐, 하고 경쾌한 소리를 냈다.

카즈마는 재를 모으던 작업을 중단하고 통신에 응답했다.

잠시 후, 카야하라 나츠키의 목소리가 들려왔다.

[수고가 많아, 카즈 군. 역시 도굴꾼이었어?]

"아니, 커다란 거미였어. 위험해 보이기에 처리했고."

[거대거미? 곤충형 거구종(Gigant)? …으음, 잘 모르겠네. 그렇게 위험한 곤충형이 있었다면 보고가 들어왔을 법도 한데. 어쨌든 한 건 했네, 카즈 군.]

실감이 나지 않는다는 듯 머리를 긁적이며 그 솔직한 칭찬을 받아들였다.

두 사람 사이에 잠시 침묵이 흘렀다. 나츠키는 조용한 목소리로 물었다.

[어때? 조금은 이 시대의 생활에 적응이 됐어?]

"…글쎄. 아직 약간 얼떨떨한 것 같은데."

얼떨떨한 것은 지금도 마찬가지였다. 카즈마에게 거대한 거미며 바다에 가라앉은 도시는 여전히 실감이 나지 않는, 꿈속 광경처럼만 느껴졌다.

무너져 내린 탑의 꼭대기에서 도시유적을 쳐다보았다.

그 풍경은 박물관에 장식된 잘 만들어진 디오라마 같았다.

"나는… 아직 이 시대에 관한 이해가 부족한 것 같아."

[그렇구나. 뭐, 천천히 적응해 나가면 돼. 나는 물론이고 개척부대 사람들도 도와줄 거야.]

"고마워. …따뜻한 스프, 기대하도록 하지."

밝게 자신을 격려하는 목소리에 카즈마는 살며시 고개를 끄덕이고서 통신을 끊었다.

카즈마는 칼을 칼집에 넣고는 가볍게 기지개를 켰다.

이걸로 오늘 경비 임무는 끝이다.

돌아가서 아침 식사를 하고 유적에 관한 확인 보고를 하면 일이 일단락된다. 그렇게 생각한 참에 소란스러운 쌍둥이가 시노노메 카즈마의 어깨에 달라붙었다.

"으아~!! 사고 쳤네, 브라더!"

"으엑~!! 단단히 야단맞게 생겼어, 브라더!"

양쪽 어깨에 두 사람 몫의 체중이 실렸다.

185센티미터를 넘는 카즈마의 어깨에 소녀 둘이 달라붙으면 필연적으로 매달리는 모양새가 될 수밖에 없었지만, 이 정도 중량은 그리 무겁게 느껴지지 않았다.

그 정도로는 단련을 했다.

오히려 카즈마는 두 사람의 말이 마음에 걸렸다.

척 보아도 위험할 것 같은 거대거미를 쓰러뜨렸는데 대체 어째서 꾸중을 들어야 한다는 말인가, 라는 생각에 못마땅한 듯 눈살을 구겼다.

쌍둥이는 빙긋빙긋 심술궂은 미소를 지은 채 카즈마의 양쪽 귀에 입술을 가져다 대고 중얼거렸다.

"미조사 유적 파손은 중죄라고, 브라더?"

"정당방위라도 설교 코스 확정일걸, 브라더?"

"……아."

다시 한번 주변을 확인했다.

거목과 유적이었던 탑은 카즈마가 내지른 일격으로 인해 윗부분이 무너져 있었다. 더불어 바다 위에 돋아나 있는 나무—야마츠미노키(山積樹)는 무단으로 파괴해서는 안 된다는 규정이 있었다.

랜드 맹그로브라 불리는 대수해역에 자라난 이 야마츠미노키는 바닷물을 깨끗한 물로 바꾸는 작용을 해서, 나무가 모아 둔 깨끗한 물이 귀중한 생활수로 쓰이고 있기 때문이다.

위험한 종을 제거했다고는 하나 도시국가에게는 귀중한 수원을 없앴으니 꾸중을 받아 마땅할 것이다.

골치 아프게 됐군. 카즈마는 머리를 싸쥔 채 한숨을 내쉬며 쌍둥이를 쳐다보았다.

"…역시, 혼날까?"

""당연하지!""

곧장 쾌활한 답변이 돌아오는 바람에 카즈마의 어깨가 더욱 축 처졌다.

밤샘 일을 하고서 듣는 설교는 아주 뼈에 사무칠 것이다. 따뜻한 스프는 물 건너갔다.

카즈마는 한숨을 내쉬며 조금 전에 불태웠던 재를 모아 주머니에 담았다. 쌍둥이는 그 모습을 의아하다는 눈으로 쳐다보며 물었다.

"음… 뭐야, 그거? 재?"

"유골. 여기 있던 거구종에게 잡아먹힌 사람들의 뼈를 태운 재지. 이름도 모르는 사람들이지만 하다못해 바다에 뿌려 주기라도 할까 싶어서."

전혀 알지 못하는 이들이지만 시신을 내버려 두자니 마음이 편치 않다.

이것도 인연이니 인간으로서 장사를 지내 주는 것이 도리라 생각한 것이리라.

"헤에… 브라더는 착하기도 하네."

"그렇다면 우리도 도와줄게! 셋이 같이 애도해 주면 죽은 사람도 더 좋아할 것 아냐."

두 사람은 어깨에서 뛰어내리더니 웅크려 앉아 재를 모으기 시작했다.

개척부대에 소속되어 위험과 이웃한 생활을 하고 있는 두 사람에게 카즈마의 행동은 뭔가를 생각하게 했으리라.

두 사람은 장난스러운 미소도 지운 채 카즈마를 돕기 시작했다.

세 사람은 조심스럽게 모은 재를 폐허가 된 탑의 가장자리에서 바다에 뿌렸다.

정체 모를 여행자는 재가 되어 사람으로서 애도를 받으며 바닷바람을 타고 퍼져 나가 바다에 가라앉았다.

순간 반짝이는 푸른빛이 일대를 가득 메우기 시작했다.

"와…!"

동생인 후부키가 빛나는 바람에 놀란 듯 탄성을 흘렸다.

입자체는 평소에도 희미한 빛을 내뿜기는 했지만 지금 눈앞에 있는 입자들은 평소보다 훨씬 강하게 빛나고 있었다.

옅은 빛을 내뿜는 반딧불이 같은 입자의 빛밖에 모르는 카즈마는 환한 빛을 머금은 큼지막한 입자를 움켜쥐며 언니인 히츠가야 히비키에게 물었다.

"푸른빛의 파도… 이것도 성진입자체인가?"

"맞아, 브라더!"

"아주 드물게 발생하는 동틀 녘의 대발광 현상이야! 흔치 않은 현상인데… 어쩌면 우리랑 같이 죽은 사람들을 애도해 주려는 건지도 몰라!"

쌍둥이 자매는 반짝반짝 빛나는 입자의 물결을 보고 들떠서 뛰어다녔다.

카즈마는 손바닥으로 날아든 빛나는 입자를 살며시 움켜쥐고서 멀리 보이는 수평선으로 시선을 주었다.

진혼의 빛이라고 하기에는 다소 밝은 감이 있었지만, 참가자가 달랑 세 명밖에 되지 않는 장례식이라 생각하니 이 정도 화려함도 괜찮을 듯싶다.

대충 장례를 마친 카즈마와 쌍둥이들은 오른손에 장착된 글러브형 B.D.A―혈중입자가속기(Blood accelerator)를 정지시켰다.

"…그렇군. 장례도 지내고 밤새 경비도 선 데다 거대거미도 퇴치했으니, 이 정도 상은 받아도 되려나."

""브라더는 돌아가면 혼나겠지만 말야!""

쌍둥이의 지적을 들은 카즈마는 얼굴을 찌푸렸다. 하지만 반론을 해 봐야 또 시끄럽게 굴 것이 뻔하다. 이 이상의 체력 소모는 피하고 싶었다.

세 사람이 대화를 나누는 동안에도 재는 입자의 파도와 바람을 타고 계속해서 퍼져 나갔다.

고요한 분위기가 감도는 도시유적에 가라앉은 재를 향해 손을 모아 명복을 빈 세 사람은 담소를 나누며 그 자리를 뒤로했다.

*

그 후, 세 사람은 보트를 타고 거주구획으로 돌아가는 길에 올랐다.

밤새 경비를 서느라 지친 쌍둥이는 아이답게 쿠울쿠울 건강하고도 고른 숨소리를 내며 잠들었다.

밤샘 경비 임무는 어린 두 사람에게 상당히 고되었을 것이다.

원래는 깨워야 하겠지만 섣불리 자극했다가 종알거리기라도 하면 난감할 것 같다는 생각에 시선을 돌려 못 본 척을 했다.

무사히 임무를 마쳤으니 지금 정도는 자게 둬도 될 것이다.

"…조금, 멀리 돌아서 갈까."

신주쿠 구획으로 곧장 돌아갈 수도 있지만 아직 유적을 파괴한 것에 대한 변명을 생각해 내지 못했다. 카즈마는 한동안 보트를 몰며 머리를 식히기로 했다.

새벽노을의 빛을 받아 반짝이는 수면을 가르며 천천히 북상했다.

그곳에는 반쯤 물에 가라앉은 폐허 도시, 도쿄가 있었다.

시노노메 카즈마는 홀로 새벽바람에 가죽 재킷을 나부끼며 섰다.

푸른빛을 반사하며 빛나던 건물은 자세히 보니 창문이 깨지고 곳곳에 금이 가 있었고, 강인한 덩굴이 그러한 건물을 지탱하고 있었다.

고전적인 목조건물은 먼 옛날에 바다에 가라앉아 썩어 흔적조차 남지 않았다.

북상하던 도중, 카즈마는 해수면을 뚫고 튀어나온 여러 건물들을 바라보았다.

"아무도 없는 도쿄라…."

근심이 가득한 투로 카즈마는 중얼거렸다.

먼 옛날에는 세계에서도 손꼽히는 메가시티로 번성했던 도시.

일본 최대의 도시였던 도쿄의 한구석에서는 사람의 자취를 전혀 찾을 수가 없었다. 텅 빈 유적에는 미지의 짐승들만이 살고 있다.

시끌벅적한 사람 소리도, 현기증이 나도록 눈부신 가로등도 모두 다 과거의 이야기다.

폐허 도시가 된 도쿄에서는 이제 인류가 만물의 영장을 자칭하며 번성했을 당시의 분위기를 전혀 찾을 수가 없었다.

남은 것은 덧없는 꿈의 잔재뿐. 성진입자체의 과잉산포로 수복이 이루어지고 있어 건축물은 그 형태를 유지하고 있지만, 저

것들은 모두 지나 버린 시대의 유산일 뿐이다.

말하자면 묘비 같은 것이다.

수천만 명이라는 인류가 삶을 구가하였다는 기록을 남긴 잿빛의 거대한 탑들.

시노노메 카즈마는 북상하던 보트를 멈추고 거대한 탑을 올려다보았다.

도쿄를 상징하는 거대한 첨탑. 높이가 634미터에 달하는, 유별나게 높은 첨탑은 일찍이 하늘을 찌를 듯 웅대하게 우뚝 서 있었다.

하지만 과거의 웅대함은 이제 찾아볼 수가 없고, 거대한 첨탑은 크게 기울어져 땅에 드러눕지 않을까 싶은 인상을 풍겼다.

그리고 그 배후에서, 거대한 탑이 새벽노을의 빛을 받아 슬그머니 모습을 드러냈다.

—— 이 경관이 바로 인류 퇴폐(退廢)의 상징이다.

수천, 수만, 수억 사망자의 위령비다.

그렇다, 모든 붕괴의 시작은….

"…환경제어탑. 인류문화의 종착점."

머나먼 저편에 천공의 탑이 우뚝 서 있다.

표면이 녹색 결정으로 뒤덮인 탓인지 새벽노을을 받자 스스로 빛을 내뿜고 있는 것처럼도 보였다.

그 화려하고 거대한 탑은 등줄기가 오싹하도록 아름다웠다.

그 아름다움은 인류가 영화를 누리었다는 것을 증명하는 동시에 현재 세상의 모든 재앙을 내포하고 있었다.

"……."

300년 전. 인류문명은 모조리 멸망했다.

지옥의 가마솥에서 나타난 재앙은 폭풍처럼, 해일처럼, 뇌우(雷雨)처럼 온 세상을 평등하게 위협하였고 이 별의 존재방식마저 일그러뜨리고 말았다. 한 사람의 예외도 없이 멸망할 처지에 놓였던 인류는 한 줌의 용기와 기적으로 인해 간신히 살아남을 수 있었다.

문명을 잃은 인류는 현재, 별을 가득 메운 과거의 잔재를 이용해 소박하게 살아가고 있다.

인류 퇴폐의 시대. 그 상징을 앞에 둔 카즈마는 진홍빛 가죽 재킷을 나부끼며 까마득한 저편에 위치한 환경제어탑을 노려보았다.

그리고 조용히 지나간 시간을 추억하기 시작했다.

MILLION CROWN

환경제어탑
Environmental control tower

성진입자체라 불리는 나노머신을 산포함으로써

이 별의 자연환경을 장악, 지배했던 탑.

하지만 300년 전에 발생한 '대붕괴' 이후,

입자체의 과잉산포가 시작되어 지구환경과

생태계에 큰 변화를 초래했다.

현재는 결정화한 입자체로 둘러싸여 있어

아무도 안에 들어갈 수가 없다.

"가족이
어떻게
되었는지를,
나는
알아야만 해."

"네가 강하다는 걸
알았다면 솔직하게
부탁했을 거야.
그건 그렇고
자기소개해도 될까?"

카야하라 나츠키
Kayahara Natsuki

극동 도시국가 연합에 소속된 소녀.
'적복(赤服)'이라 불리는 특권 장관.

시노노메 카즈마
Shinonome Kazuma

국외에서 온 경력미상의 청년.
매우 높은 전투능력을 지녔다.

"나는 민족문화를 부활시키는 것도 기술의 재현과 복구만큼이나 중요하다고 생각해."

"만나서 반가워, 외부에서 온 브라더!"

히츠가야 히비키
Hitsugaya Hibiki

히츠가야 후부키
Hitsugaya Fubuki

'적복'을 목표로 하고 있는 쌍둥이 자매.

"300년 만에 귀향해 보니 어때?"

아마노미야 치히로
Amanomiya Chihiro

나츠키와 마찬가지로 '적복'인 소녀. 구시대의 문명을 연구하고 있다.

"구해 준 답례로 이곳을 안내해 줄게.
여긴 일본 제도(諸島)의 일부고
대수해역(大樹海域)이라 불리는
도시유적이야."

해상도시유적
Remains of marine city

제3국립
국회도서관
Third National
Diet Library

"들어 본 적 없어?
'밀리언 크라운'이라 불리는
인류최강전력에 관해서."

"'Override—
in Far East Crown'······!!!"

성진입자체는 빛의 띠가 되어
카즈마의 몸에 흘러들었다.
다음 순간, 카즈마의 온몸에서
빛의 기둥이 치솟았다.

—— 이것을 보아라. 저것을 보아라.
　　퇴폐의 세상에 피어난, 저 붉은 헛꽃을.

"다족형 전차가 실용화됐었군. 여자도 탈 수 있는 물건인가 보지?"

해상도시유적―대수해역.

시간을 거슬러 올라 3주 정도 전.

'일 났다, 이거 죽을지도 모르겠어……!!!'

낙엽을 흩날리게 하며 쇠퇴한 도시유적을 질주하는 유선형의 다족형 전차가 있었다.

하얀 털을 지닌 거대한 유인원들이 다족형 전차를 쫓았다.

사지는 길고 몸길이가 3미터는 된다. 숫자는 스무 마리가 넘을 것이다.

전차는 날카로운 괴성을 내지르며 쫓아오는 거대한 원숭이를 따돌리고자 속도를 높여 대수해역을 질주했다. 전차는 다리의 끄트머리에 위치한 분출구로 입자를 방출하여 거대한 나무줄기 위를 달리며 매끄러운 궤도로 장해물을 가뿐히 뛰어넘었다.

육로로 달릴 때보다 속도가 더 나오고 있는 것은 기체에 탑승한 이의 실력 덕분일 것이다.

회전식 연장포탑을 조작하여 조준을 했다. 특수화합 작약의 가속연소에 의해 발사된 포탄은 하얀 털을 지닌 거대 원숭이, 백모원(白毛猿)―실버백을 포화와 함께 흩어 냈다.

「GEEEYAAAAaaaa!!!」

거대한 짐승의 울음소리가 메아리쳤다. 포격을 가하는 소리가 연달아 울려 퍼졌다. 대기의 벽을 꿰뚫고 울려 퍼지는 포성은 폐허가 된 유적들을 눈에 보일 정도로 진동시켰다. 관통된 포탄은 두 개의 폐건물을 꿰뚫고 분진을 흩뿌리며 전차가 건너온 거대한 줄기를 와해시켰다.

전차가 흙먼지를 뚫고 나왔다.

그곳을 거처로 삼았던 짐승들은 부리나케 달아나기 시작했다.

하지만 백모원의 무리는 동료가 살점을 흩뿌리며 산산조각이 났음에도 불구하고 괴성을 지르며 전차를 쫓았다. 다족형 전차가 포탄의 약협을 흩뿌리며 지그재그로 달리던 중, 갑자기 탄막이 끊어졌다. 원숭이들이 수적 우세를 앞세워 서서히 거리를 좁혀 오는 바람에 조종자는 숨이 턱 막혀 왔다.

…요컨대 절체절명의 상황이었다.

환경입자가속기관(Ether acceleration drive)─E.R.A기관이 탑재된 반영구 구동로가 있다고는 하나 탄창에는 한계가 있다. 대기 중의 입자를 응고시켜 가속연료로 삼음으로써 발사되는 결정입자탄은 재결정화와 장전에 시간이 걸렸다.

다족형 전차는 재장전, 재결정화 시간을 벌기 위해 고속으로 물보라를 일으키며 질주했다. 그것을 기회라 판단한 백모원은 거대한 팔로 잔해를 집어 던졌다.

다족형 전차는 발끝으로 인공입자를 방출하며 나무줄기에서 도약해서 그것을 피했다.

대수해역의 틈새를 누비듯 활공하여 거목의 뿌리에 내려서서

내달렸다.

연안에 위치한 도시유적은 해수면의 상승으로 인해 바다에 가라앉아, 발 디딜 곳은 고층빌딩과 바닷속에서 자라난 거목뿐이다.

활주 중인 다족형 전차가 발을 헛디디는 날에는 그 즉시 바다에 추락하고 말 것이다.

조종자는 모니터에 비친 불과 연기를 보고 이를 갈았다. 연기의 진원지는 구난신호를 보낸 수송함이다. 좌초된 것인지, 아니면 파괴된 것인지는 분명하지 않다.

하지만 난파선은 이미 선체의 절반 이상이 가라앉아 있어서 선원들을 구조하기는 어려울지도 모른다.

'큭…!'

구조하러 온 사람이 구조가 필요한 상황에 처하다니.

정말이지 웃기지도 않아서. 어쨌든 상황이 이렇게 되었으니 이제 결단을 내려야 할 것이다.

다족형 전차는 나무들이 무성하게 자란 폐허 위로 뛰어올라 멈춰 섰다.

E.R.A기관이 탑재된 다족형 전차라고는 하나 구식병기로 거구종을 상대하는 데는 한계가 있다.

목숨구걸이 통한다면 얼마든지 시도해 보겠지만 상대는 말이 통하지 않는 거구의 괴물이다.

달아날 수 없다면 하다못해 뜨거운 맛이라도 보여 주자는 생각을 한 조종자는 미소를 지었지만 그런 패기만으로 유인원을 당해 낼 수 있을 리가 없다.

아무리 당찬 모습을 보인들 상대는 거구의 괴물, 백모원이다.

거대한 팔을 일제히 휘두르면 제아무리 결합강화장갑—물질의 결합한계를 끌어올려 경도를 높인 장갑이라 해도 그리 오래 버티지 못할 것이다.

거구의 괴물의 일격은 커다란 바위를 깨부수고 도시에 막대한 피해를 입힐 정도로 강력하다.

수십 마리나 되는 괴물들은 강철로 된 차체를 일그러뜨리고 조종자를 끄집어내서 인간의 몸을 장난감처럼 파괴해 버릴 것이다.

시체는 실컷 희롱당한 후에 날카로운 이빨에 찢겨 나갈 테고, 그 잔해는 바다에 뿔뿔이 흩어질 것이 뻔하다. 설령 두 손을 든 채 전차에서 내린다 해도 자비를 기대하기는 어려울 것이다.

승리를 확신한 백모원은 들뜬 목소리로 고함을 치며 다족형 전차를 위협했다.

조종자는 거칠어진 숨을 고르며 긴장된 얼굴로 내장된 입자량을 확인했다.

쌍방이 전투의 막을 올릴 타이밍을 가늠하던 도중….

첨벙!!! …요란한 소리가 나더니.

난파선이 있는 방향의 바다에서 낯선 청년이 모습을 드러냈다.

"윽…?!!"

느닷없이 나타난 인물과 물보라에 의표를 찔려, 전차 조종자와 백모원의 시선이 그쪽에 집중되었다. 바야흐로 충돌하려던 참이었던 양측의 긴장 상태는 그야말로 팽팽하게 당겨진 실과 같았을 터. 양측이 그런 긴박한 상황을 연출하던 순간에 청년이 물보라를 일으키며 나타난 것이다.

누구든 주목할 수밖에 없는 상황이었다.

B.D.A를 통해 시각동조 조준을 하던 조종자는 포탑을 백모원에게 고정시킨 채 의문의 청년에게는 전차의 우측에 장착된 소총의 총구를 겨누어 견제했다.

한편 청년으로 말하자면….

"……?"

―어라?

바닷속에서 나타난 청년은 자리에서 일어남과 동시에 젖은 머리카락을 털며 고개를 갸웃했다. 그와 동시에 조종자의 얼굴이 단숨에 파랗게 질렸다.

이 청년은 눈앞에서 무슨 일이 벌어지고 있는지 전혀 모르고 있다.

청년은 젖은 머리를 쓸어 올리더니 고개를 갸웃한 채 멍하니 양측을 바라보았다.

그리고 백모원과 청년의 눈이 마주친 순간, 조종자가 소리쳤다.

[아… 안 돼, 지금 당장 바닷속으로 도망쳐!!!]

외부 음성기를 써서 겁에 질린 듯한 목소리로 외쳤다. 하지만 늦었다.

거구의 백모원 중 네 마리가 쏜살처럼 청년을 향해 달려 나갔다.

전차의 조종자는 혀를 차며 백모원을 향해 결정입자탄을 발사했다. 머리를 관통당한 백모원의 두개골을 흔적도 없이 날려 버리기는 했으나 장전이 완료된 것은 방금 발사한 것이 전부였다.

그것으로 해치운 것은 단 한 마리뿐. 나머지 세 마리는 이를 드러내고 침을 흩날리며 괴성을 내질렀다.

「GEEEYAAAAAaaaaa!!!」

일제히 움직이기 시작한 백모원을 제지하는 것이 고작인 조종자는 무의미하다는 것을 알면서도 더 참지 못하고 외쳤다.

[이런 게…!!! 호쿠리쿠*의 지배자라니, 어이가 없어서. 결국은 무차별적으로 상대를 공격하는 짐승이잖아!!!]

자신 역시 궁지에 처했음에도 불구하고 조종자는 불의(不義)

※호쿠리쿠(北陸) : 일본 열도의 서쪽에 위치한 니가타 현, 토야마 현, 이시카와 현, 후쿠이 현을 아우르는 지방.

앞에서 분노하여 외쳤다. 자신의 실수로 처음 보는 인간이 전투에 휘말려 목숨을 잃을지도 모른다니, 생각만 해도 참담했다.

전차에 덤벼드는 백모원을 회전해서 뿌리치고는 있지만 이미 늦었다.

거구의 괴물이 괴성을 지르며 청년에게 덤벼들었다.

긴 오른팔을 동시에 치켜든 그들은 동시에 피보라를 흩뿌렸다.

「GYa……?!!」

긴 팔이 허공을 난다.

피보라가 호를 그린다.

눈에 보이지 않을 속도로 검광이 번뜩였다.

백모원은 괴성인지 비명인지 구분이 되지 않을 소리를 내지르더니… 검광이 두 번 번뜩인 직후, 한 일(一)자로 갈라져 쓰러졌다.

[……뭐야?]

외부의 영상을 모니터로 확인하던 조종자는 저도 모르게 탄성을 흘렸다.

청년은 일격으로 세 개의 팔을 찢고, 칼을 물렸다 또다시 일격을 가해 세 마리의 백원모를 베어 넘겼다.

하얀 털은 내장에서 흘러나온 피로 물들었고, 그들의 몸은 벌건 시체로 변모했다.

간신히 육안으로 쫓을 수 있을 정도로 빠른 검광을 목격한 조종자와 괴물들 사이에 정적이 흘렀다. 한편 청년은 역시나 어떻게 된 상황인지 모르겠다는 눈으로 다족형 전차와 백모원을 번갈아 쳐다보았다.

"……. 산 넘어 산이라, 어떻게 된 상황인지는 잘 모르겠지만. 전차에 타고 있으니 안에 있는 건 인간이라 생각해도 되겠지?"

전차를 향해 청년이 물었다.

끄덕끄덕. 반사적으로 고개를 움직이긴 했지만 그것이 전해질 리가 없었다.

"그에 반해 커다란 원숭이가 하나, 둘, 셋… 으음, 스물다섯 마리? 사정은 잘 모르겠지만 정상적인 싸움 같지는 않군. 심지어 처음 보는 나까지 공격해 오다니, 이게 대체 무슨 짓거리지?"

청년은 젖은 머리를 벅벅 긁으며 불쾌한 듯 백모원을 노려보았다.

화를 내는 이유가 다소… 아니, 상당히 **이상한** 것 같기도 했지만 본인은 매우 진지한 모습이다.

도검을 휘둘러 칼날에 묻은 피를 털어 낸 청년은 전차의 조종자를 향해 천천히 말했다.

"도와주지. 오른쪽 절반은 내가 맡는다."

순간, 청년의 잔상이 다족형 전차의 옆을 스치고 지나갔다.

그는 오른손에 장착된 장갑형 B.D.A를 기동, 전차의 전자광

학기기로는 감지할 수 없을 정도의 속도로 우측 전방에 위치한 한 마리를 베어 넘겼다.

'빠… 빨라!'

내장 모니터에 잠금이 해제되었다는 문자가 떴다. 시각동조 조준은 물론이고 자동 적외선 유도탄과 전방위 리모트 소구경총의 잠금장치까지 완전히 해제되었다.

지근거리였다는 이유도 있지만, 그렇다 쳐도 이상할 만큼 속도가 빨랐다.

심상치 않은 속도를 목격한 조종자는 다족형 전차 안에서 숨을 집어삼켰다.

비스듬히 단칼에 베인 백모원은 속수무책으로 피를 분수처럼 뿜어내며 쓰러졌다. 혈중입자가속기―B.D.A를 사용해서 신체능력을 향상시켰다 해도 이상한 속도다. 그의 돌진 속도는 E.R.A병기를 까마득히 웃돌았다.

조종자가 넋을 놓고 있자 백모원이 움직임이 멈춘 다족형 전차에게 덤벼들었다.

청년은 그 백모원을 걷어차고는 조종자에게 호통을 쳤다.

"멍하니 있지 마! 왼쪽 절반은 그쪽이 맡아야 할 것 아냐!!"

[윽… 가세해 주셔서, 감사합니다!!]

뜻밖의 조력자를 얻은 조종자는 물 만난 물고기처럼 요격을 개시했다.

E.R.A기관에 B.D.A의 플래그를 직접 연결시킨 조종자는 혈중입자를 사용하여 출력을 높였다. 자신의 혈중경로를 외부 가속기로 기능시켜 일시적으로 순환계수를 증폭시킨 것이다.

만일의 경우 전차를 버리고 달아나기 위해 남겨 둔 힘이었지만 그러한 걱정은 조력자를 얻은 덕분에 송두리째 사라졌다. 다족형 전차의 다리 끄트머리에 위치한 유선형 구체가 대지를 붙잡듯 고속회전하자 차체에 둘러쳐진 유사생체회로가 파리하게 빛났다.

여섯 개의 다리 중 두 개가 비뚤배뚤한 장검으로 변형한 직후, 칼날이 고속회전을 개시했다.

좌우에서 덤벼든 세 마리 중 한 마리를 몸통박치기로 밀쳐 내고 나머지 두 마리를 칼날로 변형된 다리로 베어 넘겼다. 수적으로 압도당할 가능성이 사라지기는 했으나 탄약과 입자 소비량을 고려한 결과, 확실하게 처리하자면 근접전투를 펼치는 것이 나을 거라 판단한 것이다.

청년은 다족형 전차가 근접전투로 태세를 전환했음을 알아채고는 자신의 등 뒤를 맡겼다.

사전에 논의를 한 것은 아니었으나 양측 모두 정석적인 전술을 모를 정도로 미숙하지는 않았다.

청년과 전차는 힘을 합쳐 두 마리, 세 마리, 네 마리… 차례로 백모원들을 처치했다.

전차의 조종자는 전투를 치르며 모니터를 통해 청년의 움직임을 확인했다. 그리고 또다시 놀랐다.

'괴… 굉장해! 평범한 도검으로 이 정도로 싸울 수 있는 사람이 있었어…?!'

범상치 않은 신체능력은 물론이고 탁월한 실력에 감탄 섞인 한숨이 새어 나왔다.

사냥감을 칼날로 포착하여 최소한의 동작으로 두꺼운 가죽을 베고 부드러운 내장에 도달케 하자마자 칼날의 방향을 틀어 양단했다. 무술의 고수가 아니고서는 불가능한 솜씨다. 합리적이면서도 빠른, 필살의 이격(二擊)이기는 했으나 저렇게까지 섬세하게 연마된 검술은 본 적이 없다.

그리고 감탄한 것은 청년 역시 마찬가지였던 모양이다.

다족형 전차는 늘 청년과 좌우대칭이 되도록 위치를 잡는 것을 우선하여 움직여, 적이 등 뒤로 돌아드는 것을 허락지 않았다. 청년의 모습이 전차에 가려지게 하는 것을 우선함으로써 시각적으로도, 공간적으로도 보호하고 있다.

까놓고 말해서 엄청나게 싸우기 편했다.

등 뒤에서 느껴지는 믿음직함에 무의식적으로 입꼬리가 올라갈 정도로 조종자는 청년을 잘 보조했다.

다족형 전차가 교란과 방어를 맡고, 청년이 순간순간 표적을 처치한다.

─하지만 그들이 전투를 벌이는 광경은 몹시도 이상해 보였다.

일반적인 경우라면 보병인 청년이 전차를 보조하기 위해 움직였어야 했다. 하지만 양측은 이것이 최선이자 필승의 전술이라 확신하고 행동하고 있다.

그리고 마지막 한 마리만 남았을 즈음, 백모원은 완전히 겁에 질려 떨고 있었다. 싸움이 되지 않는다고 확신한 백모원은 옆에 위치한 폐건물과 이어진 덩굴 한 줄기를 붙잡고는 부리나케 달아났다.

다족형 전차는 포탑으로 적의 등을 겨누었으나 그것이 한계였던 모양이다.

희미하게 빛나던 유사생명회로에서 빛이 사라지더니 다리의 관절부가 힘없이 주저앉았다.

조종자는 당황했다.

[와, 와, 와와…! 일 났다, E.R.A기관이 멈춰서 시동이 꺼졌어!]

"……? 위험한 건가?"

[대기 중의 입자가 일정량 이상 모일 때까지 해치가 안 열려! 환기장치도 멈추는 바람에 이대로 가면 열이 고이기 시작해서 엄청 뜨거워질 거야!]

"그렇군. 그거 큰일인걸."

[뭐? …아니, 저기, 정말 무진장 큰일 난 거니까, 만약 괜찮다

면 밖에서 수동으로 열어 주세요! 되도록 빨리!! 되도록 빨리!!!]

거의 필사적으로 외쳤다. 이대로 가면 쪄 죽을지도 모른다는 분위기다.

청년은 챙, 소리를 내며 납도하고서 살며시 고개를 끄덕여 답하고는 전차의 해치에 손을 댔다. 전투로 차체가 달아오르지는 않았을까 걱정했지만 외부의 열은 이미 발산된 뒤였다.

탑승 해치를 반강제로 비틀어 연 청년은 조종자가 나오기를 기다렸다.

그러자 선명한 붉은색을 띤 인물이 안에서 뛰쳐나왔다.

"······?!"

푸하아. 붉은 옷을 입은 소녀가 한숨을 돌렸다.

반짝이는 땀을 닦고 고양이처럼 기지개를 쭉 폈다.

그리고 청년에게로 몸을 돌려 미소를 지으며 감사 인사를 했다.

"크, 큰일 날 뻔했네···! 익숙지도 않은 다족형 전차를 타는 게 아니었어. ···후후, 고마워. 도와줘서. 이번에는 정말 틀렸구나 싶었거든."

"···그렇군. 도움이 되었다니 다행이야."

청년은 간결하게 답하고는 모습을 드러낸 조종자─붉은 옷을 입은 소녀를 보았다.

눈이 부시도록 산뜻한 진홍색 가죽 재킷을 나부끼며 전차 위

에 선 채, 강한 의지가 깃들어 있는 듯한 눈으로 웃는 그 모습은 늠름하다기보다는… 사랑스럽다는 표현이 더 잘 어울릴 듯했다. 하얀 피부에는 생기가 돌았고 입술은 소녀 특유의 사랑스러운 붉은빛을 띠었다.

키는 평균보다 조금 작았지만 가슴은 옷 위로 보아도 알 수 있을 만큼은 여성스러웠다. 단정한 이목구비는 장래의 모습을 기대하게 하기에 충분했다.

그런 귀여운 소녀가 갑자기 미소를 보내는데 당황하지 않을 남자가 어디 있을까.

거북한 듯 목 뒤를 긁적이던 청년은 문득 막 만났을 때 그녀가 자신에게 했던 말을 떠올리고는 말했다.

"…그런데, 그런 상황에서 용케 내게 '바다로 도망쳐'라고 말했군."

"네가 강하다는 걸 알았다면 솔직하게 부탁했을 거야. 그건 그렇고 자기소개해도 될까?"

"그래, 좋을 대로 해."

"그럼 다시 한번 인사할게. 저는 극동 도시국가 연합, 해양원정군의 개척14부대에 소속된 카야하라 나츠키라고 합니다. 궁지에 처한 저를 구해 주셔서 정말로 감사합니다."

예의 바르게 인사하는 붉은 옷의 소녀—카야하라 나츠키의 나이 대에 비해 딱 부러지는 말투와 행동거지에 약간 감탄했다.

보아하니 그의 여동생과 같은 또래 같았기 때문이다.

청년은 표정을 바꾸지 않고 시선을 피하며 뒷머리를 긁적였다.

"아니…. 그렇게 예의를 차려서 말하니, 당황스럽군. 평범하게 말해."

"후후, 넌 겸손한 성격이구나. 처음 보는 여자애를 구해 냈으니 좀 더 거들먹거리면서 이런저런 소리를 해도 될 것 같은데."

"그거야말로 오해야. 전차에서 뛰어내릴 때까지는 여자인 줄 몰랐던 데다 전차의 총구를 내게 돌렸을 때는 반사적으로 응전할 뻔했으니까."

카즈마는 울컥해서 살며시 눈살을 찌푸렸다.

백모원이 공격해 온 탓에 결과적으로 그녀를 구하게 되기는 했지만, 전차의 소구경 기관총을 겨누면 누구든 경계할 수밖에 없을 것이다.

카야하라 나츠키는 장난스러운 표정을 거두고 미안하다는 듯 눈을 내리깔았다.

"…그건, 미안. 그렇지? 전차에게 위협을 당하면 누구든 놀라겠지?"

"아니, 그게… 미안하군. 나무라려는 게 아니야. 그 오해는 금방 풀렸으니 괜찮아. 그리고 자기소개가 늦었군. 나는 시노노메 카즈마. 저 난파선을 타고 있던 사람이지."

나츠키는 퍼뜩 놀라더니 이제야 생각이 났다는 듯 난파선으로 고개를 돌렸다.

"난파선…! 맞아, 구조하러 가야 하는데!"

"음? 카야하라는 저 배를 구조하러 온 건가?"

"구난신호를 받았거든. 우리 부대가 도시 외부를 탐색하던 중이어서 속도가 빠른 다족형 전차로 먼저 온 거야."

"그렇군. 하지만 승무원이라면 걱정할 것 없어. 나도 저 배에 탔었고 승무원들은 모두 구조했으니까. 다만 배의 파편이 꽂혀서 중상을 입은 자는 있지. 지혈은 하고 있지만 출혈을 완전히 막지는 못할 것 같더군."

카즈마는 지시를 내려 달라고 덧붙였다.

나츠키는 긴박한 표정으로 고개를 끄덕이고는 회중시계를 꺼내어 확인했다.

"조금 있으면 운송용 배가 올 테니 미리 도우러 가 있자. 전차 안에 조혈용 입자체가 있으니까 출혈이 심한 사람에게 우선적으로 사용하도록 하고. 2분 정도 기다리면 재기동이 가능해질 테니까 둘이서 전차를 타고 중상자가 있는 곳으로 가자. 그런 식으로 조치하려고 하는데, 괜찮지?"

"알겠어. …하지만 그 다족형 전차는 둘이서 탈 수 있는 거야?"

"음, 그건 좀 힘들 것 같네. 하지만 아예 불가능하지는 않을 거야. 소형이라 상당히 좁기는 하겠지만… 어쩔래?"

카야하라 나츠키는 손가락을 턱에 가져다 댄 채 고개를 갸웃했다.

다른 뜻이 느껴지지 않는 그 동작은 작은 동물을 연상케 했다.

붉은 웃옷 아래에 이너 셔츠 한 장만 입은 가벼운 옷차림의 소녀와 전차 안에서 밀착한 상태로 이동한다는 것은… 매력적인 제안이기는 했지만 이렇게 순진한 눈으로 물으니 고개를 끄덕이기가 꺼림칙했다.

카즈마는 1분 남짓을 고민한 후, 시선을 돌리며 답했다.

"…나는, 전차 위에 타고 가지. 아까 그 커다란 원숭이가 돌아올지도 모르니."

"그것도 그러네. 그럼 주변을 경계해 줘. 그런데 카즈 군은…."

"카즈 군?"

"응? …응, 카즈 군은 어디서 왔어? 이름을 들어 보니 야마토* 민족 같은데?"

느닷없이 친근하게 부르는 바람에 카즈마는 약간 놀랐지만, 나츠키는 의도적으로 그 반응을 무시하고 출신을 물었다.

E.R.A기관이 재기동되려면 시간이 걸리기 때문이리라.

카즈마는 팔짱을 낀 채 자신이 아는 것을 떠듬떠듬 말하기 시작했다.

"나는… 일본인이야. 일본으로 보내 준다기에 이곳에 왔지."

※야마토(大和) : 일본의 옛 국명.

"헤에. 그럼 일본 외 외적유류민(外籍遺留民)이구나."

"……음? 외적, 유류민?"

"어라, 못 들어봤어? 300년 전에 있었던 대붕괴 때 국외에 있던 야마토 민족은 일단 국적을 국외로 옮기는 대신 그 자손을 유류민으로 지정해서 언제든 받아들일 수 있도록 한 제도인데."

국가라는 틀이 망가진 지 언언 300년.

오래도록 이어진 천재지변이 가라앉는 동안 많은 정보들이 소실되었다.

국적도 그중 하나다.

민족별로 구별하기 위한 제도는 있었으나 한정된 국토와 극도로 좁은 생존권 속에서 힘을 합쳐 살기 위해서는 국적을 통일하는 일이 필요 불가결했을 것이다.

"그러면… 국외에 사는 일본인은, 한차례 국적이 말소되었다는 건가."

"그런 셈이지. 뭐, 다시 조국의 국적을 얻으려는 사람도 드물지는 않아. 카즈 군도 선조님 대신 조국으로 돌아온 경우지? 시간을 초월해서 300년 만에 귀국한 사람이 뭔가 근사한 감회 같은 걸 읊어 준다면 부흥개척을 하는 사람으로서 살짝 기쁠 것같은데."

나츠키는 가슴에 손을 얹으며 자랑스럽게 물었다.

하지만 카즈마는 진지한 얼굴로 주변을 둘러보더니 뒷머리를 긁적이며 고개를 가로저었다.

　바다에 잠긴 도시유적을 주시하던 그는 곤란한 듯 말을 이었다.

　"미안하지만… 잘, 모르겠어. 일본으로 돌아왔다는, 실감이 안나. 꼭 모르는 나라 같아."

　"그럴 만도 하지. 이 주변은 아직 손도 못 댄 데다 대붕괴로부터 300년이나 지났으니까."

　"……. 으음, 카야하라."

　"나츠키라고 불러도 돼."

　"그, 그렇군. 그러면 나츠키."

　카즈마는 약간 거북한 듯 목 언저리를 긁적이며 주변에서 가장 거대한 건조물―대수해역의 거목을 올려다보며 되물었다.

　"이곳은, 일본의 어디지? 애초에 이 폐허는 정말로 일본이야?"

　그는 주변을 살펴보더니 의아하다는 표정으로 물었다. 나츠키는 엉겁결에 쓴웃음을 지었다.

　아무래도 해상도시유적은 처음 보는 모양이다.

　해몰대륙(海沒大陸)에서 온 사람들은 곧잘 주변을 두리번거리며 이상한 표정을 짓고는 한다. 기이한 행동이기는 하지만, 그 행동을 두고 수상하다고 단정해서는 안 된다.

　좌우간 일본 제도의 해상도시는 세계에서도 몇 되지 않는, 온전한 형태로 보존되고 있는 도시유적이기 때문이다.

재해대국으로 온갖 천재지변에 대비했던 일본은 많은 수의 도시가 300년 전 상태 그대로 유지되고 있다. 대붕괴 당시 무너져 내린 건조물이며 바다에 가라앉아 부패한 목조건축물도 있기는 하지만, 구시대부터 현재까지 존재하는 폐건물들을 볼 수 있는 것은 이곳을 제외하면 두 나라밖에 존재하지 않는다. 일본의 도시유적에 처음 발길을 옮긴 해몰대륙 사람들은 눈이 휘둥그레져서 놀라기 일쑤라고 한다.

나츠키는 약간 자랑스러운 투로 어흠, 하고 헛기침을 하고는 둘째손가락을 세운 채 입을 열었다.

"그러면 구해 준 답례로 이곳을 안내해 줄게. 여긴 일본 제도의 일부고 대수해역이라 불리는 도시유적이야."

"…일본, **제도**(諸島)?"

"아, 그것도 설명이 필요해?"

의외라는 투로 묻자 카즈마는 더욱 진지한 표정으로 고개를 끄덕였다.

"그럼 다시 설명할게. 여기는 일본 도시국가군(群)이 있는 일본 제도야. 300년 전에 있었던 대붕괴 때부터 침하와 침수가 시작되어서 명칭이 **열도**에서 **제도**로 바뀌었어. 제도에 있는 도시국가를 통솔하고 있는 게 우리 '극동 도시국가 연합'이고. 사람들은 극동이라고 불러."

"…도시국가, 극동. 마치 고대정치 같군."

"나라의 총 인구가 문제야. 우리 극동은 50만 명밖에 안 되거든. 최근에는 칸사이 무선(武線)이랑 큐슈 총련으로 갈라지는 바람에 더더욱 인구가 부족해져서 난리지. 일본 제도 근해에 있는 인구 100만 도시─밀리언 시티는 중화대륙 연방뿐이라 지금은 북쪽에서 압박을 받는 일이 많아. 거기에 우리의 생존지대가 오가사와라 제도와 도쿄, 오사카, 사쿠라지마 인근밖에 없는 게 또 문제인데…. 으음, 미안. 너무 한꺼번에 얘기했나?"

나츠키가 불안한 투로 물었다. 그럴 만도 했다.

카즈마가 눈살을 잔뜩 구긴 채 턱에 손을 대고서 생각에 잠겨 있었기 때문이다.

보아하니 이야기를 절반도 못 알아들은 눈치였다.

그런데 왜일까. 방금 전에 했던 설명 중 그렇게 이해하기 어려운 내용이 있었나, 나츠키는 그 이유가 짐작도 되지 않았다.

지극히 일반적인 상식만을 이야기했을 텐데….

"…큰일이군. 정말로, **실감이 안 나**. 일본에 돌아왔으니 좀 더 특별한 감상이 떠오르거나 새로 기억나는 게 있을 줄 알았는데."

"그, 그래. 그것 참 큰일이네. 혹시 기억상실 같은 거라도 걸렸어?"

"글쎄. 그보다 이 대수해역은 일본의 어디쯤이지? 칸사이? 추부?"

"여기? 여긴 칸토 도시유적군이야. 대수해역─랜드 맹그로브라는 이름, 들어 본 적 없어? 이름의 유래가 된 건 일본에서 두 번째로 커다란 건물이었다고 들었는데."

봐 봐. 나츠키가 손가락으로 무언가를 가리켰다.

그녀가 가리킨 것은 해역에서 가장 거대한 거목과 그것을 지탱하고 있는 거대한 탑의 유적이었다.

청자(靑紫)색으로 빛나는 해수면에 울퉁불퉁한 뿌리와 가지를 퍼뜨려 숲을 형성하고 있는 그 거목은 그야말로 일대를 상징하는 구조물이었다.

카즈마는 멀리서 보아도 충분히 박력이 느껴지는 대수해역의 심장을 무표정하게 올려다보았다.

감탄도 하지 않고 그저 신기하다는 눈으로 올려다보고 있다.

백모원과 싸울 때부터 표정 변화가 적을 듯한 분위기를 풍기기는 했지만, 지금은 더더욱 그래 보였다. 무슨 생각을 하고 있는지 감정을 읽기가 어려웠다.

철면피(鐵面皮)라는 말이 잘 어울릴 것 같기는 하지만 시끄러운 남자보다는 낫다고 생각하며 나츠키는 잠시 그를 지켜보았다.

"일본에서 두 번째로 거대한 건물에… 랜드 맹그로브… **랜드**, 타워?"

카즈마는 턱에 손을 댄 채 무언가를 생각하는 듯하더니 갑자기 눈을 번쩍 뜨며 나츠키를 쳐다보았다.

"설마… 거대한 나무 아래 있는 건, 랜드마크 타워인가?!"

"응, 맞아."

그는 갑자기 소리를 치며 바다에 가라앉은 도시를 노려보더니 이끼가 자라난 붉은 건조물을 응시했다.

"그럼 바다에 가라앉아 있는 저건… 아카렌가 창고*와 중화가의 문?!"

"응."

"그, 그럼… 이 폐허는 설마, 요코하마인가?!!"

옛 도시의 이름을 알고 있다니 꽤나 박식하네, 라는 생각에 새삼 감탄했다. 그녀의 동료 중에서도 이렇게 빨리 옛 도시의 이름을 떠올릴 수 있는 이는 몇 안 될 것이다.

그도 그럴 게 자료를 열람할 기회가 없기 때문이다.

과거에 번성했던 도시의 사진은 고대도시의 모습이 기록된 귀중한 자료다.

조어(祖語)가 기록된 사전은 각 페이지별로 분할 관리되고 있으며 열람을 하려면 집정회의 허가가 필요했다.

고대유적에서 발굴된 기호품은 술병 하나, 엽궐련 하나가 모두 국보 취급이다.

교양을 익힌다는 의무가 없어진 이 시대에는 쓸모가 없는 지식은 익히기 어려웠다. 문명복고(文明復古) 업무에 종사하는 개

※아카렌가 창고 : 아카렌가(赤レンガ)는 붉은 벽돌이라는 뜻으로, 원래는 무역품을 보관하는 창고였으나 2000년대 초반에 용도가 변경되며 요코하마의 상징적인 관광시설이 되었다.

척부대의 일원이라 해도 옛 도시의 이름을 아는 자는 손에 꼽을 것이다.

거기까지 생각이 미친 나츠키는 문득 의문스러워졌다.

'…아니, 잘 생각해 보니 이상하지 않아? 저 사람의 이름은 야마토 민족의 것인데 일본 제도의 상황을 전혀 모른다는 게 말이 돼?'

대붕괴 이후 국외에 잔류한 야마토 민족의 후예…인 줄 알았는데, 아무래도 아닌 모양이다. 그가 입고 있는 옷도 도무지 해몰대륙 출신 사람의 것 같지가 않았다.

중화대륙 연방의 밀정일 가능성은 없어 보였지만 다소 납득이 안 되었다.

카즈마는 그런 시선을 알아채지 못하고 요코하마 도시유적을 들여다보며 애가 타는 듯한 얼굴로 이를 갈았다.

"그럼 정말로… 정말로, 일본이 가라앉았다고…?!"

"그거야, 뭐. 해몰대륙도 전체의 8할이 가라앉았다고 들었는데… 카즈 군은 어디서 온 거야? 이름만 들으면 야마토 민족 같은데?"

"……. 일본인이라는 의미라면, 맞아. 나는 얼마 전까지 도쿄에 살았어. 하지만 정신이 들어 보니 다른 장소에 있었고, 붉은 옷을 입은 아저씨의 도움을 받아 이곳까지 왔지."

…헤에? 나츠키의 눈매가 가늘어지더니 예리한 빛을 띠었다.

나츠키는 이제 눈에 띄게 험악한 시선으로 카즈마를 바라보았다.

"미안하지만 그거, 진심으로 하는 소리야?"

"거짓말은 아니야."

"그래? 그럼 그 이야기는 나중에 하자. 붉은 옷을 입은 아저씨란, 타츠지로(龍次郞) 씨를 말하는 거야?"

끄덕. 순순히 고개를 주억거린다.

그리고 한 장의 젖은 소개장을 꺼냈다.

"붉은 옷을 입은 아저씨… 그 타츠지로라는 사람한테 소개장을 받았는데, 젖어서 엉망이 되었어. 붉은 옷을 입은 여자애한테 건네주라고 들었는데, 나츠키한테 줘도 될까?"

그는 억양이 없는 목소리로 담담히 말하며 물에 젖어 찢어진 소개장을 내밀었다.

나츠키의 눈이 다시 휘둥그레졌다. 자신을 시노노메 카즈마라고 밝힌 청년이 꺼낸 소개장은 바닷물에 젖어 내용을 확인할 수 없었지만, 그 봉랍에는 극동 연합을 가리키는 인장이 찍혀 있었기 때문이다.

"극동 연합의 합의문서… 꽤나 무시무시한 걸 가지고 있네. 다른 도시국가에 보낼 때나 사용하는 인장이야, 이거. 진짜라면 너는 국빈급 대우를 받고 있다는 뜻이 돼."

"……그래?"

카즈마는 눈살을 잔뜩 구긴 채 고개를 갸웃했다.

자신이 국빈급 대우를 받고 있다는 사실이 의아한 것이리라.

뭔가 다른 꿍꿍이가 있는 것처럼은 보이지 않았다. 행동이나 언동으로 미루어 보아도 거짓말을 하고 있는 것처럼은 보이지 않았지만 그의 말이 모두 진실일 리는 없다.

애초에 카야하라 나츠키는 **도쿄에서** 원정을 나왔기 때문이다.

그가 도쿄에 살고 있다면 나츠키가 모를 리가 없다.

"…큰일이네. 불의의 사고를 당하기는 했다지만 소개장의 내용을 확인할 수 없다는 게 좀 꺼림칙한걸. 만약 네 신원을 보증해 준 게 타츠지로 씨라면 보름은 연락이 안 될 거야."

"어째서?"

"이 시기에는 원정군의 태평양 원정이 시작되거든. 진두지휘를 맡고 있는 타츠지로 씨는 길면 석 달은 돌아오지 않을 거야."

태평양 원정은 도시국가를 방어하는 데 있어 빼놓을 수 없는 활동이다. 해양원정군의 주된 활동은 이 태평양 원정에 있다 해도 과언이 아니다.

"석 달… 그거, 큰일이군. 나는 그 말고는 연고도 없고, 무엇보다도… 도쿄에 가서 가족이 어떻게 되었는지를, 나는 알아야만 해."

그의 목적을 들은 나츠키는 의외라는 듯 눈을 크게 떴다.

"가족? 가족이 도쿄에서 어떻게 됐는데?"

"몰라. 지독한 재해에 휘말려 들었다는 말밖에 못 들었으니. …그것을 알기 위해서라도, 나는 도쿄에 가야만 해."

그는 '반드시 도쿄에 가야만 한다'고 거듭 말했다.

조용한 말투이기는 했지만 그가 그렇게 강하게 의사를 표한 것은 처음이었다. 재해에 휘말려 들었다니, 강력한 거구종의 습격이라도 받은 걸까.

'도시 밖에서 표류자가 흘러들었다는 정보는 못 들었는데…. 뭐, 나도 모든 정보를 다 파악하고 있는 건 아니니 선착장이나 농경지대로 흘러든 사람이 그대로 보호를 받고 있을 가능성도 있으려나.'

하지만 아직 완전히 믿을 수는 없다.

도움을 받은 처지니 가족을 찾는 것이 그의 유일한 바람이라면 최대한 도움을 주고 싶다. 하지만 신원을 보증할 수 없는 인간을 도시국가에 들이는 것은 문제가 있다.

게다가 무엇보다도… 그는 한 가지 거짓말을 했다.

나츠키는 도쿄의 거주구획을 맡고 있기 때문에 주민의 성씨와 이름은 대부분 기억하고 있었다. 하지만 '시노노메'라는 성은 들어 본 적이 없다.

적어도 현재 도쿄의 거주구획에 사는 인간 중에는 없을 것이다.

희소한 성이라는 것은 어감을 통해 대충 알 수 있었고, 단순히

잊은 것이라 해도 기억해 내기 쉬울 것 같은 이름이었다. 따라서 그가 도쿄에 살고 있었다는 것은 상당히 높은 확률로 거짓말일 것이다.

문제는 그런, 금방 들통날 거짓말을 왜 하는가, 라는 것이다.

"가족을 찾으러 도쿄로 **돌아왔다**는 거지? 정말 그것뿐이야?"

"다른 뜻은 없어."

"엄청 빨리 대답하네~ 목적이 명확하다면 나도 돕고 싶은 데… 만약 못 찾으면? 이 시대에 도시 밖에서 살고 있을 것 같지는 않은데?"

가족이 죽었을 가능성을 은근히 내비치는 동시에, 거짓말을 하고 있는 것 아니냐는 의심의 가시가 돋친 말로 반응을 살폈다. 나츠키는 다른 목적이 있다면 지금 밝혀내야 한다는 생각으로 단단히 벼르고 한 말이었지만….

카즈마는 나츠키의 말에 담긴 뜻을 이해하고는 그녀의 눈을 본 채 답했다.

"죽었다면… 어떻게 죽었는지, 흔적을 찾으러 가야지. **어떤 식의 최후를 맞이했든**, 그들의 죽음을 확인하는 건 살아남은 자의 의무라고 생각하니까."

어떠한 허식도 장식도 포함되어 있지 않은 올곧은 말에 나츠키의 눈동자가 살짝 흔들렸다. 그가 얼마나 굳은 각오를 품었는지가 느껴져서 아주 조금 가슴이 아려 왔기 때문이다.

거구의 괴물이 활보하는 이 시대에 도시 밖에서 맞는 죽음은 비참할 수밖에 없다.

대형 원숭이에게 내장을 뜯긴 시체며 흡혈 나무에게 기생당해 백골이 된 시체 등, 끔찍한 주검을 보고 충격을 받는 육친의 수도 적지 않다.

하지만 그는 그 모든 가능성을 염두에 두고서 **어떤 식의 최후를 맞이했든**, 외면하지 않고 그 죽음을 확인하고 장례를 치러 주는 것이 인간으로서의 의무라 말한 것이다.

'…난감하게 됐네. 이 퇴폐의 시대에 이렇게 올곧은 말을 할 줄 아는 사람이 있다니.'

지나치게 성실한 말이다. 이것이 거짓말이라면 그의 정체는 악귀, 악마일 것이다.

아직은 살 만한 세상인 모양이다.

나츠키는 한숨을 내쉬고서 항복이라는 듯 쓴웃음을 지었다.

"미안, 민감한 질문을 해서."

"아니. 나츠키에게는 나를 의심할 권리가 있어. …나는, 약간 수상하니까."

"야, **약간** 수상한 정도가 아니지만 말이야."

솔직히 말하자면 **상당히** 수상했지만, 그건 말하지 않는 게 좋을 듯하다.

"뭐, 아무렴 어때. 나중에 확인해 둘 테니까 상황이랑 가족의 이름을 말해 줄래?"

"고맙군. 도쿄에서 살았던 건 나와 어머니, 그리고 여동생까지 셋이야. 그 밖에는 타이토 구에 할아버지가 살았지. 어머니가 시노노메 이자요이(東雲不知夜)이고 여동생이 시노노메 리츠카(東雲六華)."

"이자요이 씨, 리츠카 씨라고? …으음, 역시 모르는 이름이네. 리츠카라는 이름은 들어 본 적이 있지만 성이 다른 것 같고."

심지어 할아버지는 타이토 구에 살았다고 하는데, 그거야말로 정말 있을 수 없는 일이었다.

타이토 구는 도시유적 중에서도 유명한, 일본 제도 최대의 거탑이 쓰러져 있는 지역이다. 원정군은 물론이고 개척부대에게 들키지 않고 그곳에 사는 건 불가능하다.

이렇게까지 수상한 자를 도시 안으로 들이려니 영 꺼림칙했지만….

'이 사람에게는 극동의 인장이 찍힌 소개장이 있어. 국빈급 대우를 받고 있다는 건 분명한 사실이야. 잘못 대응하면 일이 커질지도 몰라.'

─자아, 어떻게 한담.

원칙대로 하자면 보증인과 연락이 될 때까지는 도시 밖에 위치한 등대나 객선에서 대기시켜야겠지만 이번에는 사정이 특수하다.

국빈급 대우를 받고 있는 인물을 함부로 대했다가 문제를 키우는 사태는 피하고 싶다.

게다가 도움을 받은 은혜도 있다. 그의 성실함에 답해 주고 싶다는 마음도.

그 모든 조건을 염두에 두고 생각해 봤을 때, 입국 허가가 떨어지게 할 만한 특별한 요소로는 무엇이 있을까.

'그러고 보니… 아까 그 검술은, 굉장했어.'

전투능력도 그렇지만 그의 검술은 정말로 훌륭했다. 개척부대의 교련시간에 배운 것보다 훨씬 세련됐다. 어디서 익힌 것인지 매우 궁금했다.

흠. 나츠키는 한숨과 함께 다시 한번 시노노메 카즈마를 품평하듯 쳐다보았다.

마른 체형이지만 단련으로 균형 잡힌 몸에, 자세는 마치 몸의 중심에 강철로 된 검이 박혀 있기라도 한 듯 안정적이다. 어지간히 수련을 쌓지 않고서는 이렇게 되지 못한다.

소매 아래로 드러난 팔뚝은 안팎의 근육이 잘 단련되어 있어서 겉보기에는 가늘어도 상당히 강할 듯했다. 보는 눈이 있는 이라면 그것이 치열한 단련의 산물이라는 것을 금방 알아볼 수 있으리라.

심지어는 허리에 찬 검을 비스듬히 내려치면 바위도 벨 수 있지 않을까 하는 착각이 들 정도의 존재감마저 느껴졌다.

더불어 키도 평균보다 상당히 컸다.

이만큼 크면 특별 주문한 제복이 필요할 것 같다. 나츠키보다 머리 하나 반만큼은 더 큰 것을 보면 185센티미터 이상은 되리라.

"카즈 군, 단련을 상당히 많이 한 것 같네. 이렇게까지 신체강화―피지컬 업에 힘을 쏟은 경우는 보기 드물 것 같은데."

"그건 의외인걸. 저런 괴물이 활보하고 다니면 몸을 단련할 필요가 있을 텐데?"

"그러니 더더욱 특이하다는 거야. 몸은 적당히 단련하고 나머지는 입자적합률을 상승시키는 훈련을 받거나 투약을 하는 편이 훨씬 더 강해질 수 있는 데다, 고생도 덜 해도 되잖아."

"…그런가?"

"그래. 입자체를 체내에 주입해서 가속연소시키면 체세포를 연소시키는 것보다 훨씬 효율적으로 힘을 낼 수 있으니까. 근조직을 단련하는 것보다는 덜 고통스럽잖아. 그런데…."

가볍게 시노노메 카즈마의 몸을 살펴보던 나츠키는 그 육체의 완성도에 나직하게 탄성을 내뱉었다.

이 나이에 이렇게까지 신체강화에 힘을 쏟은 인재는 보기 드물다.

B.D.A―혈중입자가속기가 보급된 현대에는 게을리하기 일쑤인 단련을, 그는 꾸준히 행해 온 것이리라.

입자적합률이 높고 재능도 있는 인간일수록 신체강화를 게을

리하는 경향을 보인다.

　기초체력이 늘면 종합적인 상승치도 현격하게 증가하지만, 어린 나이에는 고통이 수반되는 단련을 기피하고 싶어 하기 마련이다.

　따라서 그의 나이에 몸을 단련했다는 것은 어지간히 근면한 인간이거나, 어지간히 재능이 없는 인간이라는 뜻이겠지만 그의 성격으로 미루어 보건대 아마도 전자일 것이다.

　백모원 수준의 거구종을 신체강화만으로 가볍게 상대할 수 있는 인간은 매우 드물다.

　'이 신체능력에 유체조작이나 가속연소가 더해지면 엄청난 전력이 될 거야. 극동이 보유하고 있는 구식 E.R.A병기보다 훨씬 강할 거야.'

　의심할 여지가 없는, 강력한 전력이다. 인품도 나쁘지 않다.

　조금 수상하기는 해도 정확한 수치와 능력을 측정해서 개척부대로 끌어들이는 것이 극동에 가장 득이 되는 판단일지도 모른다.

　나츠키는 잠시 고민한 끝에 각오를 굳힌 듯 웃었다.

　"…좋아, 결정했어. 타츠지로 씨와 연락이 될 때까지 내가 네 신원 보증인이 되어 줄게!"

　"그래도 괜찮은 건가?"

　"날 구해 줬잖아. 사정은 나중에 자세히 설명해 줘. …단, 공

짜 밥은 기대하지 마. 도쿄에 있는 동안에는 개척부대에서 부지
런히 일해야 해!"

나츠키의 제안에 카즈마는 물음표를 떠올리며 말했다.

"…개척부대? 개척이라면, 논밭을 개간하는 일을 말하는 건
가?"

"후후, 그건 도쿄에 도착하면 알려 줄게. 네 실력이라면 여기
저기서 끌어가려고 난리일 테니 마음 편히 가져도 돼. …참고로,
내 일은…."

나츠키가 카즈마의 뺨으로 손을 뻗었다. 카즈마는 갑작스러운
행동에 놀라서 몸을 경직시켰다.

그녀의 부드러운 손이 닿음과 동시에 둔한 통증이 느껴졌다.

여태 몰랐지만 조금 전의 전투로 뺨에 찰과상을 입은 모양이다.

하지만 그 통증은 나츠키의 손이 닿음과 동시에 물거품처럼
스르륵 사라졌다.

"윽… 상처가 사라졌어…?!"

"이게 내 특기 분야야. 자세한 원리는 도쿄에 도착하면 가르쳐
주도록 할까나?"

자아, 가자. 그렇게 말하며 몸짓으로 전차를 가리켰다. 아무
래도 E.R.A기관이 재기동된 모양이다.

카즈마는 여전히 뺨을 붙잡은 채 여우에게라도 홀린 듯한 표
정을 짓고 있었지만, 이내 언제까지고 넋을 놓고 있을 수는 없

다고 생각한 듯했다.

그는 별 신기한 힘도 다 있다는 생각으로 자신을 납득시키며 다족형 전차에 탑승한 나츠키를 따라 차체 상부에 올라타기로 했다.

*

그 후 두 사람은 도시유적의 해로를 달려 구조된 난파선의 승무원들이 있는 곳으로 향했다.

다족형 전차는 거대수의 줄기 위를 달려 불타오르는 난파선에 다가가 승무원들이 안전한지를 확인했다. 해수면에서 불타고 있던 배는 한 시간 정도 만에 진화되어 바다에 가라앉았다. 하지만 승선했던 승무원들 중 대부분은 자신들의 힘으로 근처에 있던 유적으로 피신했고 대부분이 무사할 수 있었다고 한다.

전차의 무선통신기능으로 구조대를 부른 나츠키는 피신했던 승무원들을 모아, 그들을 마중 올 배를 기다렸다.

나츠키는 명부와 배에 실었던 화물을 확인하며 뒤를 따라오는 카즈마에게 말을 붙였다.

"어느 나라의 배인가 했더니만… 뭐야, 골동품상의 수송선이었어?"

"골동품상?"

"도시유적을 파헤쳐서 옛날 기술과 기호품 같은 걸 모아다 팔아넘기는 사람들을 말해. 저 다족형 전차도 그 사람들이 조립한 거야. 선상민족—마리안이라고 부르기도 하는데, 몇 개나 되는 대형선박을 늘어놓고 배 위에서 사는 사람들도 있어."

흠. 카즈마는 나츠키의 설명을 곱씹었다.

"…선상민족. 그건 일반적으로 해적이라 부르지 않나?"

"후후, 그렇게 부르는 사람도 분명 있어. 하지만 이 배는 해상협정(海商協定)을 지키고 있는 배니까 걱정할 것 없어. …아아, 하지만 밀수선이랑 도굴은 단속 대상이니까 헷갈리면 안 돼?"

나츠키는 화물을 잽싸게 체크해 나가며 카즈마의 질문에 답했다.

골동품상이 어째서 이런 청년을 데리고 왔는지는 모르겠지만 그러한 사정도 선장에게 물어보면 조금은 알 수 있으리라.

"항해기록에 따르면 인도양 해상협정이 끝나고서 이쪽으로 온 모양이네. 카즈 군이 타츠지로 씨랑 만난 건 해상협정 회장이었어?"

"그럴지도, 모르겠군. 그 타츠지로란 사람은, 높은 사람인가 보지?"

"당연하지! 엄청 높은 사람이고, 엄청 굉장한 사람이야!"

"그, 그렇군. 엄청 높고 엄청 굉장한 사람이다 이거군."

"그렇답니다. 어쨌든 이 말세의 시대에 도시국가 간 해상협정을 성립시킨 사람인걸!"

나츠키가 자랑스럽게 말하자 카즈마도 놀라서 눈을 동그랗게 떴다.

많은 도시들이 가라앉고 국가라는 틀이 붕괴한 이 시대에 해상협정을 체결시키는 것은 어지간한 재능으로 가능한 일이 아니다.

"그거, 정말 굉장한데."

"정말로 굉장하고말고요. 중화대륙 연방, 인도양 근해의 주요 국가, 그리고 일본 제도에 점재하는 도시국가들. 서로가 서로의 속을 떠보고 싶어 안달이 난 가운데 국가 간 우호관계가 성립되고 있는 건 거의 다 타츠지로 씨 덕분인걸. …뭐, 리스크를 갖고 있기도 하지만."

"리스크?"

"응. 이건 카즈 군도 들어 본 적 있을걸? '태평양의 패자'라 불리는 무시무시한 백경에 관한 이야기."

'태평양의 패자'라는 단어를 듣고서도 카즈마는 무엇인지 짐작이 되지 않아서 고개를 갸웃할 따름이었다.

나츠키는 그 반응을 보고 쓴웃음으로 답했다. 아무래도 이 청년에게는 상식이란 것이 부족한 듯하다. 어쩌면 그는 정보가 폐쇄된 환경에서 오랜 세월 동안 살아온 것일지도 모른다.

"그렇구나. …대충 알겠어, 카즈 군의 사정을."

"음? 알고 싶은 게 있다면 얼마든지 대답하지."

"협력적이라 좋네. 화물 점검을 마치고 원정부대에 합류하면 자세하게 말해 줘."

톡톡. 나츠키가 화물 목록을 두드리며 말했다.

나츠키는 컨테이너 근처에서 쉬고 있던 선장에게 다가가 화물의 상세 내용을 확인했다.

"화물은 찻잎과 염초석, 각종 화기… 선장님, 이게 다인가요?"

나츠키가 나이 든 선장에게 묻자 그는 버럭 목소리를 높였다.

"허, 다일 리가 있나! 건져낸 건 화물의 절반 정도뿐이야! 짭짤한 거래다 싶어서 꾸역꾸역 동쪽 끄트머리까지 왔더니만, 아주 제대로 돈만 날렸어!"

나이 든 골동품상 선장은 머리를 싸쥔 채 고개를 푹 숙였다. 하지만 그럴 만도 하리라.

그가 선상민족이라면 집과 재산을 동시에 잃은 셈이니. 자세히 보니 선원들도 넋이 나가서 얼굴이 파랗게 질려 있었다.

"젠장, 젠장, 빌어먹을…. 일본 제도 근해는 안전하다고 들었는데 이게 무슨 꼴이야. 대형 거구종은 극동 연합이 제거한 거 아니었냐고!!"

"모두 다 제거하는 건 불가능해요. 토카이도* 쪽 해로는 비교

※토카이도(東海道) : 도쿄에서 시즈오카, 나고야를 경유하여 교토, 오사카, 칸토로 이어지는 지역 및 인근 가도.

적 안전하지만, 그래도 음향병기를 써서 접근을 막는 정도의 대비는 필요해요."

"…음? 바다에서 음향병기를? 고래나 돌고래를 유도할 때 쓰는 그걸 말하는 건가?"

"그래, 그걸 토대로 만든 E.R.A병기야. …그나저나 별 희한한 걸 다 아네, 카즈 군."

카즈마의 질문을 받은 나츠키는 손가락을 척 세우며 설명했다.

"음향병기 '스크림'. 불쾌한 특정 주파수를 바다에 흘려보냄으로써 바다에 사는 짐승의 접근을 막는 병기야. 이 주파수를 해저에 흘려보내면 어지간히 사나운 짐승이 아니고서는 배를 공격하지 않아. 도시국가를 방어하는 데도 사용되고 배 여행을 하는 선상민족에게는 생명줄이나 다름없는 기관일 텐데… 기동시키지 않으셨던 건가요?"

"당연히 기동시켰지! 그런데 오늘 아침에 느닷없이 바닷속에서 공격해 오더군! 배의 밑바닥에 있던 음향병기가 직격을 당했고 구멍을 막지 못해서 침몰했지! 이제 우리는 내일부터 길바닥에 나앉게 되었다 이 말이야…!"

황폐한 시대인 것이다. 회수한 화물만 가지고는 먹고살기가 막막할 것이다. 하물며 자원이 한정된 이 시대에는 밑천도 없이 새로운 배를 조달하기가 거의 불가능하다.

목숨은 건졌지만 말 그대로 길바닥에 나앉게 생겼다고 생각하면 불안해 미칠 지경일 것이다.

나츠키는 다소 동정적인 시선을 보내며 건져 올린 컨테이너와 화물 목록을 대조했다.

그녀는 가느다란 손가락으로 목록을 두드리며 체크를 계속했다.

그리고 마지막 페이지를 훑어본 순간, 나츠키의 눈빛이 변했다.

"…헤에. E.R.A기관의 부품도 있었구나. 바다에 가라앉은 채 두려니 좀 아깝네."

"귀중한 물건인가?"

"상당히. 반영구기관이기도 한 E.R.A기관은 로스트 테크놀로지가 잔뜩 담겨 있어서 이 시대의 기술로는 재현이 어려워. 게다가 다족형 전차랑 대형선박 같은 걸 만들 때 꼭 필요하기도 하고. 발굴품 중에선 제일 값나가는 물자 아닐까?"

동시에 도시국가를 지키는 데도 필요한 기관이다.

용도가 다양한 E.R.A기관을 바다에 수몰된 상태로 썩히려니 상당히 아까웠다. 나츠키가 어떻게든 건져내서 거래를 제의할 수 없을까 하고 방법을 모색하던 중….

카즈마가 문득 오른손을 들며 말했다.

"그럼… 내가 끌어올릴까?"

"응?"

"뭐?"

끌어올려? 골동품상 선장과 나츠키는 물음표를 떠올리며 그에게로 고개를 돌렸다. 두 사람은 무슨 뚱딴지같은 소리인가 하고 귀를 의심했지만 본인은 지극히 진지해 보였다.

카즈마는 유적 끄트머리에 선 채 바닷속을 들여다보며 대략적인 위치를 확인했다.

"바닷속에 있는 컨테이너 말하는 거지? 수심 20미터 정도에만 있다면 문제없이 끌어올릴 수 있을 것 같은데⋯ 어쩔까?"

시노노메 카즈마는 우득우득 소리가 나도록 팔을 돌리며 담담하게 말했다.

아무래도 진심으로 하는 말인 듯하다.

골동품상 선장은 아직도 넋이 나간 듯 보였지만 나츠키는 팔짱을 낀 채 잠시 생각에 잠겼다.

"⋯화물 중에 인양용 대형 와이어 후크가 몇 개 들어 있었죠? 이걸 가라앉은 화물에 연결해서 전차랑 카즈 군이 힘을 합쳐서 잡아당겨 볼까?"

"이것 봐. 제정신이야, 아가씨?! 소형 컨테이너이긴 하지만 하나에 20톤은 된다고!! 이런 비실비실한 형씨랑 작은 전차 한 대로 끌어올릴 수 있을 리가 없잖아?!!"

선장은 숱이 적은 머리를 쓸어 올리며 목소리를 높였다. 평범하게 생각하자면, 바닷속에서 자재를 끌어올리려면 인양 전용 기재를 적재한 배가 있어야만 한다.

중량도 중량이거니와 파도의 영향을 받기 쉬운 인양작업에는 전용 기재가 반드시 필요했다.

나츠키도 그 정도는 알았다. 하지만 조금 전 카즈마의 신체능력을 직접 본 그녀는, 그라면 어쩌면 가능할지도 모른다고 생각한 것이리라.

그녀는 장난스러운 미소를 지은 채 선장을 쳐다보더니 둘째손가락을 세워 보이며 제안했다.

"뭐, 실패한다고 손해 볼 사람은 없잖아요. 성공하면 골동품상 선장님은 소중한 재산을 되찾을 수 있고요. 저희는 그 상품을 우선적으로 거래해 주셨으면 하는 것뿐이에요. 선원 여러분을 당분간 부양하려면 여러모로 돈이 필요할 테니, 그렇게 나쁜 이야기는 아니지 않나요?"

"……끄응."

골동품상 선장은 팔짱을 낀 채 생각에 잠겼다. 나츠키는 되도록 우호적으로 말했지만 구난신호를 받고 구조하러 달려온 그녀가 소속된 극동 연합에는 화물의 몇 할을 접수할 권리가 있다. 이 자리에서 그녀들이 인양에 성공하면 귀중한 기재와 부품을 빼앗길 것이라 생각한 것이리라.

하지만 그렇다고 해서 골동품상 선장에게 화물을 끌어올릴 방법이나 연줄이 있는 것도 아니었다.

귀중한 자재를 바다에서 썩게 둬 봐야 한 푼도 못 건진다. 몇 할은 징수당하겠지만 물건이 돌아오는 게 어딘가.

골동품상 선장은 체념한 듯 손을 내저으며 말했다.

"…별수 없지. 도시유적의 발굴용 중장 와이어가 저쪽에 있어. 어디 할 수 있으면 해 봐."

"얘기가 통하는 분이시네! 그럼 곧장 착수하자! 카즈 군은 바다에 들어가서 와이어를 컨테이너에 걸어 줄래?"

"알겠어."

카즈마는 와이어가 있는 곳으로 빠르게 걸어가더니 그 끄트머리를 잡고서 바다로 뛰어들었다. 나츠키는 그 모습을 지켜보고서 다족형 전차에 올라타 엔진을 기동시켰다.

뭐, 사실대로 말하자면 소형이어도 고출력 사양인 다족형 전차라면 20톤 정도의 컨테이너를 끌어올리는 것은 일도 아니다. 수만 톤은 나가는 거주 가능 선박을 인양하기는 어렵겠지만 컨테이너를 회수하는 정도라면 문제될 것이 없을 것이다.

시노노메 카즈마에게 함께 인양작업에 착수하자고 제안한 것은 그의 신체능력이 어느 정도인지 측정할 좋은 기회라고 판단했기 때문이다.

'카즈 군의 인격에는 문제가 없어 보이지만 혹시 모르니까. 도시에 들어가고 나서 문제를 일으키면 그야말로 큰일이기도 하고.'

도시국가는 외부에서의 공격에 대한 방어에는 강하지만 내부로부터의 붕괴에는 약하다. 그가 어느 정도의 전투능력을 가지고 있는지에 관한, 되도록 상세한 정보가 필요하다.

몸을 앞으로 숙여 좌우에 위치한 조종간을 움켜쥔 나츠키는 외부 카메라로 상황을 살폈다.

카즈마가 와이어를 걸 때까지 기다리던 중 전차 안에 통신음이 울렸다.

'…긴급통신? 누구지?'

나츠키가 통신에 응하자 통신기 너머에서 사나운 소녀의 목소리가 들려왔다.

[드… 드디어 연결됐네!!! 나츠키! 나츠키!! 나츠키, 들려?!!]

"…치히로? 왜 그렇게 당황했어?"

[당황할 만도 하지!!! 도시 외부 탐색을 마치고 본선으로 돌아와 보니 나츠키는 혼자서 구난신호를 받고 나갔다고 하지! 심지어 한 시간이나 연락이 없다고 하지! 본격적으로 조사단을 편성하던 참이었다고, 이 바보!]

아차, 나츠키는 입가를 가리며 생각했다. 운송용 배에 현재 위치를 알리는 신호를 보내기는 했지만 E.R.A기관이 멈추는 바람에 신호가 끊겼던 것이다.

더불어 구조가 완료되었다는 보고도 하지 않았다. 마중을 위한 배를 보내려 해도 나츠키의 상황이 불분명한 상태였기 때문에 이렇다 할 행동을 취할 수가 없었던 것이리라.

"미안, 완전히 깜박했어. 이쪽은 무사해. 구난신호를 보낸 배

에도 늦지 않게 도착했고. 하지만 도중에 백모원의 무리랑 맞닥
뜨렸을 때 엔진이 멈춰 버렸거든."

[백모원? …호쿠리쿠의 거구종? 등급은?]

"GⅢ급 정도 되려나. 소탕작전 이후로 대수해역에 서식하는
거구종은 없었으니 호쿠리쿠 쪽에서 이동해 온 건지도 몰라."

본래 백모원은 이 주변에 서식하는 종이 아니라 호쿠리쿠에
위치한 밀림에 사는 거구종이다.

300년 전부터 시작된 입자체의 과잉산포로 과도하게 진화한
거대종족은 전 세계에 존재하며, 최근 수백 년 동안 여러 가지
신종이 발견되었다.

치히로라 불린 여성은 조금 전까지 호통을 치던 사람이 맞나
싶을 정도로 차분한 투로 말을 이었다.

[용케 무사했네. 두세 마리 정도라면 모를까, 백모원의 무리
와 맞닥뜨렸다며? 30년 전 기록에 의하면 습격당한 전함이 순
식간에 침몰당했다고 하는데.]

"그 이야기라면 나도 알아. 밀림 근해에 정박 중이던 전함이
기습을 받았다는 이야기지? 광학기기에 오차가 생기는 이 시대
의 밀림에 대형선박을 정박시켰으니 습격받을 만도 하지."

입자체의 농도가 높은 지역에서는 레이더 탐지기류가 정상적
으로 작동하지 않는다.

밀림이나 산악지역, 칼데라 해류 같은 장소에서는 특히나 심

했다. 백모원은 E.R.A기관이 탑재된 병기가 있으면 그리 무서운 종족이 아니기는 하지만, 그건 접근시키지 않는다는 전제하에서의 이야기다.

녀석들의 완력은 전차 정도는 간단히 뒤집을 만큼 강하다. 그런 거구의 괴물 수십 마리가 한꺼번에 쳐들어오면 제아무리 전함이라 해도 요격할 방도가 없다.

…그 점을 염두에 두고 돌이켜 보면 나츠키가 얼마나 위험한 상황에 처해 있었는지를 알 수 있으리라.

치히로는 어이가 없다는 듯, 혹은 감탄스럽다는 듯 한숨을 내쉬었다.

[하아… 뭐, 무사해서 다행이야. 역시 '적복(赤服)'이라고 해야 하려나. 괜히 걱정했네!]

"거, 걱정 끼쳐서 정말 미안해. 그쪽은 어때? 수확은 있었어?"

[전혀. 도시유적에서 강재(鋼材)는 그럭저럭 회수했지만 귀중한 데이터나 당시의 유산은 못 찾았어. …아아, 하지만 수상쩍어 보이는 거구종의 사체는 있었어.]

사체? 나츠키는 고개를 갸웃하며 눈살을 찌푸렸다.

수상쩍어 보이는 **시체**라면 모를까, 수상쩍어 보이는 **사체**라는 말은 다소 낯설게 들렸다.

[사진도 찍었는데, 어쩔래? 확인할래? 나중에 볼래?]

"지금 확인할게. 보내 줘."

곧장 답하자 치히로는 어이없어하면서도 그 즉시 사진을 송신했다.

나츠키는 차내에 설치된 액정 모니터를 조작해서 사진을 확인하고는 더더욱 고개를 갸우뚱했다.

"……?"

액정 모니터에는… 바다가 비춰져 있었다. 그것도 평범한 바다가 아니었다.

엄청난 양의 피로 물든, 새빨간 바다가 찍혀 있었다.

"…출혈량이 엄청나네. 어디서 찍은 거야?"

[우리가 확보한 토카이도 해로의 영상이야. 그곳에 표착한 사체에서 대량의 피가 흘러나와서 주변 일대를 물들이고 있었어. 그 사체가 이거고.]

두 번째 사진이 전송되었다. 그리고 그것을 본 나츠키는 비로소 눈을 휘둥그렇게 떴다.

그것은 처절한… 그렇다, 처절하다는 표현이 딱 들어맞는 광경이었다.

푸른 해수면을 물들인 무시무시한 양의 피.

도시유적의 해역을 뒤덮을 정도의 썩은 내가 화면에서 전해져 오는 것 같았다.

하지만 봇물 터진 듯 끊임없이 흘러나오는 그것은 인간에게서 흘러나온 피가 아니었다.

주홍색으로 빛나는 결정입자체로 된 아가미와 강철 같은 비늘을 지닌 거대한 거구종 해서생물(海棲生物).

몸길이가 9미터는 될 듯한 거대한 짐승의 사체를 본 나츠키는 말을 잃었다. 나츠키는 입가에 손을 댄 채 머릿속에 든 지식을 꺼내어 사체를 분석하기 시작했다.

"…상당히 크네. 등급은? GⅦ급은 되지 않아?"

[더 위야. GⅨ급이야.]

"지, 진짜 굉장하네. 그럼 10미터에 가까운 건가? 고유명칭은? 호쿠리쿠의 거구종 중 비슷한 게 있지 않았어?"

[맞아. 목 주변의 긴 체모와 적갈색을 띤 몸과 비늘. 예전부터 목격되었던 종 중 하나로 고유명칭은 '해사자—오리엔트 시사*'. 칸토에서 호쿠리쿠에 걸쳐 무리를 이루어 광범위하게 서식하는 종이기는 하지만, 이렇게까지 커다란 해서생물은 보기 드물어. 수컷이었으니 무리의 우두머리였을지도 몰라.]

"수컷이라… 만약 무리의 우두머리라면 잔당이 다른 지역까지 퍼졌을 가능성이 있어. 육식을 하는 상당히 위험한 거구종이야. 도시부로 도망쳤을 가능성도 고려해서 주둔부대는 제2경계태세로 대기하도록 연락을 취해 줘."

[알겠어. 개척부대에서도 경비 인력을 차출할까?]

※시사 : '사자'를 오키나와 방언으로 발음한 것. 모습을 본뜬 석상 따위를 액막이를 위해 설치하기도 함.

"그렇게 해 줘. 제7부터 제14부대는 우리가 돌아갈 때까지 절대로 경계태세를 풀지 말고. 구체적인 대응책은 우리가 돌아가고 나서 지도부 회의 후에 결정하자."

[알겠어. …그런데, 괜찮겠어? 개척부대의 절반을 경비에 할애하면 도시기능이 멈춰 버릴 텐데? 생산라인까지 멈추면 상회가 트집을 잡으려 하지 않을까?]

"안전과 이익을 맞바꿀 수는 없어. 만약 불만 신고가 들어오면 내가 대응할 테니까 경비에 동원해."

나츠키가 재빨리 지시를 내렸다.

치히로는 그녀가 믿음직스럽기는 했지만, 한편으로는 그렇게까지 할 필요가 있나 싶어서 고개를 갸웃했다.

[뭐, 유비무환이라는 말도 있으니까. 알겠어, 개척부대에도 연락해 둘게.]

"부탁 좀 할게. 이 정도 등급이면 중화기로는 대응이 어려울 테니까. …그나저나."

나츠키는 입가에 손을 댄 채 의문을 이야기했다.

"이렇게 큰 놈을… 누가 처리한 거지? 두 동강이 나긴 했지만, 세이시로(誠士郎) 군은 아니지?"

모니터 속의 사체는 오른쪽 앞다리부터 왼쪽 뒷다리까지 베여 두 동강이 나 있었다.

더불어 사체를 갉아먹은 흔적이 없다는 것은 인위적인 방법으로 처치되었다는 증거였다.

몸길이가 9미터는 되는 거대한 괴물을 두 동강 낼 만한 힘을 지닌 이는 해양원정군을 통틀어도 몇 되지 않았다.

치히로도 마찬가지로 의아하다는 듯 턱에 손을 가져다 대며 답했다.

[그게 좀 이상하지 뭐야. 우리가 발견했을 때는 이미 두 동강이 나 있었고, 먼바다 쪽에서 떠내려온 듯했어.]

"먼바다에서? 그럼 바다에서 처치했다는 거야?"

[그렇게 봐야겠지. 사체의 상태로 미루어 반나절 정도 전에 죽은 것 같아.]

해상전에서 상대에게 이런 상처를 입히다니, 놀라울 따름이다. 도무지 인간이 한 것으로는 보이지 않는 참격이다.

E.R.A기관을 탑재한 무장병기로는 이렇게 하지 못한다.

더불어 해상에서 처치했다고 가정하면 또 다른 의문점이 부각된다.

반나절 전에는 해양원정군도 도시 외부를 탐색하지 않았다. 그렇다면 자신들 이외의 누군가가 싸워서 해사자를 처치한 후 사체를 떠내려 보냈다는 뜻이 된다.

사체의 사진을 크게 확대한 나츠키는 해사자의 절단면을 다시 확인하며 눈살을 찌푸렸다.

"…절단면이 엄청 깔끔해. 살점이 너덜너덜해지지 않도록 일직선으로 칼을 그었어. 등뼈도 그래. 거구종의 발톱과 이빨로는 이렇게 말끔하게는 베지 못하고, 우리가 날붙이로 싸워도 이런 식으로는 베지 못해."

[그래. B.D.A로 신체능력을 향상시킨 인간이라 해도 거구종을 경질화한 비늘째로 두 동강 내는 묘기를 부릴 수 있는 사람은 극동에 없지.]

그럼 누가 처치한 것인가 하는 의문이 남았다.

수상쩍은 사체, 거기에는 어떠한 의미가 있을까.

나츠키는 모니터에 비친 거구종 사체의 절단면을 손가락으로 쓸며 이 참격을 가한 인물상을 그려 보기 시작했다.

"다족형 전차의 가변형 도검…은 아니고. 그건 벤다기보다는 찔러 죽이거나 잡아 뜯기 위한 거라 이렇게 절단면이 말끔하게 잘리지는 않으니까."

[그러게. 힘으로 억지로 벤 것처럼은 보이지 않아.]

"이 절단면은 억지로 잡아 뜯었다기보다는, 부엌칼이나 나이프로 베었을 때랑 비슷한데."

[그리고 또 있다면… 일본도?]

"아아, 맞아맞아. 일본도를 쓰면서 엄청난 신체능력을 지닌 인물이 유력…."

……으응?

"……. 으음, 다시 한번 확인할게. 일본도가 제일 유력한 후보지?"

[그래. 선뜻 믿기지는 않지만, 만약 일본도로 저걸 벨 수 있는 사람이 있다면 정말로 엄청날 거야. 신체능력도 훌륭해야겠지만 기술적으로도 뛰어나지 않으면 일도양단하지는 못할 테니까.]

둘이서 내린 결론을 재확인한 나츠키는 벌레 씹은 듯한 표정을 지었다. 그녀는 방금 전까지 그 두 가지 조건에 부합하는 청년과 행동을 함께했기 때문이다.

시간적으로 보아도 반나절 전에 공격을 받았다는 선장의 증언과 일치한다.

이토록 거대한 해서생물이라면 일격으로 거주선의 배 밑바닥에 커다란 구멍을 내는 것쯤은 일도 아닐 것이다.

이렇게 되고 나니 시노노메 카즈마와 선장에게 직접 물어보는 편이 빠르지 않을까 싶어서 고개를 든 순간, 느닷없이 도시유적에 굉음이 울려 퍼졌다.

"와악…?!"

진동이 연거푸 울리고 의문의 굉음이 울려 퍼졌다. 발을 딛고 서 있는 도시유적이 무너져 내리는 건 아닐까 하는 착각이 들 정도의 충격에 나츠키는 순간적으로 조종간을 움켜쥐었다.

통신기를 통해 소리를 들은 치히로도 허둥대며 물었다.

[자, 잠깐, 괜찮은 거야?! 방금 엄청나게 큰 소리가 난 것 같은

데?!!]

"나는 괜찮아. 확인하고 와서 다시 통신할게."

[뭐…?! 아니아니, 잠깐 기다려! 이 상태에서 통신을 끊는다는 게 말이…?!!]

뚜욱. 무자비한 소리가 울렸다. 나츠키는 뭔가 할 말이 더 있는 듯했던 치히로의 말을 가로막고 통신을 끊고서 외부 모니터로 화면을 전환시켰다.

만약 긴급사태가 벌어진 것이라면 그녀의 잔소리를 들으며 조종할 때가 아니라고 판단했기 때문이다.

조금 전까지 짓고 있던 미소를 지우고, 백모원이 돌아왔을 가능성도 염두에 두고서 광역탐지기까지 가동시켰다. 어쩌면 조금 전에 이야기했던 해서생물이 나타난 것일지도 모른다.

발 디딜 곳이 적은 도시유적에서 해서생물에게 공격당하는 날에는 일이 성가셔진다.

토카이도 해로에 인접한 육지원정이 목적이었던 탓에 이 다족형 전차에는 잠수장비가 없다. 만약 바다로 끌려 들어가기라도 하는 날에는 속수무책으로 파괴될 것이다.

나츠키는 기습에 대비해 다리 끄트머리에 위치한 호버크래프트를 기동시켰다.

하지만 가장 큰 문제는 바다에 잠수 중인 시노노메 카즈마다.

조금 전에 떠올린 가능성의 진위 여부는 둘째 치고 바닷속에서 해서생물의 습격이라도 받았다가는 잠시도 버티지 못할 것이다.

당장이라도 구출하러 가야만 한다. 상황을 확인하기 위해 나츠키는 그 자리에서 전차의 방향을 돌렸다. 머지않아 외부 카메라가 골동품상 선장을 포착했다.

근처에 있는 폐허까지 헤엄쳐서 달아나던 그는 손을 흔들며 나츠키에게 외쳤다.

"아… 아가씨, 도망쳐! **컨테이너 떨어져!!!**"

"응?"

뭐? 나츠키는 경고의 의미를 이해하지 못하고 고개를 갸웃했다.

광역탐지기가 반응을 보인 것은 그 직후였다. 우측 위에서 무언가가 낙하하고 있음을 확인한 나츠키는 조종간을 잡아 회전하며 달려 나갔다.

그 직후 중량이 20톤은 더 되는 컨테이너가 폐허 위에 쏟아지기 시작했다.

"뭐야…?!!"

나츠키는 순간적으로 넋이 나갔다. 하지만 그것은 정말로 잠시뿐이었다.

무슨 일이 일어나고 있는지를 정확하게 파악한 그녀는 잔뜩 화가 나서 눈을 부릅뜬 채 조종간을 잡고, 낙하하는 컨테이너들의 숫자를 확인하여 그 즉시 움직이기 시작했다.

피해가 발생하지 않도록 다족형 전차로 낙하지점까지 고속이동해서 앞다리에 장착된 암(arm)과 관절부분으로 충격을 완화시키며 컨테이너를 받아 냈다.

전차 안에 있던 그녀에게 상당한 충격이 전해졌지만 폐허가받은 충격은 줄어들었을 터. 둘, 넷, 여섯… 계속해서 컨테이너를 받아 낸 나츠키는 광역탐지기의 탐지범위를 최대까지 확장시켜 바다 밑에서 무슨 일이 일어나고 있는지를 확인하고서 머리를 싸쥐었다.

가라앉은 컨테이너 근처에 인간으로 보이는 열원체가 있었던것이다.

'트, 틀림없어! 카즈 군이… **바다 밑에서 컨테이너를 던지고있는 거야…!!!**'

혈중입자가속기에는 체내의 입자를 가속적으로 유동시킴으로써 신체능력을 대폭 상승시키는 종류가 있다. 하지만 그렇다 해도 비정상적인 상승률이었다. 중량 20톤짜리 컨테이너를 바다밑에서 지상까지 던지는 것은 다족형 전차나 특수 외골격을 사용한다 해도 불가능할 것이다.

하지만 문제는 그것이 아니었다.

'유체조작반응이 없어. 바다의 점도(粘度)도 완화되지 않았는데, 그럼 정말로 신체능력만으로 던지고 있는 거야?'

그렇다면 정말 엄청난 신체능력이 아닐 수 없었다. 조금 전에 벌어졌던 전투에서도 그는 제 실력을 발휘하지 않았던 것이리라.

확실히 굉장하기는 했지만 이 방식은 용납할 수가 없다.

나츠키는 마지막 컨테이너를 받아 내어 쌓아 올리고는 씩씩하게 전차에서 내려 주변을 확인했다. 낙하에 휘말려 든 인간이 없음을 확인한 그녀는 안심하며 가슴을 쓸어내렸다.

잠시 후 바닷속에서 시노노메 카즈마가 떠올랐다.

그는 그 자리에 선 채 젖은 머리를 좌우로 거칠게 흔들어 바닷물을 털어 내고 두 손으로 머리카락을 쓸어 올렸다.

그러고는 나츠키를 보고 한 손을 든 채 물었다.

"끝났어. 이게 다일 거야. 눈에 보이는 범위에 있는 컨테이너 같은 건 모두 지상으로 끌어올렸…는데, 나츠키?"

뚜벅뚜벅뚜벅. 나츠키가 발소리를 내며 다가갔다. 어쩐지 화가 난 것처럼 보이는 것은 기분 탓이 아니리라.

카즈마의 눈앞까지 걸어온 그녀는 와이어를 가리키며 카즈마를 비난했다.

"저기, 카즈 군. 사전에 분명 와이어를 써서 끌어올리자고 했었지? 어째서 상담도 없이 계획을 바꾼 거야?"

"……? 이 B.D.A라는 장치를 써서 들어 올렸더니 의외로 잘될 것 같아서. 시간도 단축되고 좋을 것 같더군."

"응, 그건 알겠어. 백보 양보해서 그건 이해해 줄게. 현장의 목소리에도 어느 정도는 귀를 기울여야 하니까. …하지만 그렇게 집어던진 컨테이너에 사람이 깔릴 수 있다는 생각은 안 해봤어? 힘없는 사람이 컨테이너에 깔리면 바로 죽는다고."

나츠키는 비정상적인 데도 한도가 있다는 투로 비난했다. 하지만 그녀가 화를 내는 것도 무리는 아니었다.

선상민족인 그들도 B.D.A를 소유하고는 있겠지만 B.D.A를 사용한다고 누구 할 것 없이 신체능력이 상승하는 것은 아니다. 선장을 비롯한 뱃사람들이 일찌감치 피신했기에 망정이지, 자칫 잘못했으면 사상자가 나왔을 수도 있는 상황이었던 것이다.

그런 상식적인 판단도 못 하는 인물을 도시국가에 들일 수는 없는 일이다. 상식이 없으면 없는 대로 이 자리에서 야단을 쳐두어야 하리라.

하지만 그 비난을 들은 카즈마는 귀를 의심하는 듯한 표정으로 놀라며 말했다.

"으음… 그렇군. 내가 착각을 한 거라면 미안해. 혹시 이 B.D.A라는 건 **이 시대의** 모든 사람들이 사용할 수 있는 장치가 아닌 건가?"

"…뭐?"

나츠키는 엄한 말투를 버리고 멍하니 되물었다.

그녀는 조금 전에 폭거를 저지른 만큼 어떠한 변명을 하든 모조리 논파해 줄 생각이었지만, 카즈마가 이야기한 의문은 그녀의 예상을 까마득히 뛰어넘은 것이었다.

나츠키는 의아한 눈으로 카즈마의 얼굴을 들여다보았다.

무슨 뜻인지 파악이 되지 않아 취한 행동이었지만, 그것을 본 카즈마는 대충 어떻게 된 상황인지 알아챘다.

카즈마는 목 뒤를 긁적이는 시늉을 하며 난감하게 됐다는 투로 사과했다.

"그랬, 군. …그렇다면 정말로 미안해. 내 생각이 짧았어. 난 누구나 다 똑같이 사용할 수 있는 줄 알았거든."

"누, 누구나 사용할 수 있을 리가… 아니, 됐어. 반성하는 것 같으니 불문에 부칠게."

카즈마의 태도에 거짓은 없는 듯했다.

표정 변화가 적은 청년이기는 했지만, 이 미안한 듯한 표정에서는 성의가 충분히 느껴졌다. 이런 표정으로 거짓말을 하는 것이라면 오히려 대단하다고 할 수 있으리라. 그러나 아무리 반성을 하는 것 같다고 해도, 평소의 나츠키였다면 좀 더 엄중하게 주의를 줬을 것이다.

하지만 지금은 조금 전에 했던 말의 진의가 신경 쓰였다.

다시 되물으려던 순간, 골동품상 선장이 목소리를 높이며 다가왔다.

"이야아, 형씨 굉장하군그래!!! 덕분에 대부분의 화물을 회수했어!! 이 정도면 당분간 굶어 죽을 일은 없을 거야!! 정말 덕분에 살았어!"

"그런가, 다행이군. 부상자는 없었나?"

"하하, 그런 얼간이는 우리 배에 없어. 처음에는 당황했지만 다들 무사해. 하지만 다음에 또 이런 일이 생기면 그때는 조심하라고!"

팡팡팡! 골동품상 선장은 카즈마의 어깨를 두드리며 감사 인사를 했다. 그의 입장에서 보면 자신과 선원들이 목구멍에 풀칠을 할 한 줄기 희망이 생긴 것이다.

그러니 자신들을 다소 위험에 처하게 한 것은 눈감아 주겠다는 것이리라.

선장이 잔뜩 들떠 떠들던 중, 선원 중 한 명이 소리쳤다.

"저길 봐! 극동의 배야!"

"우릴 데리러 와 준 게 분명해!"

"좋아, 순풍이 불기 시작하는군! 지금 즉시 운반작업에 착수해라! 냉큼 싣고 이 해역을 빠져나가자! 자, 형씨도 좀 도와주고!"

"그러지."

시노노메 카즈마는 분주하게 뛰어다니기 시작한 선장과 선원들에게 끌려갔다. 운반용 기재가 배와 함께 가라앉아 버린 이상, 그를 의지할 수밖에 없기 때문이리라.

사정을 캐물을 타이밍을 놓친 나츠키는 허리에 손을 얹은 채 살며시 쓴웃음을 지었다.

'뭐, 나중에 물어보면 되려나. 어찌 되었든 컨테이너는 무사히 회수했으니까.'

빙글 몸을 돌려 전차로 돌아갔다. 통신을 억지로 끊었으니 동료인 치히로는 잔뜩 화가 나 있을 것이다. 변명거리를 미리 생각해 두지 않으면 뒤탈을 감당하기 어려우리라.

그나저나….

'**이 시대의** 모든 사람들이 사용할 수 있는 장치가 아닌 건가?'

그건 과연, 어떠한 의도에서 한 말이었을까?

MILLION
CROWN

WHAT IS MILLION CROWN....?
A CHALLENGE THAT EXCEEDS
THE POWER OF HUMAN INTELLECT.
THE TALE OF HUMANITY'S
REVIVAL BEGINS.

2 장

CHAPTER 2

"그럼 가자, 시스터!"

"그럼 가 볼까, 시스터!"

녹음이 우거진 도시유적의 해로.

폐가가 늘어선 거리의 벽은 300년이나 방치되었음에도 불구하고 완전히 풍화되지는 않았다. 특수화합된 형상복원 콘크리트는 대기 중의 입자를 흡수해 수복 활동을 계속하고 있었기 때문에, 인류가 거리에서 모습을 감춘 지 수백 년이 지난 지금도 그 풍경은 유지되고 있다.

생활감이 전혀 느껴지지 않음에도 인류가 남긴 건축물만은 그 모습을 유지하고 있다.

시노노메 카즈마는 그런 쓸쓸한 풍경을 배 위에서 바라본 채 한숨을 내쉬었다.

"…큰일이군. 내가 처한 상황은, 생각했던 것보다 복잡할지도 모르겠어."

그러고는 혼잣말이라도 하듯 지금의 심정을 털어놓았다.

해양원정군에게 구출된 카즈마와 골동품상의 신병은 개척부대라는 조직이 일시적으로 맡기로 했다는 모양이다.

마중을 온 배의 2층 갑판에서 바닷바람을 쐬던 그는 현재, 흘러가는 해상유적을 바라보고 있었다. 강한 햇살이 내리쬐는 선상은 뜨겁게 달궈진 철판 같았지만 지금의 그는 그리 신경 쓰는 것 같지 않았다.

표정 변화가 적은 탓에 판단 재료가 눈썹의 움직임과 눈빛 정도뿐이었지만 어쩐지 난감한 분위기였다.

카즈마는 갑판 난간에 팔꿈치를 댄 채 멍하니 도시유적을 바라보았다.

선내에서는 골동품상 선장이 해양원정군에 속한 자와 한창 교섭을 벌이고 있을 것이다. 카즈마는 분주하게 뛰어다니는 선원들의 모습을 2층 갑판에서 가만히 지켜보았다.

나츠키가 입고 있던 붉은 옷과는 대조적인 순백의 가죽 재킷을 입은 집단은 해양원정군에 속한 사람들일까.

"하얀 제복… 아니, 군복인가? 옷만 보면 해상자위대 같기도 하군."

"오오?! 그 사실을 알아채다니 꽤 날카로운걸, 이국의 브라더?!"

팡팡! 작은 손 두 개가 카즈마의 등을 두드렸다.

카즈마는 무슨 일인가 싶어 눈살을 구긴 채로 차분하게 뒤를 돌아보았다.

등 뒤에는 이곳 분위기와 어울리지 않는 쌍둥이 자매가 서 있었다. 하얀 제복을 입고 머리를 트윈테일로 묶은 소녀들이었다.

"만나서 반가워, 이국에서 돌아온 브라더!"

"선조님 대신 300년 만에 귀향해 보니 어때?"

"……. 글쎄. 그다지 실감은 안 나는 것 같은걸. 굳이 말하자면 지금은, 너희의 정체가 궁금한 것 같기도 하고."

듣고 보니 그럴 것 같네! 의문의 쌍둥이 자매는 그렇게 말하며 유쾌하게 웃었다.

카즈마는 조금 전부터 선내를 멍하니 바라보고 있었지만, 눈앞에 있는 두 사람보다 젊은 선원은 한 사람도 없었다.

징용된 건가 싶기도 했지만 그런 것치고는 상당히 기운이 넘쳤다.

두 사람은 허리를 쭈욱! 펴더니 각자 자기소개를 하기 시작했다.

"으음~ 그러면 자기소개를 할게.

저는 히츠가야 히비키. 해양원정군 개척14부대에 소속된 장관 후보생입니다."

"저는 히츠가야 후부키. 마찬가지로 개척14부대에 소속된 장관 후보생입니다. 히메짱의 부탁으로 브라더를 부르러 왔습니다."

"히메짱? …아아, 나츠키를 말하는 건가[*]."

"맞아. 뭐, 히메짱이라고 부르는 건 우리뿐이지만."

"그래. 뭐, 히메짱은 적복이니 공주님이 맞기는 하지만."

적복―그러고 보니 이 배에서 붉은 제복을 입은 것은 그녀뿐이었다. 어쩌면 붉은 옷은 그녀에게만 주어진 특별한 옷일지도 모른다.

"그나저나… 둘 다 아직 어린데 개척부대에서 일하고 있는 건

※나츠키의 이름 한자인 那姬에서 아가씨 희(姬)자를 훈독하면 '히메'라고 읽는다. 참고로 '히메'에는 '공주'라는 뜻도 있음.

가? 위험하지는 않고?"

"괜찮아! 우리의 주된 일은 잊힌 기술과 문서를 재생하는 거니까!"

"안전하다고! 기본적으로 거구종과 싸우는 건 어른들이고, 개척부대는 반쯤 민간조직이니까! 비상사태라도 벌어지지 않는 한 무모한 짓은 안 해!"

쌍둥이의 이야기를 들은 카즈마는 아주 희미하게 미소를 지었다.

10대 초반의 어린 소년소녀를 군에 강제로 징용하여 전선에서 부리고 있는 것은 아닌 모양이다.

두 사람의 얼굴이 밝은 것으로 미루어 극동 연합이라는 것은 비교적 이성적인 도시국가인 듯했다.

"다행이야. 도시국가라기에 불안했는데, 집정기관은 제대로 근대의 윤리관에 따라 움직이고 있는 모양이라서."

"응? 그야 당연하지."

"나라가 쇠퇴한다고 인간까지 퇴화하는 건 아니니까. 신력(新曆)이 도입된 지가 언젠데. 여태 고대의 윤리관을 적용하고 있으면 그거야말로 호러 아냐?"

"그런가? 이곳에 오기까지 3개월 정도 이곳저곳을 전전하는 동안 인신매매는 경험했는데."

뭐? 쌍둥이가 얼빠진 소리로 말했다.

"인신매매를 **경험**했다니…."

"진짜로?! 그럼 브라더는 인신매매 조직에 붙잡혀 있었어?!!"

"그래. 정신을 차려 보니 사슬로 묶인 채 감옥 안에 있더군. 나 말고도 어린애와 여자가 납치되어 있던 걸로 보아 상당히 규모가 큰 인신매매 조직 같던데."

"그, 그래서?"

"어떻게 여기까지 온 거야? 타츠지로가 매입한 거야?"

"그럴 리가. 팔려갈 뻔한 걸 구해 준 게 타츠지로라는 사람이었지. 나는 다른 아이들을 도망시키는 게 고작이었고."

카즈마는 억양 없는 목소리로 답했다. 쌍둥이는 놀란 듯 얼굴을 마주 보았다.

차분하게 이야기하긴 했지만 말처럼 쉬운 일은 아니었을 것이다.

노예 취급을 받았으니 B.D.A 같은 것이 있었을 리가 없다.

자신의 지혜와 용기만으로 인신매매 조직으로부터 달아나야 하는 상황임에도, 그는 자신보다 납치당한 여자와 아이들을 구하기 위해 움직인 것이리라.

두 사람은 감탄한 듯 팔짱을 끼더니 쾌활하게 웃으며 말했다.

"하아아… 그래. 어떻게 된 일인지 대충 알겠어!"

"다시 말해서… 혼자 남은 브라더를 구해 준 게 타츠지로다 이거구나!"

"그래. 나는 탈주하던 도중에 정신을 잃어서 자세히는 모르겠지만, 결과적으로는 나를 인신매매 조직으로부터 구해 준 모양이더군. 신세를 지기도 했으니 그 사람에게는 고마운 마음뿐이야. 바빠 보여서 이야기는 별로 못 나누었지만 믿을 만한 사람이라고 생각해."

카즈마는 입가에 희미한 미소를 지어 보였다. 쌍둥이는 감정을 그다지 얼굴에 드러내지 않는 청년이라고 들었지만, 그 미소에서는 충분히 인간미를 느낄 수 있었다.

표정에 드러내지 않을 뿐, 감정 자체는 남들만큼 풍부한 모양이다.

"뭐, 그나저나 정말 파란만장한 3개월이었네~"

"그래도 잘됐네, 무사히 일본으로 돌아왔잖아! 곤란한 일이나 물어보고 싶은 게 있으면 얼마든지 말해!"

"고맙군. …그럼 말이 나온 김에 물어보도록 할까. 좀 전에 하던 이야기를 이어서 하자면, 이 해양원정군이라는 건 해상자위대에서 비롯된 거야?"

하얀 제복을 입은 선원들을 가리키며 카즈마가 물었다.

두 사람은 하얀 제복을 바로 하며 자랑스럽게 말했다.

"오우. 맞아, 이향(異鄉)에서 온 브라더! 해양원정군의 전신이 된 조직은 해상자위대야!"

"아니, 그건 아니지, 시스터!! 원정군이 사용하고 있는 기술과 배는 오가사와라 제도의 구 일본 기지에 있던 것을 개수한 거지만 조직의 모체는 생긴지 300년밖에 안 됐다고!"

오가사와라 제도. 그 이름은 나츠키에게도 들었다.

분명 도쿄에서 1,000킬로미터 정도 남쪽에 위치한 지역에 있는 제도라 들었다.

당시에는 환경제어탑 인근에 위치한 지역이었기 때문에 일본의 해상기지가 건설됨과 동시에 해상도시 개발이 이루어지고 있었을 터.

"그렇다면 혹시, 해양원정군의 사람들은 오가사와라 제도 출신들인가?"

"그게~ 그 부분을 자세히 이야기하면 쬐금 복잡해질 텐데?"

"으음~ 우리 자매도 자세하게는 모르는데… 간단한 설명이라도 상관없어?"

"그래, 부탁하지."

그렇다면! 쌍둥이 자매는 작위적으로 헛기침을 하더니 설명을 하기 시작했다.

카즈마도 설명을 들을 자세를 취하며 귀를 기울였다.

"사건의 발단이 된 것은 300년 전에 있었던 대붕괴야. 이때, 일본에는 초대형 셸터가 최소한 네 개는 존재했대."

"오가사와라 기지, 아와지 섬, 홋카이도, 사쿠라지마 관측소, 이렇게 네 개."

흠. 카즈마는 이야기를 곱씹으며 고개를 끄덕였다.

"우리는 대붕괴 당시 칸토 지역에서 오가사와라 제도로 무사히 도망친 사람들의 후예야."

"칸토 지역? …그럼 도쿄에 살았던 사람들도 오가사와라 제도로 도망친 건가. 하지만 대피하기에는 너무 멀지 않나? 도망치려면 배도 필요했을 텐데?"

"그건 그렇지만… 달리 도망칠 장소가 없었거든."

"일본 제도는 200년 전, 단속적으로 분출되는 화산재로 뒤덮여 있었어. 그 영향으로 혹한의 장기화, 지축의 어긋남과 기후변화, 식량 부족과 수위 상승으로 인한 생존권의 감소. 나아가 거구종과 환수종(Grimm)의 출현으로 우리 야마토 민족은 셸터를 벗어날 수가 없었어."

일본의 본토는 화산재로 뒤덮여 사람이 살 수 있는 땅이 아니게 되었다.

이 단계에서 이미 일본이라는 나라는 반쯤 끝장난 상태였으리라.

예부터 화산재는 온갖 환경변화를 일으키는 기상이변의 원인 중 하나로 여겨져 죽음의 재라 불리었다.

하늘을 뒤덮으면 빛을 가로막고, 들이쉬면 폐를 병들게 하고, 쌓이면 논밭을 가득 메워 인간의 삶을 파괴한다. 인간이 감당할 수 있는 한계를 뛰어넘은 그 재앙은 말 그대로 인류를 멸망시키기에 충분한 재해 중 하나였으리라.

"오가사와라 셸터에 도착한 대부분의 사람이 도쿄에 살던 사람들이었대. 다른 곳은 훨씬 더 참혹했다나 봐."

"호쿠리쿠에 살던 사람들은 홋카이도로. 칸토 지방에 살던 사람들은 오가사와라 제도로. 칸사이에 살던 사람들은 아와지 섬으로. 큐슈에 살던 사람들은 사쿠라지마 관측소로. …표면적으로는 그렇게 알려졌지만, 실제로 어땠을지는 모를 일이지."

"셸터에 도착한 사람은 그리 많지 않았을 테고, 오가사와라 제도 이외의 셸터는 그 이후에도 굶어 죽는 사람이 많아서 정확한 생존자 수는 파악할 수가 없었대."

화산재가 가진 무서운 성질이 바로 이것이다.

논밭이 뒤덮여 모든 동식물이 굶어 죽기 시작하면 당연히 인간도 살아갈 수가 없다.

본토에서 멀리 떨어진 곳에 세워진 오가사와라 기지의 셸터만이 화산재의 위협에 노출되지 않고 유지될 수 있었다.

"오가사와라 기지의 셸터는 원래 그런 의도에서 만들어진 거래. 그리고 제일 크고 자급자족 설비가 갖춰져 있던 사쿠라지마 관측소의 셸터는 사람들이 그 안에 틀어박힌 덕에 견뎌 낼 수 있었다고도 하고."

"밥을 못 먹으면 인간은 죽으니까. 자급자족이 가능했던 오가사와라 기지와 사쿠라지마 관측소는 운이 좋았다고 할 수 있지 않을까?"

쌍둥이는 가벼운 투로 말했지만 그 눈동자에는 어쩐지 서글픈 빛이 어려 있었다.

폐쇄공간인 셸터 안에서 식량을 두고 쟁탈전을 벌이는 사태가 벌어지면 어떠한 비극이 기다릴지는 불을 보듯 뻔했다.

분명 식량을 두고 싸우던 사람들이 서로 죽고 죽인 탓에 수많은 사망자가 나왔을 것이다.

육지에서 멀리 떨어진 해상기지였다는 요건과 집정기관에 의한 적절한 배급이 이루어질 수 있었던 지역만이 지옥과도 같은 퇴폐의 시대를 이겨 낼 수 있었던 것이다.

"그러고 보니… 아버지에게 들은 적이 있었지. 환경제어탑은 본래 태평양의 해저에서 발견된 태양계 최대의 활화산을 억제하고 제어하기 위한 것이었다고. 셸터가 건설된 건 분명 그와 거의 같은 시기의 일이었지?"

"그, 그랬구나."

"그, 그건 몰랐어, 브라더."

두 사람은 처음 듣는 이야기에 놀라 눈을 껌뻑였다.

인류는 그 역사 속에서 두 번이나 활화산에 의해 멸망할 위기에 처했었다.

다행인지 불행인지 당시의 과학자들은 수만 년 전에 지구상에 존재하는 생명체의 98퍼센트를 사멸시켰다는 대재해와 같거나 그보다 규모가 큰 대재해가 일어날 조짐을 감지하고 말았다.

　문제가 해결될 때까지 일반인들에게는 새어 나가지 않도록 정보통제조치를 취하기는 했으나, 당시의 나라들은 대혼란에 빠졌을 것이 분명하다.

　그야말로 인류사의 타임 리밋. 멸망의 운명이라고 부를 수밖에 없는 그 대재해에 맞서기 위해 인류는 일대 프로젝트를 발동시켰다.

　인류의 지혜를 결집시킨 결정(結晶)—'환경제어탑'이라 불리는 거탑이다.

　높이가 대기권에 이르는 거탑을 세계 각지에 건설하여 자연재해를 억제, 제어하기 위한 입자체를 각지에 산포함으로써 인류는 이 별의 환경을 완전히 지배하는 데 성공했다.

　"그렇다면… 대붕괴라는 것은 환경제어탑의 억제가 제대로 되지 않은 탓에 해저화산이 대분화해서 발생한 건가?"

　"음~… 약간 다르다고나 할까?"

　"흠~… 브라더는 이상한 건 알면서 당연한 걸 모르네."

　"그, 그런가?"

　"그래. 무엇보다 그런 화산이 분화했다면 전 세계가 화산재로 뒤덮였을 테고 셸터로 도망칠 시간도 없었을 것 아냐."

　"일본에서 분화한 건 본토에 있는 일곱 개의 화산이야. 원인은 환경제어탑의 폭주고. 제어탑은 말 그대로 자연재해를 **제어**

할 수 있어. 그런 끝에 일어난 비극이지."

"…그렇군."

"해상자위대는 갑작스럽게 대재해가 발생한 가운데 결사의 의지로 구조 활동을 펼쳤고, 그 결과 괴멸적인 타격을 입었어. 하지만 오가사와라 제도로 도망친 사람들이 난민 구출을 위해 별도의 조직을 재편제했지."

"원정군의 전신은 그 조직이야. 그러니 해상자위대의 손자뻘 되는 조직이라고 해야 하지 않을까, 시스터?"

"맞아. 이 조직은 오가사와라 제도와 본토를 50년 동안 스물 네 번 왕복했다는 기록이 남아 있어. …하지만 스물네 번째로 길을 나섰을 때 **어떤 괴물**과 조우. 조직의 주도자가 사망해서 활동은 정지됐어. 하지만 그 목숨을 건 해양원정이 있었던 덕분에 우리의 선조님들은 인류 퇴폐의 시대를 살아남을 수 있었던 것이다!"

쌍둥이인 히츠가야 자매는 티 한 점 묻지 않은 순백의 제복을 바로 하더니 가슴을 편 채 말했다.

어쩐지 자랑스러운 듯 보이는 것은 기분 탓이 아닐 것이다. 이 시대를 살아가는 소년소녀들에게 이 순백의 제복은 특별한 선망의 대상일지도 모른다.

"그럼 원정군이 하얀 제복을 입고 있는 건…."

"물론 대재해와 싸운 사람들과 조직이 존재했다는 걸 잊지 않기 위해서지!"

"온고지신의 마음을 잊어서는 안 된다고, 브라더!"

히츠가야 자매는 엄지손가락을 척 세워 보이며 유쾌하게 설명해 주었다. 그녀들은 가벼운 투로 말하고 있지만 대재해 당시 몇 번이나 바다를 건너며 펼쳤던 구조 활동은 말 그대로 목숨을 건 활동이었을 것이다.

빈번히 분화하는 화산, 거듭되는 지진 재해, 미쳐 날뛰는 바다와 해일. 하나만 현현되어도 여러 도시들이 멸망할 재앙을 앞에 두고도, 공포와 싸우며 사람들을 구조하기 위해 바다를 건넌 사람들.

대재해 그 자체와 싸웠던 사람들을 잊지 않기 위해, 그들이 해낸 일을 기록해 나가기 위해 이 순백의 제복을 입고 있는 것이라고 두 사람은 말했다.

"그렇군. 둘 다 대견한걸."

"물론이지! 우리는 장관후보생이니까!"

"곤란한 일이 있으면 뭐든 말하라고!"

쌍둥이는 가슴에 손을 얹은 채 유쾌하게 선언했다.

이렇게 아무런 의문도 품지 않고 설명해 주니 카즈마로서는 고마울 따름이었다.

자신보다 다섯 살이나 어린 소녀에게 무언가를 가르쳐 달라고 하기가 다소 부끄럽기는 했지만, 상황이 상황인지라 그런 자잘한 수치심은 구석으로 치워 두기로 했다.

"이야기가 길어지게 해서 미안하군. 나를 부르러 왔다고 했는데 어디로 가면 되지?"

"선저(船底)에 있는 연구실. 도시에 도착하기 전에 입자적합률이랑 내재 입자량을 측정하고 싶대!"

"……? 그렇군."

카즈마는 알아듣지 못한 채 고개를 끄덕이고는 쌍둥이의 안내를 받아 배 안으로 들어갔다.

반입된 컨테이너를 체크하는 선원들이며 부상자를 치료하는 백복(白服)들, 격납고에서 정비 중인 다족형 전차를 곁눈질로 살피며 세 사람은 선저에 위치한 연구실로 걸음을 재촉했다.

"그나저나 연구실이 배 안에 있다니, 보기보다 큰 배인 모양이군."

"그런가? 드레이크 급의 배에는 처음 타 봤어?"

"으음, 군용선은 이게 처음이지. 상업선과 노예선도 마찬가지고."

"…어?"

"우와, 말도 안 돼. 그럼 이번이 첫 항해인 거야? 여태 살아남은 게 용하네."

쌍둥이 자매는 다소 식겁하며 놀랐다. 그 비난 어린 시선을 받고서야 카즈마는 퍼뜩 알아챘다.

수위의 상승으로 인해 대부분의 육지가 바다에 가라앉은 이 시대에 승선 경험이 없다는 것은, 다시 말해서 일을 한 적이 없다는 것과 같은 의미가 아닐까.

공짜 밥을 먹으며 살아가는 것이 얼마나 죄스러운 일인지는 조금 전의 이야기를 통해 충분히 알 수 있었다.

쌍둥이 자매가 무직에 노동력과 생산력이 전혀 없다고 오해한 것 같아 카즈마는 곧장 발언을 정정했다.

"아니, 잠깐. 둘 다 뭔가 오해를 하고 있는 것 같은데."

"괜찮아, 괜찮아. 브라더가 어떤 사람인지는 잘 알겠으니까."

"그래, 그래. 그 나이에 무직에 항해 미경험! 사람 구실도 못 하는 사람이었다니, 오히려 존경스러운걸. 히메짱이 바지런히 돌봐 주려는 게 그래서였구나. 납득했다고!"

오해를 완전히 진실로 받아들이기로 마음먹은 두 사람은 카즈마의 이야기는 들은 척도 하지 않고 빠른 걸음으로 선내를 달려 나갔다. 이렇게 되고 나니 정정하기도 귀찮았다.

카즈마는 뒷머리를 긁적이며 자신을 놀리는 두 사람의 말을 무시하기로 했다.

*

그리고 얼마 되지 않아 목적한 장소에 도착했다.

가장 안쪽에 위치한 방의 문을 열자 배와 연결된 구동기관이 나타났다.

나선을 그리며 입자를 가속연소시키고 있는 E.R.A기관은 거의 소리를 내지 않고 구동하고 있었지만 주변에 위치한 기기는 그렇지도 않았다.

본래의 규격과 맞지 않는 부품의 이음매에서는 열과 이런저런 소음이 일고 있었다.

발굴한 E.R.A기관을 본래의 용도와 다르게 사용하고 있는 것이 그 원인이리라. 오히려 배가 정상적으로 가동되고 있는 것이 기적이나 다름없는 상황이었다.

숨이 막힐 듯한 열기가 피어오르는 기관실에서 카즈마는 땀을 훔쳤다.

"갑자기 더워졌군…. 이곳이 연구실인가?"

"연구실 겸 기관실이라고!"

"도시에 정박하고 있을 때는 이렇게까지 뜨겁지 않아. 지금이 특별한 경우라고."

이렇게 뜨거워서는 머리에 열이 올라 연구는 꿈도 못 꿀 것이다. 쌍둥이도 더운지 손으로 부채질을 하며 기관실을 두리번거렸다.

머지않아 나츠키를 발견한 쌍둥이는 한 손을 들어 그녀를 불렀다.

"헤이, 히메짱! 무능한 브라더를 데려왔어!"

"헤이, 히메짱! 반쪽짜리 브라더를 데려왔어!"

"너희들, 그만 좀 해. 언제까지 그걸 소재로 놀릴 셈이지? 그리고 그렇게 스테레오로 떠들어 대는 건 그만둬."

""그럼 모노럴(monaural)로 말할게♪""

"모노럴이 아니기도 한 데다 그런 뜻으로 한 말이 아니야."

카즈마는 조용히 비난했지만 쌍둥이 자매는 알 바 아니라는 듯 놀려 댔다.

한편 나츠키는 거대한 구동기관과 계측기를 접속하는 작업을 하고 있었다.

반짝이는 땀을 훔친 그녀는 세 사람을 발견하고 달려왔다.

"후후, 어쩐지 떠들썩하네. 카즈 군도 조금은 긴장이 풀린 것 같고."

"…글쎄. 도쿄로 돌아갈 때까지는 긴장을 못 풀 것 같은데."

"그렇구나. 이제 40분 정도만 더 가면 도착하니 기대해도 좋아. 우선은 입자적합률을 측정하려고 하니까 잠깐 이쪽으로 와줄래?"

카즈마는 고개를 갸웃하며 나츠키를 따라갔다. 쌍둥이도 궁금한지 그 뒤를 따랐다.

온통 녹이 슨 낡은 연구실 안쪽에는 바다 밑에서 인양한 자재와 범용형 B.D.A가 늘어서 있었다.

아무래도 도시유적에서 발굴된 자재는 이곳으로 운반되는 모양이다.

정비반으로 보이는 부대가 일제히 카즈마를 쳐다보는 가운데, 나츠키가 한 남성에게 말을 붙였다.

"타치바나 씨~ 시간 좀 있으세요~?"

"…나츠키? 갑자기 어쩐 일이냐?"

앞머리가 긴 남성이 작업복 차림으로 걸어왔다. 나츠키는 카즈마 쪽으로 몸을 돌리며 그를 소개했다.

"이분은 개척부대 제3부대 대장, 타치바나 유지(立花雄二) 씨. 전차와 군함 정비 및 인양한 자재의 수복작업을 맡고 계셔."

"…안녕하십니까. 시노노메 카즈마입니다."

"아아, 그쪽이 카즈마였군. 나츠키한테 이야기는 들었어. 우리 적복을 구해 줬다지? 내 쪽에서도 감사 인사를 해야겠군."

타치바나 유지는 스패너를 한 손에 든 채 조용한 미소를 지었다. 행색이 꾀죄죄해서 게으름뱅이일 것 같은 인상을 풍겼지만 막상 이야기해 보니 성실한 청년인 듯했다.

"그럼 바로 측정을…."

"아아, 잠깐 기다려 보라고, 나츠키. 회수한 자재의 분리작업부터 해 줘. 회수한 잔해에서 유기유체물질(有機流體物質)을 떼어 내고 싶은데, 우리가 하면 시간이 너무 오래 걸리거든."

"또요? 지금은 경계 중이라 가능하면 돌아가서 하고 싶은데요."

"아니, 예정보다 많은 양을 싣게 됐잖아. 이대로 가지고 가면 용광로가 못 버틸 거라고. 내 얼굴 봐서 좀 도와주라."

타치바나 유지는 반강제로 이야기를 진행시켰다.

나츠키는 어이없어하며 그의 뒤를 따랐다.

카즈마는 쌍둥이에게 작은 목소리로 물었다.

"그런데 유기유체물질이란 건 **그** 유기유체물질을 말하는 건가?"

"응? 맞는데?"

"그런 물건을, 유적 잔해에서 채취할 수 있다고?"

"응? 할 수 있는데?"

카즈마는 또다시 놀랐다.

쌍둥이는 가벼운 투로 긍정했지만 원래는 그렇게 쉽게 손에 넣을 수 있는 물건이 아니었다.

유기유체물질―그것은 성진입자체의 일부로 유기물에 기생하는 성질을 이용하여 만들어진 액체 금속을 말한다.

입자체가 과도하게 기생하고 있는 유기유체물질을 E.R.A기관에 접속하여 가속시키면 수은보다 무거운 액체 금속으로 변질되는데, 그러한 성질을 이용하여 E.R.A기관을 사용함으로써 결합을 완화, 강화하거나 색채와 형상을 변화시킬 수도 있다고 카즈마는 들었다.

다시 말해서 자연계에서 만들어질 리 없는 물질이다.

그것을 유적의 잔해에서 채취할 수 있다는 게 대체 무슨 뜻일까?

"음~ 뭐, 브라더가 의아하게 생각하는 것도 무리는 아니지."

"애초에 300년 전의 도시가 아직 남아 있는 건 건물에 유기유체물질을 섞은 도료를 썼기 때문이라고 들었거든."

쌍둥이의 이야기를 들은 카즈마는 문득 그 용도가 무엇이었는지를 되짚어 보았다.

유기유체물질은 그 성질을 이용하여 주변의 입자체를 모아 건축물 등의 풍화를 막고 자기 수복하는 도료의 소재로도 사용되었다.

도시가 300년이 되도록 풍화되지 않고 온전한 형태로 남아 있는 것은 그 덕분일 것이다.

"하지만 도료로 사용된 유기유체물질을 환원해서 원상태로 돌려놓는 것이 가능한 건가? 가능하다 해도 정말로 미세한 양밖에 환원되지 않을 텐데."

"그걸 가능하게 하는 게 히메짱의 힘이거든!"

"맞아! 히메짱은 세상에 둘밖에 없는 불가역반환형—일리버시블의 적합자거든!"

쌍둥이 자매는 자랑이라도 하듯 가슴에 손을 얹은 채 말했다.

하지만 카즈마는 다시 고개를 갸웃할 수밖에 없었다.

조금 전부터 그녀들이 이야기하고 있는 '적합'이라는 단어는,

혹시 입자체와의 적합을 말하는 것일까.

'이상하군. 뉴스에서는, 입자체의 산포는 인체에 영향을 미치지 않을 범위와 분량을 계산해서 이루어지고 있다고 했는데.'

카즈마는 자신의 인식이 현실과 다름을 깨닫고는 의아해했다.

그때, 마침 세 사람의 이야기에 귀를 기울이고 있던 타치바나가 고개를 돌리며 말했다.

"아~ 그 뭣이냐. 그걸 설명하자면 이야기가 길어지니 되도록 생략하고 싶은데…. 애초에, '불가역'이라는 말의 의미는 아는 거지?"

"당연하지. 물질적인 측면에서 일방적으로밖에 변화하지 못하는 상태를 말하지? 콘크리트나 연소물질이 그 대표적인 예라 할 수 있지."

…오오? 히비키와 후부키가 고개를 갸웃하며 말했다.

아무래도 그녀들도 자세히 아는 것은 아닌 모양이다.

나츠키는 맥없는 미소를 지은 채 B.D.A를 두드리며 설명했다.

"뭐, 자세한 설명은 나중에 하기로 하고. 우리가 사용하고 있는 B.D.A는 만능의 무기가 아니라 각각 특기 분야가 있어."

입자 적합자들은 각각 여러 가지 분야에 특화되어 있다.

때문에 지금은 각자 역할을 분담하여 도시국가의 방어에 힘쓰고 있다.

성진입자체는 무궁한 가능성을 지닌 만능 입자지만 그것을 사용하는 인체와 사용기기에는 한계가 있다. 적합률이 높으면 여러 방면으로 운용이 가능하지만 인간의 짧은 인생에서 그것을 모두 습득하기란 불가능에 가깝다.

　따라서 기본적으로는 타고난 적합계통을 개발하는 것이 이상적이라 할 수 있었다.

　"가속연소형—B.액셀러레이션, 허수변화형—이매지너리 리액트, 신체강화형—피지컬 업 등 여러 계통이 있지만 개중에는 특정한 인간만이 습득할 수 있는 계통도 있지. 나츠키의 불가역반환형도 그중 하나고."

　불가역반환형—있는 그대로 풀이하자면 일방통행인 화학변화를 상호통행으로 만들어 변환할 수 있는 입자조작을 뜻한다.

　예를 들어 액체 상태의 콘크리트는 한 번이라도 경화되면 결코 원래대로 돌아오지 않는다. 하지만 나츠키의 입자를 침투시킬 경우, 콘크리트를 액체 상태로 돌려놓을 수가 있게 된다.

　"그런가. 나츠키가 상처를 치료할 수 있는 것도 그 덕분이로군."

　"그래. 내 능력이 치유 촉진과 다른 점은 뭉개진 단백질을 보수해서 원상복구시킨다는 거야."

　"…음. 어쩐지 연금술 같군."

　"뭐, 옛날식으로 이름을 붙이자면 그야말로 연금술 그 자체라 해도 과언이 아닐 거야."

"나츠키의 경우에는 불가역 압축으로 파괴된 데이터까지 보수할 수 있으니 말이지. …아직 의문점이 많은 힘이라 자연스럽게 체득하는 것 말고는 익히는 방법이 없는 계통이지만, 사용자 한 사람에게는 적어도 10만 노동력을 넘는 가치가 있지."

10만 노동력. 제아무리 카즈마라 해도 눈을 껌뻑이지 않을 수 없었다.

"그, 그렇게 굉장한 건가?"

"굉장하다고!"

"그보다 훨씬 더 가치가 있을지도 몰라!"

"자재 확보가 어려운 이 시대에 녹슨 철재나 도료를 환원할 수 있다는 건 엄청난 일이지. 좌우간 눈앞에 있는 유적이 모두 보물이나 다름없는 셈이니까."

녹슨 철재를 그대로 사용할 수 있다면 지하에서 철을 캐낼 필요도 없다. 나츠키의 힘이 있으면 무너져 내린 도시유적의 잔해를 그대로 다른 곳에 사용할 수 있는 것이다.

"우리 도쿄가 50만 명밖에 안 되는데도 도시국가로서 주목받고 있는 건 세 가지 요인 때문이지. 첫 번째는 생산성. 두 번째는 제3국립 국회도서관. 그리고 마지막이 해상전투능력."

"히메짱은 그중 생산성을 지탱해서 최연소로 '적복' 지위에 올랐다고!"

"분하지만 멋져!"

"후후, 고마워. 하지만 부끄러우니까 그 정도만 해 줘."

나츠키는 난처한 얼굴로 뺨을 긁적였다. 역시 저 붉은 옷은 특별한 의미가 있는 옷이었던 모양이다. 이 시대의 소년소녀들에게는 선망의 대상일지도 모른다.

"아무튼 카즈 군의 특기 분야는 신체강화형이 맞지?"

"…글쎄. 내가 B.D.A를 처음 본 것은 3개월 전이라 그런 쪽은 잘 모르겠군."

…뭐? 이번에야말로 모든 이의 머리 위에 물음표가 떴다.

괴물들이 마구 날뛰는 이 시대에 B.D.A를 전혀 본 적이 없다니, 그야말로 난센스다. 몸을 지키는 수단의 일종으로 어릴 적에 하나씩은 다뤄 볼 텐데.

타치바나는 입을 쩍 벌린 채 의아하다는 투로 물었다.

"B.D.A를 처음 봤다니…. 이것 봐, 넌 대체 어떤 환경에서 살아온 거야? 출신국이 어디야? 샴발라냐?"

"중화대륙 연방…은 아닐 것 같지?"

"…미안하군. 타츠지로라는 사람이 일본인이라는 것을 제외한 내 신상정보는 말하지 말라고 못을 박아 뒀거든. 무엇보다도 그 이야기는 내가 직접 말해도 믿지 않을 테고."

카즈마는 뒷머리를 긁적이며 난감한 얼굴로 말했다. 신상정보를 말해서는 안 된다고 못을 박았다니, 보통 일이 아니다. 세계적인 지명수배범이라도 되지 않고서는 그런 식으로 함구령을 내리지는 않을 것이다.

의심을 사도 별수 없다는 생각에 카즈마는 거북한 표정을 지었지만… 타츠지로라는 이름을 꺼내자마자 타치바나와 히츠가야 자매가 매우 놀란 표정을 지었다.

"너… 너, 필두의 손님이었던 거냐?!"

"필두?"

"타츠지로 말이야! 원정군과 개척부대를 이끄는 제일 높은 사람!"

"30년 전에 개시한 일본 제도 이주를 성공으로 이끈 주인공! 극동에서 가장 영향력이 있는 2대 '해신(海神)'의 화신이라고 불리는 아저씨 말이야!"

세 사람이 흥분해서 말하는 통에 카즈마는 다소 압도되어 고개를 끄덕였다.

분명 '해신'은 원정군의 전신이 된 조직을 이끌었던 인물의 경칭이었을 것이다.

대재해로 인해 거칠어진 바다를 몇 번이고 왕복하며 수많은 인명을 구조한 전설의 인물. 타츠지로라는 인물은 그런 위대한 인물에 견줄 정도로 이 극동에서 존경을 받고 있는 모양이다.

타치바나는 한숨을 내쉬며 걸음을 멈추고는 몸을 돌렸다.

"필두의 손님이라면 함부로 대할 수 없지…. 나중에 불벼락 맞기는 싫고, 성가신 일에 말려들고 싶지도 않으니까."

"…존경을 받는 건지 두려움의 대상인 건지 알 수가 없는 발언인걸."

"신용의 문제야. 그 사람이 데려온 인재는 언제나 문제를… 아니, 예외도 있나. 여기 있는 나츠키도 5년 전에 필두가 밖에서 데려온 인재였으니."

"내가 쓸 수 있는 계통을 타츠지로 씨가 높게 평가해서, 신원불명이었던 나를 개척부대에 맞아들여 주셨어."

카즈마는 이해했다는 듯 고개를 끄덕였다.

나츠키가 밖에서 온 인간을 대하는 것이 익숙했던 것은 자신도 신원불명인 상태로 실력을 인정받은 경험이 있었기 때문이리라.

"그렇다면 측정을 먼저 끝내 버릴까. 경계령이 발동 중인 상황에서는 전력이 한 사람이라도 더 필요하니까."

"저기, 저도 아까 그거랑 비슷한 말을 했던 것 같은데요?"

"그냥 좀 넘어가자. 어쨌든 적합하는 계통부터 조사해 볼까. 고적합률자라면 신체강화형만 적합하지는 않을 것 아냐."

측정을 위한 기기를 고르던 타치바나는 카즈마를 쳐다보며 말했다.

"그러면 뭐부터 시작할까… 응? 너, 무기는 도검뿐이냐?"

"그럼 안 되나?"

"이거 아주 간이 배 밖에 나왔군. 강직한 남자는 싫지 않지만 총기류 하나쯤은 챙겨 둬야 여차할 때 목숨을 부지할 수 있을 걸?"

타치바나의 지적에 카즈마는 노골적으로 울컥한 눈치를 보였다.

검술은 지금의 그가 소유한 유일한 재산이자, 유일하게 자랑할 수 있는 것이다. 그것을 업신여기고 총기류 소지를 강요하니 영 못마땅했다.

그런 항의의 눈빛을 느낀 나츠키는 장난스러운 미소를 지은 채 사격장을 가리키며 말했다.

"편식하면 못써, 카즈 군. 혹시 총기를 잘 다룰 자신이 없는 거야?"

"자신이 없다기보다는 거의 손을 대 본 적이 없어. 할아버님의 수렵용 샷 건이라면 구경한 적이 있지만⋯."

"좋아, 샷 건이라고 했지? 잠깐 따라와."

⋯으음. 카즈마는 얼굴을 찌푸렸다. 자신이 의도치 않은 방향으로 일이 진행되고 있는 것에 대해 불평을 하고 싶은 듯했지만, 이 이상 항의해 봐야 무의미하다는 것을 깨닫고 입을 다물었다.

쌍둥이는 그 뒤에서 "어, 저 나이가 되도록 사냥 경험도 없다는 거?" "어떻게 그럴 수가 있대?"라는 둥의 말을 속닥거리고 있었다.

카즈마는 안 들리는 척 두 사람을 따라갔다.

"그나저나 조금 전부터 이야기에 나오는 '입자적합률'이라는 건 뭐지?"

"응? …으음, 대기 중에 산포된 성진입자체가 체세포에 얼마나 침투해 있는지를 나타내는 수치야. 들어 본 적 없어?"

"처음 듣는군. 분명 성진입자체는 인체와 생태계에 악영향이 없는 범위에서만 산포된다고 들었는데. 제3차 에너지의 공급과 자연재해 억제를 위해 만들어진 게 아니었나?"

환경제어탑이 건설된 이유는 두 가지다.

하나는 조금 전에 언급되었던 태양계 최대의 해저화산을 억제하는 것.

이는 인류의 멸망을 방지한다는 의미에서도 가장 중요시되었던 계획이지만, 사실 이 계획에는 이전 단계가 있었다.

그 이전 단계의 계획이 석유와 전력 등을 비롯한 제1차, 제2차 에너지에 의존하지 않는 제3차 에너지의 세계적 보급.

영구기관에 의해 발생된 영속적인 에너지의 개발이다.

환경 정보의 치환으로 인해 무(無)에서 에너지를 추출할 수 있는 입자체를 각지에 산포하여 그것을 동력으로 기동하고 있는 것이 'Ether acceleration drive'—통칭 E.R.A기관이다. 제3종 성진입자체(3S nano machine unit)를 흡인한 E.R.A기관은 구동 에너지 순환 증폭 한계를 넘기지 않는 한, 반영구적으로 가동할 수 있다.

출력은 탑재된 가속기의 성능과 흡인력에 따라 달라지지만 현대의 환경에서는 입자 소비량에 대한 규제가 없으니 얼마든지 리미터를 해제할 수 있다.

이 연구로 인해 과거의 석유나 전력을 이용한 동력은 급격하게 쇠퇴했다. 하지만 이 단계에서는 완전한 영구기관이라 할 수 없었다. 노심(爐心)의 한계를 초월하게끔 가동시키면 행동범위가 넓어지는 대신 내장된 입자를 모두 소비하여 정지 현상을 일으키고 만다.

100의 생산, 100의 소비.

완전한 영구기관과 입자체는 가동 중에 이를 가능케 해야만 성립된다.

"애초에 네가 사용하고 있는 B.D.A는 Blood accelerator— 혈중입자가속기의 약칭이야. 체내로 흡수한 입자체를 '1초의 정의'에 따라 핏속에서 초당 약 33회 순환시켜서 실수(實數)와 허수(虛數)를 맞바꾸는 가속기지. 이 '폐쇄공간 안을 등속운동으로 순환하는 입자'가 '제3종 성진입자'. 세계의 고유시를 정의하고 충족시키는 물질이고. 고대에는 에테르, 이전 시대에는 가공입자—타키온이라고 부르기도 했지만 허수에서 실수화가 가능해진 시점에서 상위 호환이라고 볼 수 있지."

고유시란 물질계에서 물리법칙을 고정하는 말뚝 같은 것이다.

'1초의 정의'가 바뀌면 고유시라는 말뚝이 빠져 물질계의 법칙이 모두 다시 쓰여진다.

"거기까지는 알아. 실수화를 가능케 한 것이 맥스웰 정보변환식이라는 거잖아? 영구기관을 가능케 하는 입자를 관측하는 데 필요한 제1식이었던가?"

"……. 오히려 일반 사람들은 그런 이야기를 더 모를 텐데."

영구기관의 핵심인 입자의 관측과 생산, 유지에는 정보 치환에 의한 힘의 보존이 필요하다. 구식 E.R.A기관에는 이 생산 한계를 초과하는 힘을 발휘하려 하면 조금 전에 말한 것처럼 가동이 정지되어 버리는 결점이 있었다.

하지만 다족형 전차와 대형선박은 고출력이 요구되는 상황이 많기에 가동이 정지되는 경우가 드물지 않다.

이래서는 영구기관으로서 불완전하다 말하지 않을 수 없다.

진정한 제3영구기관은 구동기관 안에서 성진입자체를 제조해내야만 비로소 성립된다.

환경제어탑은 진정한 제3영구기관을 체현하고 있기에 인간이 관리를 하지 않았음에도 300년 동안이나 무사히 계속 가동하고 있는 것이다.

"'물질―에테르' 적합과 '가공―타키온' 적합의 비율만이라도 알 수 있으면 좋겠는데…. 이곳에서는 간이측정밖에 못 하거든. 뭐 좀 괜찮은 도구는 없나요?"

"있으니 이리 데려왔지. …자, 이건 어떠냐?"

타치바나는 카즈마에게 한 정의 산탄총을 건네주었다.

낯선 형상의 산탄총을 앞에 둔 카즈마는 고개를 갸웃했다.

"이게, 샷 건이라고?"

"그래. 아직 시제품이기는 하지만 B.D.A와 접속하면 특수화합 작약탄을 쏠 수 있는 죽여주는 물건이지. 소형화한 접속기를 중대련 녀석들이 쓰기에 시험 삼아 만들어 봤다."

타치바나 부대장은 자랑스러운 표정으로 말했다.

중대련이라는 것은 나츠키가 말한 중화대륙 연합을 말하는 것이리라.

타국에 경쟁의식을 가지는 것은 중요한 일이기는 하지만 시제품을 처음 보는 인간에게 써 보게 하는 건, 안전 문제는 둘째 치고 좀 그렇지 않은가.

"……. 폭발하거나 하지는 않겠지?"

"문제없어."

"정말로?"

"걱정 말래도. 시신은 거둬 주마."

타치바나가 엄지손가락을 세우며 웃었다. 카즈마는 나지막이 한숨을 내쉬고서 사격장에 섰다.

B.D.A의 접속 플러그가 어느 부분에 있는 줄 몰라 고개를 갸웃거리며 낑낑대자 보다 못한 히츠가야 자매가 돕고 나섰다.

"손목 부분에 접속 플러그 있지? 그걸 늘여서 총에 연결해."

"총은 이렇게 쥐고. 쏠 줄은 알아? 아, 이건 빈정대는 게 아니라 진지하게 묻는 거야. 다치지 않도록 모르는 건 바로 물어봐."

"알겠어."

시끄럽게 굴던 조금 전과는 달리 쌍둥이는 매우 진지하게 카즈마의 준비를 도왔다.

장관후보생답게 총기를 취급하는 것이 얼마나 위험한 일인지 알고 있는 것이다. 카즈마도 나이 차이가 난다는 사실은 잊고 묵묵히 지시에 따랐다.

나츠키와 타치바나는 그 모습을 보며 진지하게 귓속말을 주고받았다.

"…놀라운걸. 보아하니 정말로 B.D.A의 구조를 모르는 것 같은데?"

"구조는커녕 조금 전에 들은 이야기가 사실이라면 B.D.A의 올바른 사용법도 모를 거야. 심지어 총기 취급법까지 모를 줄은 몰랐어."

나츠키는 쓴웃음을 지었다. 타치바나 부대장에게는 사전에 사정을 설명해 둔 것이리라.

카즈마에게는 상식이 매우 부족하다.

어디까지 연기인지 모르는 이상, 반응을 보고 판단코자 한 것인데… 보아하니 정말로 총기의 사용법도 모르는 모양이다.

"이 인류 퇴폐의 시대에 총기는 애들도 사용법을 배우는 초보적인 호신용구일 텐데. 대체 어떤 온실에서 자란 건지, 원. …저런 녀석이 정말 백모원의 무리를 물리쳤단 말이야?"

"뭐 하러 그런 쓸데없는 거짓말을 하겠어. GⅢ급인 백모원을 물리친 건 사실이야."

"저 범용형 B.D.A랑 도검으로?"

"그래. 내가 **통상시에** 사용하는 고적합률 전용 B.D.A가 아니라, 평범한 범용형 B.D.A로 거구종의 무리를 간단히 물리쳤어."

나츠키가 매우 진지하게 말하자 타치바나도 팔짱을 낀 채 생각에 잠겼다.

적합률이 높은 인간은 평범한 B.D.A를 장착해선 자신의 능력을 온전히 발휘하지 못한다.

나츠키도 그런 인간 중 한 명이었다. 그녀는 극동 도시국가 연합 안에서는 매우 높은 적합률을 자랑했고 불가역반환형 말고도 여섯 개나 되는 계통을 상황에 따라 선택해서 사용할 수 있는 뛰어난 인재다.

지금은 B.D.A의 출력을 제한하고 있지만 본래는 극동에서도 손꼽히는 실력자인 것이다.

"지금의 나는 제대로 싸울 수가 없어서 긴급사태가 벌어지면 대응이 늦어질 거야. 하지만 카즈 군이 개척부대 소속이 되어 준다면 긴급사태가 벌어져도 대응할 수 있을지도 몰라."

"굴러들어 온 복덩어리나 다름없다 이건가. 어디 세상 일이 그

렇게 호락호락할까 싶지만…. 뭐, 필두가 데려온 인재니 전력적
으로는 큰 걱정 안 해도 되겠지."

몰래 손에 든 간이측정기를 흘끔거리며 타치바나는 가볍게 카
즈마를 지켜보았다. 저 시제품에는 사용자의 입자적합률을 측
정하기 위한 계측기가 내장되어 있다.

특수화합 작약탄은 약협 내부와 뇌관 부분에 사용된 결정화
입자를 가속기인 B.D.A나 E.R.A기관에 접속해서 가속연소 현
상을 일으켜 엄청난 압력으로 탄환을 발사하는 물건이다.

E.R.A기관의 출력이나 B.D.A 사용자의 적합률에 따라 발사
되는 속도와 파괴력이 달라지기에 고적합률자가 아니면 그렇게
대단한 파괴력을 내지 못한다.

하지만 그렇기에 재능이 있는 이가 사용했을 때는 극적인 변
화를 보인다.

고적합률자가 사용하면 조금 전에 나타났던 거구종 정도는 분
쇄하고도 남을 파괴력을 기대할 수 있다.

"…어디, 어떻게 되려나."

카즈마가 총을 겨누었다. 총을 처음 다뤄 보는 것치고는 바른
자세다. 저 정도면 반동으로 날아갈 걱정은 없을 것이다.

나츠키는 조용히 지켜보았다.

타치바나는 흥미롭다는 표정으로 팔짱을 끼었다.

히츠가야 자매는 약간 걱정스러운 얼굴로 뒤에서 대기했다.

카즈마가 방아쇠에 손가락을 대고 당긴 직후….

—요란하게 **폭발했다**.

"어어?!"
"응?!!"
"잠깐….."
괜찮아?!! 나츠키와 히츠가야 자매가 일제히 달려갔다.
타치바나 부대장은 눈이 휘둥그레져서 옆에 서 있었다. "폭발
하지는 않겠지?"라는 질문에 그렇게나 자신만만하게 문제없다
고 장담을 했는데, 이 타이밍에 폭발할 줄은 꿈에도 몰랐다.
—하지만 웃을 일이 아니다.
정신을 차린 타치바나는 곧장 얼굴이 새파랗게 질려서 허둥대
며 달려가, 카즈마가 무사한지 살폈다.
"미, 미안하다! 괜찮냐, 카즈마?!"
"…으윽… 뭐, 그럭저럭. 하지만 방금 그거, 내가 아니었으면
죽었을걸."
카즈마는 무언가를 움켜쥔 채 조용한 목소리로 명확한 비난의
뜻을 담아 말했다. 놀라서 넘어진 모양이지만 아무래도 부상이
라 할 만한 것은 없는 듯했다.
가슴을 쓸어내리기는 했지만 세 소녀가 일제히 타치바나를 노

려보고 있었다.

"어떻게 된 거예요, 타치바나 씨? 무사하니 다행이지만 자칫 잘못했으면 죽었을 거라고요!"

"맞아맞아, 책임자는 설명해라!"

"맞아맞아, 책임자는 사죄해라!"

"아, 알겠어. 어쨌든 미안하다. 전면적으로 내 불찰이다. 아까 시험사격을 했을 때는 이렇지 않았는데…."

타치바나는 뒷머리를 긁적이며 폭발한 총을 들어 올렸다. 시제품이라고는 하나 그가 제작한 새로운 총이 폭발했다는 것이 알려지면 그의 신용이 깎일 것이다.

그 자리에서 해체하여 원인을 확인하자마자 타치바나의 안색이 바뀌었다.

'…응? 뭐야, 이게. B.D.A와 연결된 기관부가 완전히 타 버렸잖아?'

평범하게 폭발해서는 이런 식으로 망가지지 않는다. 총의 내구도가 모자라서 가속연소에 견뎌 내지 못한 것일지도 모르지만 그런 것치고는 망가진 모양새가 부자연스럽다.

하지만 원인을 알 수 없으니 뭐라 설명할 방도가 없었다. 일단 지금은 대충 둘러대 둘까 하고 타치바나가 생각한 그 순간.

카즈마가 움켜쥐고 있던 물건을 타치바나에게 던져 주었다.

"역시 내게 총은 안 맞아. 이 도검이 있으면 문제없이 싸울 수 있어. 오늘 아침에 만난 거대 원숭이와 바다 괴물과도 문제없이 싸웠어. 이 이상은 괜한 간섭이야."

거만함이 느껴지지 않는 그 말투에 타치바나는 엉겁결에 입을 다물었다. 그리고 그가 던져 준 것을 보고는 아예 말문이 막혀 버렸다.

―그것은 **탄환이었다**.

그것도 보통 탄환이 아니라 방금 폭발을 일으킨 탄환이었다.

"너… 너, 이거…."

"…잠깐 있어 봐, 브라더."

"방금 **바다 괴물과 싸웠다고 했어**? 그거 설마 빨간 갈기털을 지닌 거구종 말하는 거야?"

조금 전까지 느긋하기만 했던 쌍둥이 자매도 놀라서 의아한 투로 물었다. 두 사람의 머릿속에 불쑥 떠오른 것은 그 두 동강 난 거대한 바다 괴물의 모습이었다.

그 말끔한 절단면을 보고도 잊을 수 있는 사람은 없을 것이다.

인간의 손으로 베어 냈으리라고 추측할 수는 있어도 어떠한 수단으로 베었는지를 예상하기는 어려웠다. 그 참격은 그 정도로 충격적인 것이었다.

유일하게 시노노메 카즈마의 검술이 지닌 위력을 아는 나츠키는 진지한 얼굴로 고개를 끄덕여 답했다.

"그렇구나… 역시 GⅨ급 '해사자'를 쓰러뜨린 건 카즈 군이었구나."

"뭐, 일단은. 그런데 그 GⅨ급이라는 건 무슨 뜻이지?"

"부대에서 사용하는 등급이야.

거구종, 환수종은 G급. 뒤에 붙은 숫자는 몸길이를 뜻하고. 골동품상의 배를 공격한 '해사자'는 GⅨ급이니 10미터 미만 9미터 이상이야."

"그럼 GⅢ급의 거구종, 혹은 환수종은 3미터 급이라는 뜻인가."

"후후, 빨리 알아챘네. 아까 싸웠던 '백모원'은 그 GⅢ급이야. 이 '해사자'와 '백모원'은 원래 1개 중대를 편성해서 싸우는 상대인데, 용케 이겼네."

"타츠지로라는 사람에게 받은 이 장치가 우수했던 덕분이지. 나도 그 덕에 살았고."

카즈마는 오른손에 장착된 B.D.A를 톡톡 두드리며 말했다.

그 자리에 있던 이들은 그 반응에 더더욱 당황할 수밖에 없었다.

카즈마의 태도로 미루어 거짓말을 하고 있는 것 같지는 않다. 분명 진심으로 한 말이었으리라.

자신에 대한 평가가 낮은 것인지 겸손한 것인지는 모르겠지만, 적어도 연기로 보이지는 않았다.

나츠키는 쓴웃음을 지은 채 고개를 가로저었다.

"…우수한 B.D.A라. 카즈 군이 가진 B.D.A는 겉으로 봤을 때 극동 연합에서 사용하고 있는 양산형과 다를 게 없어. 특별한 건 오히려 카즈 군인 것 같은데?"

"그런가?"

"그렇답니다. 그러니까 너는, **평범한 사람이 아냐.**"

날카로운 가시로 찌르는 듯한 지적에 카즈마의 눈이 동그레졌다.

악의가 느껴지지는 않았지만 그 말에 담긴 뜻은 분명했다. 카즈마는 그녀의 지적을 받고서야 자신의 언동에 모순이 있었음을 깨달았다.

―당연한 이야기를 하자면.

B.D.A는 모든 사용자를 초인적으로 강해지게 하는 편리한 병기가 아니다.

성진입자체의 적합률이 높으면 그에 적합한 힘을 생성해 내지만 모든 이가 그 은혜를 누릴 수 있는 것은 아니다.

타치바나는 전해 들었던 것보다 훨씬 상식이 없는 카즈마를 보며 나츠키가 내린 총평을 되짚어 보았다.

'인품은 좋다. 하지만 상식이 없다라…. 적절한 평가군.'

다족형 전차를 일방적으로 몰아붙이는 거대 원숭이 무리와 대해를 가로지르는 거대한 사자.

그런 괴물들을 몸과 칼 한 자루만으로 베어 넘기는 것은 B.D.A와 입자체를 고도의 수준으로 다루는 자라 해도 그리 쉬운 일이 아니다.

이만한 힘을 지닌 이라면 소문이 나돌아도 이상할 것이 없다. 하지만 시노노메 카즈마라는 이름의, 도검을 다루는 야마토 민족 청년이 있다는 소문은 지금까지 한 번도 들은 바가 없었다.

지적을 받은 카즈마는 잠시 생각하더니 떨떠름하게 자신을 가리키며 말했다.

"내가… 그렇게 **이상**한가?"

예상치 못한 얼빠진 답변을 들은 나츠키와 쌍둥이, 타치바나는 맥이 빠진 듯 어깨를 늘어뜨렸다.

"이, **이상**하다기보다는… 아니 뭐, **이상**하냐고 묻는다면 상당히 **이상**한 편이지만."

이 청년은 어쩐지 미묘하게 어긋나 있다.

악의가 없다는 것은 좋은 일이지만 예리한 지적에도 영 반응이 없다. 이래서는 속을 떠보려는 쪽만 얼간이처럼 보일 것이다.

나츠키는 빙 둘러 말하는 것이 바보 같다는 생각이 들어서 허리에 손을 얹고서 어이없다는 듯 웃으며 입을 열었다.

"표현을 약간 바꿀게. 카즈 군은 **특별**해."

"특별해? 내가?"

"그래. '입자적합률'은 거의 선천적인 자질로 결정이 되거든. 특수한 환경에 있는 사람을 제외하면 후천적으로 상승하는 사람은 손에 꼽을 정도고. 뭐, 일종의 재능 같은 거야."

"……. 그런, 건가?"

"그렇답니다. 히비키랑 후부키도 재능을 인정받아서 이 나이에 장관후보생이 된 거거든."

나츠키는 쌍둥이의 머리에 손을 얹으며 말했다.

이 시대, 인간은 귀중한 노동자원의 일부다.

열두 살이라는 어린 나이에 장관후보생으로서 원정대의 배에 승선시킨 것은 경험을 쌓게 하기 위함이며 그리 드문 일도 아니라는 것이다.

"이게 우리 두 사람만의 문제라면 깊이 캐묻지 않았을 거야. 약속한 게 있으니 너 한 사람 정도는 책임져 줄 수 있어. 카즈 군의 인간성에는 문제가 없어 보이니까. …하지만. 네 전투능력은 도시국가에게도 매우 위험할 수 있어. 심지어 위험한 것도 모자라서 네 정체가 무엇인지도 우리는 전혀 몰라. 조금 전에 했던 말 중 거짓말은 없었던 거지?"

"……."

나츠키의 물음에 카즈마는 난감한 듯 시선을 피했다. 그녀는 수상해 보이기만 하는 카즈마의 언동을 진지하게 받아들이고 있기에 묻는 것이었다.

요컨대 **너는 누구냐**, 라고.

그녀는 신원을 보증하기 위해 시노노메 카즈마가 누구인지를 알려 달라고 말하고 있었다.

"도쿄에는 많은 사람들이 살고 있어. 대붕괴로 일본 제도가 화산재에 뒤덮여서 야마토 민족이 오가사와라 제도로 대피한 게 300년 전이야. 도쿄로 본격적인 이민이 시작된 건 30년 전이고. 겨우 도시국가다운 형태를 갖춰 가고 해몰대륙과의 교통 교섭이며 지방도시와의 민족병합이 시작된 참이야. 그런 중요한 시기에 불안요소를 들이고 싶지는 않아."

"······."

온화한 목소리로 타이르자 카즈마는 어떻게 할지 고민하기 시작했다.

나츠키의 말은 절반이 선의, 나머지 반이 의무로 이루어져 있었다.

공과 사의 우선순위를 완벽하게 정하고서 카즈마의 사정을 충분히 배려해 주고 있는 것이다. 현재까지 수상한 언동을 거듭했던 것을 고려하면 그저 고마울 따름이다. 신뢰하기에는 충분하고도 남을 정도의 일이다.

하지만 문제가 있다면….

"…미안. 아무리 생각해도 내 입으로 설명해 봐야 믿어 주지 않을 것 같아. 나 자신도 현재 상황이 그다지 실감이 나지 않으니까."

"그래? 뭐, 가족의 안부도 여전히 모르는 상태니 정 그렇다면 별수 없네."

다음 순간, 나츠키는 밝은 미소를 지으며 둘째손가락을 세운 채 말했다.

"사정이 그렇다면 도쿄로 돌아가서 연락을 취할 수 있는지 시험해 보자! 지금이라면 아슬아슬하게 연락이 될지도 모르니까!"

"그래도 되겠어?"

"사정이 사정이잖아. 어찌 되었든 그 '해사자' 잔당 대책의 일환으로 한 번은 집정회, 사가라(相良) 상회랑 이야기를 해야 했거든. 그때 기회가 있으면 물어보기로 하자!"

도시국가에 접근하는 호기심 많은 거구종의 수는 최근 들어 상당히 줄어들었다. 30년 동안 원정군이 외적 박멸을 행해 온 성과 중 하나일 것이다.

게다가 도시 주변에는 음향병기를 이용해 불쾌한 음파를 흘려보내 가까이 다가오지 못하게 한다. 만에 하나 접근한다 해도 기뢰를 띄워 둔 덕분에 그리 간단히는 돌파하지 못한다.

게다가 무리의 우두머리인 거구종은 카즈마가 처치했다.

남은 것은 커 봐야 G Ⅲ급 정도 될 것이다.

제2경계태세로 대기하라고 말해 뒀으니 만일의 경우에 대비해 대피권고령도 내려졌을 것이다. 나츠키는 돌아가서 천천히 대책을 강구해 보자고 생각했다. 그때 문득, 카즈마가 찬물을 끼얹었다.

"'해사자'라… 확실히 그것이 도시에 나타나면 큰일이겠군. 그러고 보니 한 마리가 더 있었는데, 괜찮을까?"

"…어?"

뭐? 일동은 귀를 의심했다.

예상치 못했던 보고에 나츠키는 엉겁결에 얼빠진 목소리로 외치고 말았다.

"자, 잠깐 있어 봐! 제일 큰 거구종은 카즈 군이 처치한 거 아니었어?"

"제일 큰지 어떤지는 둘째 치고, 분명 한 마리가 더 있었어. 쫓으려 했지만 바닷속이기도 했고 속도가 배보다 몇 배는 빠르기도 했던 데다 배 밑바닥에 구멍이 뚫려서 그럴 형편이 아니었지. 한 쌍이 아닐까 싶던데, 아니었나?"

아까 전에 들었던 보고가 나츠키의 머리를 스쳤다.

발견된 거구종의 사체는 수컷이었다고 했다. 번식해서 무리를 이루는 종이라면 수컷과 암컷이 한 쌍이 아니었을까 의심하는 것은 당연한 일이리라.

도시는 발견 장소에서 떨어진 곳에 위치해 있지만 골동품상의 배보다 빠르다면 문제가 커진다. 경과 시간으로 미루어 봤을 때, 최악의 경우에는 도시국가 근처까지 이동했을 가능성도 있다.

나츠키는 앞으로 몸을 내민 채 카즈마에게 물었다.

"골동품상의 배보다 빨랐다고 했는데, 이 배보다도 빨랐어?"

"비교도 안 되지. 이 배보다 열 배는 빠를 것 같던데."

"으… 뭐야, 그게. 거의 아음속이잖아…!"

카즈마의 말을 들은 일동은 전율했다.

바다 생명체 중에는 순간 최고 속도가 시속 160킬로미터에 달하는 것도 있다고 한다. 하지만 카즈마가 방금 말한 것이 사실이라면 그것의 두 배 이상의 속도를 내고 있다는 뜻이 된다.

"그것만으로는 설명이 안 돼. 유체의 결합을 완화시키거나 마찰을 조작할 수 있다는 걸까…?"

"최악이군. 그건 거구종보다 상위에 있는 종이란 소리잖아…!!!"

"하지만 음향병기가 있으면 가까이 오지 않는 것 아닌가? 도시를 방어하는 데도 쓰인다고 들었는데?"

도시를 지키는 보이지 않는 소리의 벽. 카즈마는 나츠키에게 그것이 도시국가를 보호하고 있다고 들었다. 하지만 나츠키는 고개를 가로저으며 말했다.

"일반적으로는 그래. 하지만 생각해 봐. 카즈 군이 타고 온 배는 음향병기를 쓰고 있었음에도 불구하고 공격을 당했다고 했잖아?"

지적을 받은 카즈마는 기억을 되짚어 보았다.

선장은 분명 음향병기를 기동시키고 있었다고 했다.

"다시 말해서… 음향병기가 먹히지 않는 종류라는 건가?"

"그뿐이라면 차라리 다행이지. 굳이 공격을 해 왔다는 건 우리가 흘리고 있는 음파를 들으면 흥분 상태가 되는 신종일지도 몰

라. 그런 징조 같은 건 없었어?"

나츠키의 질문을 들은 카즈마의 얼굴에도 진지한 빛이 퍼졌다.

그는 그녀가 말한 모순을 염두에 두고 상황을 돌이켜 보았다.

"그러고 보니… 배의 밑바닥이 파괴됨과 거의 동시에 괴물들이 도망치기 시작했던 것 같군. 파괴된 음향병기가 설치되어 있었던 것은 분명…."

"골동품상 선장님도 분명 배의 밑바닥이라고 했어…!!!"

상황이 일치했다. 아직 단정은 할 수 없지만 '해사자'는 음향병기의 영향으로 난폭해지는 신종일 가능성이 높다.

"부대의 절반을 미리 복귀시키기는 했지만… 이대로는 도시가 위험할지도 몰라. 측정을 중지하고 배의 속도를 올리자!"

"하, 하지만, 하지만 이 이상 속도를 내도 괜찮은 거야?"

"너무 속도를 올리면 음향병기의 효과가 약해질 텐데?"

"차라리 이쪽으로 와 주면 고맙지. 이 위치에서는 폭뢰를 사용할 수 있지만 도시 안으로 들어가면 백병전을 펼칠 수밖에 없어. 그러니…."

그때 까마득히 먼 곳에서 포성이 울려 퍼졌다. 이변이 일어났음을 알아챈 군함의 승무원들은 서로 얼굴을 마주 보고는 곧장 상황파악에 나섰다.

도시에서 가까운 이곳에서 포성이 울리다니, 보통 일이 아니다.

나츠키는 곧장 콘솔 패널을 띄워 조종실에 직접 연결했다.

머지않아 화면에 선장으로 보이는 호리호리한 체구의 남성이
비치더니 허둥대며 통신에 응답했다.

[나츠키 씨, 마침 연락하려고 했는데! 방금 전 거주구획 안에
서 검은 연기가 피어올랐습니다! 누군가에게 공격을 당하고 있
는 듯합니다만, 전혀 연락이 되지 않습니다!]

"윽, 한발 늦었어…!"

통신 관제 시스템이 먹통이라는 것은 도시의 방벽이 돌파당했
다는 뜻이다. 거구종 무리의 공격을 받고 있는 것이라면 도시는
대혼란 상태가 되었을 가능성이 높다.

상황을 파악한 쌍둥이도 나츠키에게 달려와서 양손에 B.D.
A.를 끼웠다.

"히메짱, 우리라면 금방 나갈 수 있어."

"우리가 다족형 전차에 접속하면 5분 정도면 도착할 수 있어!"

"알겠어. 나도 동행할게. 두 대로 선행하도록 하자. 타치바나
씨는 시간이 좀 걸리겠지?"

"내 B.D.A는 기동하는 데 시간이 걸리지만 배가 도시에 도착
할 때까지는 준비가 될 거야!"

"그러면 대기하면서 준비해 줘. 그리고…."

나츠키는 카즈마에게 고개를 돌렸다.

옆에서 이야기를 듣고 있던 카즈마는 말없이 고개를 끄덕여
답했다.

"사정은 알겠어. 긴급사태가 일어난 거지?"

"…고마워. 허겁지겁 귀국하게 해서 미안하지만, 나중에 꼭 답 례할게."

두 사람이 마주 본 채 고개를 끄덕임과 동시에 선내에 경종이 울려 퍼졌다.

나츠키는 카즈마에게 통신기를 던져 건네주고는 준비에 착수 했다.

이런저런 사람들의 목소리가 배 안에 울려 퍼지는 가운데, 카 즈마는 문득 도쿄가 있는 방향을 바라보며 생각했다.

'…드디어 돌아왔군. 이로써 겨우 내가 품은 의문을 풀 수 있 겠어.'

시노노메 카즈마는… 도쿄로 돌아가야만 한다.

그러한 일념으로 바다를 건너 이곳까지 왔다.

잠에 취한 듯 현실감이 없는 상황에서 깨어나고자 이곳까지 왔다.

카즈마는 긴장된 얼굴로 눈을 가늘게 뜬 채 일본도를 세게 움 켜쥐고서, 앞장선 나츠키 일행의 뒤를 따랐다.

3 장
CHAPTER
3

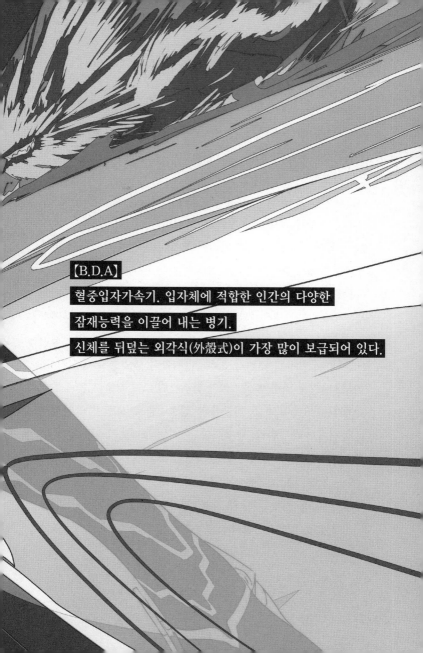

【B.D.A】
혈중입자가속기. 입자체에 적합한 인간의 다양한
잠재능력을 이끌어 내는 병기.
신체를 뒤덮는 외각식(外殼式)이 가장 많이 보급되어 있다.

검은 연기가 오르는 해상도시유적.

다족형 전차 두 대가 격렬한 구동음을 내며 질주했다.

도시를 향해 질주하는 전차에 매달려 있던 붉은 옷의 소녀—
카야하라 나츠키는 통신기를 통해 미리 귀항한 또 한 척의 군함
에게 외쳤다.

"드레이크 2, 응답 바랍니다!! 들리면 상황을 보고해 주세요!"

치직. 거친 잡음이 나츠키의 귀를 찔렀다.

거구종이 무리를 지어 나타나면 그들이 방출하는 입자의 파도
때문에 통신이 불안정해지는 경우가 있다.

하지만 육안으로 확인이 가능한 이 거리에서도 연결이 되지
않는 것을 보면 매우 강력한 거구종이 습격해 온 것이 분명하
다. 나츠키는 상황을 파악하고자 통신기를 향해 몇 번이나 소리
를 쳤다. 군함과의 거리가 3,500미터까지 줄어들자 통신기 너
머에서 나이든 남성의 목소리가 들려왔다.

[여기는 드레이크 2! 거구종의 입자방출로 통신이 불안정하
다! 들린다면 응답하라! 반복한다, 여기는 드레이크 2!]

"토키와 함장님! 나츠키예요, 상황을 보고해 주세요!"

[오⋯ 오오?! 나츠키뿐이냐?! 선봉대로 온 거냐?!]

"네. 다족형 전차 두 대와 저, 그리고 외부의 고적합률자를 데
리고 왔어요. 앞으로 120초 정도 후에 그쪽에 도착할 예정이에
요."

[아니, 이쪽은 무시해도 되니 서둘러 거주구획으로 가라! 대피가 아직 덜 끝났어!]

나츠키는 놀란 나머지 귀를 의심했다. 그럴 리가 없기 때문이다.

제2경계태세가 발령되면 신속하게 대피할 수 있도록 주민들은 자택에서 대기해야 한다. 경계태세를 발령한 지 몇 시간이나 지났음에도 불구하고 대피가 끝나지 않았다니….

검은 연기가 오르고 있는 도시를 본 그녀는 이를 갈며 되물었다.

"대피가 덜 끝났다니… 어떻게 된 거죠? 제2경계태세를 내려 대기시키라고 지시했잖아요!!!"

[미안하다. 우리가 더 제대로 전달했어야 했는데. 침입 사실을 알아챘을 때에는 아직 유기유체물의 생산라인이 가동 중이어서 개척부대가 현장을 벗어날 수 없었다더구나. 보고에 의하면 대피 유도를 할 인원도 파수꾼도 부족했다는 모양이다.]

"큭… 대충 파악했어요. 사가라 상회가 방해를 했다 이거죠?"

[그래. 상회에만 통달한 게 잘못이었다. 집정회에도 알려 뒀으면 이런 일이 벌어지지는 않았을 텐데…!]

극동 도시국가 연합에는 세 개의 조직이 존재한다.

군부를 총괄하는 '해양원정군'.

도시국가의 행정과 기술을 관리해 온 '오가사와라 집정회'.

도시유적의 개척, 물질의 생산과 배급을 담당하는 '사가라 상회'.

전투 부문을 맡은 원정군과 개척부대는 직결된 부대가 아니다. 유사시에는 지휘권이 원정군으로 넘어가기는 하지만 평상시에는 생산과 배급을 책임지는 조직인 '사가라 상회'의 영향력이 강하다.

유통과 교섭으로 도시국가가 어느 정도 번성하자 주민들은 적극적으로 생산과 개척활동에 나섰다.

생산라인이 멈추면 상회 측이 큰 손실을 입는다. 사태를 가볍게 여긴 사가라 상회가 개척부대를 현장으로 보내지 않은 것이리라.

전차 안에서 통신을 듣고 있던 히츠가야 자매도 외부 음성으로 목소리를 높였다.

[기, 기가 막혀서…! 도시국가의 생존권을 위협하는 행위잖아요!!!]

[지금까지도 이래저래 방해를 하기는 했지만, 경계명령을 무시하는 건 진짜 큰일 날 일이라고요! 5년 전에 있었던 습격에서 배운 게 아무것도 없는 거야?!!]

"둘 다 진정해. …선행부대의 상륙은 어려울 것 같나요?"

군함에서 통신에 응답했던 함장은 씁쓸한 목소리로 답했다.

[매우 어려울 것 같다. 바다 괴물의 수가 많아서 설불리 상륙할 수가 없어.]

"그럼 해상전으로 싸우는 수밖에 없으려나… 전차의 장비를 교체하고 오길 잘 했네. 등급은요?"

[본함의 주변에 있는 것은 대부분 GⅢ급이지만 거주구획에는 최소한 GⅥ급이 네 마리, GM—밀리언 급이 한 마리 확인됐다. 오랜만에 거물이 행차하셨지.]

보고를 듣고 긴장했는지 나츠키와 히츠가야 자매의 손가락에 힘이 실렸다.

"…밀리언 급. 대수(對獸) 폭뢰로 단숨에 섬멸하고 싶지만 도시에서 너무 가까워서 안 되겠고."

[그래. 하지만 도쿄 만까지 유도할 수만 있다면 설치되어 있는 기뢰를 써먹을 수 있지. 대피가 끝나면 포위하며 유인해 내지. 수중전으로 붙어 봐야 상대도 안 될 테니 말이다.]

"상황은 알겠어요. 저희는 거주구획으로 이동할게요. 기총으로 응전하며 대기해 주세요."

나츠키는 군함과 연결된 통신을 끊고 붉은 옷을 나부끼며 외쳤다.

"상황이 바뀌었어! 둘로 갈라져서 행동하자! 나랑 후부키는 대피 유도와 호위, 카즈 군이랑 히비키는 상황에 따라 거구종과 응

전해 줘!"

[라저!]

"알겠어. 최대한 지시대로 하도록 하지."

다족형 전차의 뒤에 매달려 있던 카즈마도 고개를 끄덕여 답했다. 어떻게 된 상황인지는 잘 모르겠지만 싸울 상대가 괴물이라면 문제없다.

시야에 들어오는 사람이 아닌 것들을 베는 것뿐이라면 그리 어려운 일이 아니니.

전차는 폐가와 거목의 줄기 위를 활주하며 빠른 속도로 도심부로 향했다.

카즈마는 그 도중에 있는 도시유적을 곁눈질하며 자신이 어디로 가고 있는지를 확인했다.

"……."

고가도로와 폐허 위를 뛰어다니는 도중, 잿빛 철탑이 곳곳에서 눈에 들어왔다.

녹슨 철의 냄새며 바닷바람에 섞인, 풍화된 먼지.

해수면에서 튀어나온 무인 맨션은 식물로 뒤덮여 짐승들의 거처가 되었다.

사람의 손이 닿지 않아 정비가 이루어지지 않은 지 오래인 거리지만 입자체가 지닌 수복기능으로 인해 외관만은 유지되고 있는 건조물도 있었다. 단속적인 지진에 시달렸음에도 불구하고 형태를 유지하고 있는 것은 내진성이 뛰어난 가옥이 많았던 덕분이리라.

재해대국이라는 꺼림칙한 이명이 이런 식으로 도움이 되다니, 정말이지 얄궂은 일이다.

'낡긴 했어도 본 적 있는 지형이군. 행선지는… 신주쿠인가?'

희한하게도 도심지로 다가갈수록 서서히 수위가 낮아졌다.

나츠키의 말에 의하면, 북극의 빙하가 녹아 불어난 물과 별의 내부에 있던 또 하나의 바다라 할 수 있는 대량의 물이 지상으로 솟구친 탓에 지구의 육지 중 7할이 사라졌다고 한다.

그렇다면 섬나라인 일본은 산악지대 이외의 육지 중 대부분을 잃었을 텐데, 카나가와에서 도쿄로 갈수록 수위는 계속 낮아졌다. 어쩌면 카즈마가 모르는 특별한 힘이 도시유적에 작용하고 있는 것일지도 모른다.

쇠퇴하고 쓸쓸한 퇴폐의 도시가 시야를 가로지르는 가운데, 전투음이 네 사람의 귀로 날아들었다.

"총성… 근처인가?"

[곧 도착이야! 나랑 브라더는 난전을 벌여야 할 텐데, 괜찮겠어?!]

"문제없어."

히비키의 물음에 억양 없는 목소리로 답했다.

카즈마의 의식은 여전히 도시에 고정되어 있었다.

총신이 여섯 개 달린 회전식 기관총의 격렬한 총성과 그곳에
사는 주민들의 비명소리가 들려왔다. 바닷속에서 강속구처럼
튀어나온 바다 괴물의 무리는 차례차례 주민들을 습격하며 사나
운 소리로 포효했다.

「GEEEYAAAAaaaaa!!!」

바다 괴물의 무리가 이빨을 드러낸 채 덤벼들었다.

G Ⅲ급이 대부분이라지만 인간보다는 훨씬 거대했다.

군함에 장착된 회전식 기관총의 일제사격으로 흩어 내기는 했
지만 탄막을 돌파한 바다 괴물은 그 즉시 바닷속으로 도망쳐 빠
른 속도로 전장에서 이탈했다. 원정군들은 나츠키의 지시로 귀
항하기는 했으나 바다 괴물이 도시 깊숙한 곳까지 들어와 있는
탓에 상륙할 엄두를 내지 못하고 있었다.

기관총은 약협을 흩뿌리며 해수면에 보이는 그림자를 노렸지
만 한 마리 한 마리의 속도가 심상치 않아서 간단히는 명중시키
지 못했다.

더불어 총탄은 본래 그 성질상 바닷속에 있는 적을 정확히 맞
힐 수 있게끔 설계되어 있지가 않았다.

해수면에 총탄이 수직으로 직격하면 위력이 반감되고 살상능
력도 현저히 떨어진다.

입사각도에 따라서는 속도가 유지되기도 하지만 바닷물의 점
도를 고려하면 살상 반경은 수심 1미터가 한계다. 해상전투였다

면 '백모원'의 무리라 해도 군함에는 얼씬 못 했겠지만 바닷속에서 나타난 습격자에게 대항할 수단은 매우 한정적이었다.

몇몇 사람은 백병전으로 싸우고 있었지만 대피 유도도 해야 해서 제대로 싸울 수가 없는 듯 보였다.

"…이럴 수가…!"

서서히 보이기 시작한 거주구획을 보며 나츠키는 이를 갈았다.

그녀의 지시가 정확히 수행되었다면 이렇게까지 사태가 악화되지는 않았을 것이다. 이렇게까지 혼란에 빠진 집단은 간단히 수습되지 않는다.

주민들과 개척부대가 차례로 공격을 받았다. 도착하기까지 남은 수십 초라는 시간이 끔찍하게도 길게 느껴졌다.

옆에서 나란히 달리던 카즈마는 눈을 가늘게 뜬 채 황폐해진 거리를 바라보며 말했다.

"…히비키."

[왜 불러, 브라더?! 질문이라면 나중에….]

"미안하지만 나는 먼저 돌격한다. 대피 유도는 셋이서 해 줘."

…뭐? 세 사람의 목소리가 포개어짐과 동시에 카즈마는 전차에서 손을 떼었다.

히비키는 놀라서 외부 카메라로 확인했지만 멈춰 서 있을 여유는 없다. 회수하러 돌아가서 시간을 허비할 수는 없는 일이다.

세 사람은 이 타이밍에 하차한 그의 의도를 알 수가 없었지만, 이유는 그 직후에 판명되었다.

카즈마는 짐승처럼 자세를 낮추어 똑바로 거주구획 쪽을 바라보았다.

그리고 길고 탄력 있는 육체에 힘을 주어 한껏 심호흡을 하더니….

"후욱…!!!"

일갈과 함께 잔상을 남기며 일직선으로 뛰쳐나갔다.

그 도약은 대기를 진동시켰고 그로 인한 파문이 육안으로 볼 수 있을 정도의 충격파가 되어 퍼져 나갔다.

앞장섰던 나츠키 일행을 눈 깜짝할 새 따라잡은 카즈마는 다족형 전차와는 비교도 되지 않을 정도의 속도로 거주구획을 향해 돌격했다.

바야흐로 개척부대를 공격하려던 '해사자'에게 카즈마가 백너클을 직격시키자… GⅢ급 거구종의 거대한 몸이 무참하게 **폭발했다**.

"뭐야……?!!"

내장이 흩날리고 두개골이 박살 나고 털이 흩어졌다.

거대한 몸은 날아가서 폐건물에 처박혀 빨간 **얼룩**으로 전락했다.

추월당한 나츠키를 비롯한 세 사람은 물론이고 백병전으로 싸우고 있던 개척부대의 면면들, 군함 위에서 기관총을 쏘던 원정군… 그리고 도시를 공격하던 거구종의 무리들마저도 그 일격으로 일제히 정지했다.

주먹 한 방에 불과했지만 전장에 미친 영향은 엄청났다.

최전선에서 싸우고 있던 개척부대는 이곳에서 죽음을 맞을 것을 각오했을 것이다. 자신들보다 두 배는 더 큰 거구종을 상대로 휴대하고 있는 총기와 도검으로 싸우고 있었으니 그럴 만도 할 것이다.

그런 거구의 괴물에 인간의 주먹이 꽂히고, 놀랍게도 폭발시키고 만 것이다. 누구라도 넋이 나갈 만했다.

모든 이가 숨을 죽인 순간, 시노노메 카즈마는 험악한 눈초리로 상황을 확인하고 있었다.

"……."

도시 곳곳에 혈흔이 보였다. 멀리서는 지금도 비명소리가 울려 퍼졌다. 주거지가 부자연스럽게 파괴되어 있었다.

쌍둥이들의 이야기에 의하면 이 거주구획에서의 생활은 결코 유복하다 할 수 없다고 한다.

주민들은 하루하루를 살아가는 것이 고작일 터. 도시유적 위에 옹기종기 만들어진 건물들도 수리하려면 상당한 시간과 품이 들 것이다.

가볍게 둘러보는 것으로도 알 수 있는 전투의 흔적을 확인한 카즈마는 지금까지 두르고 있던 온화한 분위기를 걷어치우고 '해사자'들을 노려보았다.

"…이 도쿄는, 내게는 낯선 땅이지만. 나는 이 참상을 보고도 아무것도 느끼지 못할 정도로 냉혹하지가 않아."

조용한 분노를 눈동자에 머금은 채 천천히 도검을 뽑았다.

그리고 정적을 가르듯 '해사자'들을 향해 외쳤다.

"각오해라. 너희는 **한 마리도 놓치지 않을 테니.**"

분출된 분노의 감정을 느낀 '해사자'들이 일제히 포효했다. 서로 말은 통하지 않지만 그에 수반된 살기는 느껴지는 것이리라.

거구종 중 한 마리가 포효하자 지시라도 들은 것처럼 무리들이 속속 모여들었다.

'해사자'들의 움직임에 눈에 띄는 변화가 발생하자 개척부대와 원정군들 사이에도 긴장감이 퍼졌다.

지금까지는 흥분에 몸을 맡겨 덤벼들던 '해사자'들이, 마치 잘 통솔된 조직과 같은 움직임을 보이기 시작했기 때문이다.

바닷속에서 가속한 개체가 일제히 카즈마에게 덤벼들었다.

[아… 일 났다! 통제에 따라 움직이기 시작했어!]

[히메짱, 우리도 엄호하자!]

"아니, 지금은 카즈 군에게 맡기자! 우리는 대피 유도를 우선해서 전선을 재구축해야해!"

나츠키의 말을 들은 쌍둥이 자매는 귀를 의심했다.

하지만 그녀는 알았다.

'백모원'을 손쉽게 격퇴하고 '해사자' 무리의 우두머리를 단칼에 베어 넘긴, 시노노메 카즈마의 전투능력을. 카즈마 한 사람에게 전장을 떠맡기는 것 같아 가슴이 아프기는 했지만 혼전 양상을 수습하여 전선을 재구축할 필요가 있는 것 또한 사실이었다.

그리고 그 판단은 옳았다.

차례로 덤벼드는 '해사자'의 무리를 카즈마는 적절하게 물리쳐 나갔다.

적이 바닷속에서 탄환처럼 뛰쳐나오려면 일정 거리를 가속할 필요가 있다.

포위당하지 않게끔 싸우려면 해로를 따라 달려 한정적인 방향에서 뛰어나오도록 만들면 그만이다.

거리에 위치한 해로를 따라 달리고, 때로는 뛰어넘고 질주하여 일부러 내보인 빈틈을 미끼 삼아 바닷속에서 '해사자'를 유인해 내어 단칼에 양단한다.

검격이 일으킨 바람을 타고 호를 그린 피보라가 하나둘씩 도시유적을 장식해 나갔다.

두 손으로 똑바로 겨눈 도검에 의한 방어는 그야말로 철벽과도 같았다. 좌우에서 덤벼들어도 그 즉시 우측을 한 손으로 베고, 왼손으로 해사자의 턱을 밀어 올려 막고서 칼날을 박아 넣었다.

마침내 따라잡은 히츠가야 자매는 정확하게 적의 머리를 베어 처치해 나가는 카즈마의 모습을 보고는 어안이 벙벙해졌다.

[끄, 끝내준다, 브라더…! 기술은 굉장하지만, 저건 인간이 할 수 있는 전투법이 아니잖아!]

[특수한 B.D.A 병기를 쓰지 않고 백병전만으로 싸울 수 있는 인간이 있다는 소린 들어 본 적도 없는데! 그도 그럴 게 거구종을 주먹으로 폭발시키다니, 대체 정체가 뭐지?!]

"…응. 확실히 굉장하기는 한데…."

나츠키는 전투 중인 카즈마를 의아한 눈으로 쳐다보았다.

신체능력은 확실히 굉장하다. 뛰쳐나온 해사자를 양단하는 검술도 훌륭하다. 하지만 저만한 힘이 있으면서 그는 완고하게 신체강화 이외의 능력은 쓰지 않고 있다.

유체를 조작하여 해상에서의 전투도 염두에 두고 싸우면 전황을 좀 더 유리하게 몰고 갈 수 있을 텐데도.

'설마… 저만한 힘이 있으면서, 기본적인 유체조작도 못 하는 거야…?'

어쨌든 그는 이 퇴폐의 시대에 B.D.A에 관해서도 몰랐던 청년이다. 충분히 있을 수 있는 일인 것 같기는 했지만… 그렇다면 저 검술은 어디서, 무엇을 위해 익힌 것일까.

"또 물어야 할 게 늘었네… 뭐, 아무렴 어때. 히비키, 후부키! 계속 카즈 군한테만 맡겨 둘 수는 없어! 원정군과 개척부대는 전선을 재구축하라고 연락해!"

라저! 쾌활한 답변이 돌아왔다. 다른 지역에서 날뛰던 '해사자'가 카즈마에게 몰려들었으니 지금까지 고전을 면치 못했던 원정군과 개척부대의 부담이 가벼워졌을 것이다.

상륙하지 못하고 군함에 갇혀 있던 부대도 전투에 참가할 수 있다.

하지만 상황이 호전되고 있음에도 나츠키는 뭔가가 이상하다는 느낌을 지울 수가 없었다.

'이상해…. GM급 '해사자'가 날뛰고 있었다면 이 정도 피해로 그쳤을 리가 없어.'

보고로 들은, 바닷속을 고속으로 달리는 거구의 괴물.

몸길이가 10미터에 가까운 괴물이 도시 안에서 날뛰었다면 피해는 지금과 비교도 되지 않을 정도로 컸을 것이다. 음향병기의 가동은 멈추라고 지시를 해 두었지만 어딘가에서 숨을 죽이고 있을 것이 분명하다. 격퇴하고 싶어도 위치를 알 수 없으니 섣불리 움직일 수가 없다.

"이런 건 치히로의 특기 분야인데…. 별수 없지. 카즈 군은 내가 보조할 테니까 두 사람은 대피소인 신주쿠 역 집적지에서 치히로랑 합류해서 방어태세를…."

그때, 나츠키의 등 뒤에서 카즈마가 바닷속으로 뛰어드는 소리가 들려왔다.

히츠가야 자매는 순간적으로 눈을 의심했고 나츠키는 놀란 얼굴로 뒤를 돌아보았다.

그의 신체능력이라면 공격을 받아 바다에 떨어졌을 리는 없다. 다시 말해서 카즈마는 자신의 의지로 바다에 뛰어든 것이다.

하지만 그가 바닷속에서 싸우는 것이 불리하다는 사실을 모를 리가 없다.

불리해질 것을 알고도 바닷속에 뛰어들었다면… 그 이유는 하나밖에 없다.

"이… 이런…! 다들 아무거나 붙잡고 충격에 대비해!!!"

나츠키가 외침과 동시에 그들이 발을 딛고 서 있던 폐건물에 충격이 퍼져 나갔다.

폐건물의 바닥이 무너졌음을 알아챈 나츠키도 B.D.A를 기동시켰다.

소매 아래에 감춰 두었던 와이어를 반대편 물가로 던져 감아 들여서 위기를 벗어났다.

하지만 그것으로 끝이 아니었다. 옆에 위치한 폐건물과 매립 작업을 통해 새로 만들었던 지면도 차례로 파괴되어 먼지를 피워 올리며 주민들을 바닷속으로 추락시켰다.

다족형 전차에 타고 있던 히츠가야 자매는 가변형 앞다리를 사용해서 주민들을 낚아채 그 자리를 이탈했지만 모든 사람을 건져 낼 수는 없었다.

비참한 비명이 도시유적에 울려 퍼지는 가운데… '해사자' 무리의 우두머리가 바닷속에서 모습을 드러냈다.

「GE… GE, EEYAAAAaaaa!!!」

바다에서 나타난 해사자는 초승달처럼 크게 몸을 젖힌 채 튀어 올랐다.

시노노메 카즈마가 그 갈기에 칼날을 박은 채 매달려 있었다.

나츠키는 바닷속에서 나타난 그 거대한 생물을 보고 숨을 죽였다. 보고된 '해사자'의 사체는 GⅨ급, 다시 말해서 9미터 전후였을 터다. 하지만 지금 나타난 '해사자'는 명백하게 그것보다 컸다.

눈대중으로 헤아려도 15미터 이상은 되어 보였다. 더불어 갈기 부분에 빛나는 광석 같은 것도 보였다.

아마도 체내에 고순도 결정체가 축적된 개체일 것이다.

[어, 엄청 커!]

[저격할게! 떨어져, 브라더!]

두 사람의 경고를 들은 카즈마는 칼을 뽑고 뛰어내렸다.

그 순간, 다족형 전차와 기관총이 튀쳐나온 초대형 '해사자'에게 일제사격을 퍼부었다. 사방팔방, 해사자를 공격하는 총구의 소염기에서 연기가 자욱하게 피어올랐다.

하지만 경질화된 갈기가 모든 탄환을 튕겨 냈다. 고순도 결정체에 뒤덮여 있다지만 그렇다 해도 엄청나게 단단했다.

나츠키는 상상했던 것 이상의 괴물이 나타났다는 사실에 이를 갈았다.

"최악이야…. 원정군의 본대가 없을 때 이만한 거물이 오다니…!"

전차포와 기관총을 맞고도 꿈쩍도 않는다면 함포나 기뢰를 동원해야 대미지를 줄 수 있으리라. 하지만 도시 안에서 그런 것을 사용할 수 있을 리가 없는 데다 함포로는 바닷속에 있는 적을 공격할 수 없다.

'해사자'는 다시 바닷속으로 모습을 감추었지만 그 그림자는 똑똑히 보였다.

카즈마는 뛰어난 신체능력을 이용해 그 그림자를 쫓아갔고, 눈 깜짝할 새에 시야에서 사라졌다.

나츠키도 그 그림자를 쫓으려던 순간, 치히로가 허겁지겁 보고했다.

[나츠키, 들려?! 방금 전 충격으로 대피소로 이어진 육로가 무너졌어! '해사자'가 도망친 신주쿠 집적지의 서쪽에 아직 몇 사람이 남아 있는데!]

"큭… 정말 타이밍도 나쁘네!"

아무래도 최악의 상황이란 것은 무리를 이루어 몰려오는 법인 모양이다. 나츠키는 머리를 싸쥐고 싶은 것을 꾹 참고 서쪽 대피로로 직행하며 카즈마에게 통신을 날렸다.

"카즈 군도 무리해서 쫓지 않아도 돼! 도시 외부로 도망치는 것 같으면 내버려 둬! 이 이상 도시 안에서 날뛰면 2차피해만 더 커질 거야!"

"그런 소릴 할 때가 아냐!! 녀석이 가는 곳에 미처 도망치지 못한 사람들이 있어!!"

해로 끝에 위치한 철교를 본 나츠키는 등줄기가 다 서늘해졌다.

해로를 건널 목적으로 만들어진 철교의 양쪽 끝에 위치한 폐건물이 무너져 철교 위에서는 도망칠 길이 없어진 상태였다.

헤엄쳐서 건너게 하려 해도 여자와 아이들이 많은 데다 아직 바닷속에는 GⅢ급이 잔뜩 있었다.

'해사자'는 바닷속 유적을 파괴하며 헤엄치고 있기는 하지만 그 속도는 여전히 비상식적이었다. 흥분해서 충돌을 거듭하며 '해사자'는 확실히 철교로 다가가고 있었다.

이대로 가면 언젠가 철교를 들이받아 무너지고 말 것이다.

카즈마가 뛰쳐나온 녀석들을 공격하고 있지만 바닷속으로 도망치면 방법이 없다.

"악순환인가…! 무슨 좋은 방법 없어?!"

"요격 속도를 높이는 수밖에 없어! 카즈 군은 마찰완화나 유체 조작 같은 거 할 줄 알아?!"

"미안하지만 들어 본 적도 없어!"

혹시나 했지만 역시나 조금 전 선보였던 초가속은 뛰어난 신체능력의 산물이었던 모양이다. 만약 유체조작이 가능했다면 바닷속에 뛰어드는 어리석은 짓은 하지 않았을 것이다.

하지만 이 상황에서는 그 미숙함이 오히려 전화위복이 되었다.

"그래…? 그럼 내가 보조하면, **더 빨리 달릴 수 있겠지?**"

"……? 그런가?"

"이론상으로는. 하지만 내 힘으로는 일직선으로 똑바로, 심지어 몇 초밖에 보조해 줄 수 없어. 타이밍은 카즈 군한테 맡길게. 아까처럼 크게 도약해 접근해서 '해사자'를 두 동강 내 버려."

카즈마는 약간 놀란 눈을 하고서 달려 나갔다.

나츠키는 오른손을 앞으로 내민 채 숨을 고르기 시작했다.

─성진입자체를 사용한 가속법은 여럿이지만 굳이 분류를 하자면 세 종류가 있다.

첫째는 입자연소를 통한 신체능력의 강화.

둘째가 입자가속을 통한 물질과 공간의 실수 조작 및 허수 조작.

셋째는 가장 사용자가 적은, 고도의 차원간섭 계열이다.

나츠키가 사용할 수 있는 가속법은 두 번째 방법에 해당된다.

오른팔에 장착한 그녀의 전용 B.D.A를 기동시키자 체내의 입자체가 맹렬한 속도로 순환하기 시작했다. 입자체는 딱히

E.R.A기관에만 강력한 힘을 부여하는 것이 아니다.

체내에서 연소시키면 신체능력을 대폭 상승시킬 수 있고, 몸 밖으로 방출하여 공간을 가득 메움으로써 허수공간을 만들어 낼 수 있는 이도 있다.

'1초의 정의'란 세계의 고유시를 의미하며 성진입자체는 성질상 이에 간섭할 수 있다.

실수와 허수 사이를 오고 가는 성진입자체는 가공입자와 물질입자, 양쪽 모두로 변질이 가능하며 B.D.A에 장착된 고순도 결정체에 반응하여 초가속을 개시한다. 체내에서 초가속된 입자는 B.D.A의 변조기능을 통해 물질계에 여러 가지 간섭 현상을 일으킬 수 있다.

그녀의 체내에서 방출된 가속 상태의 입자로 대기를 가득 메우면 순간적으로 공간의 허수화가 이루어지고, 그렇게 형성된 허수공간을 통해 가속로를 만들 수 있다.

'내 입자량은 많지 않아. 한 사람 몫의 가속로를 만들 수 있는 기회는 기껏해야 두 번뿐이야.'

본래 허수공간을 조작하는 것은 그녀의 특기 분야가 아니다. 하지만 달리 방법이 없다.

다음에 해수면에서 뛰쳐나왔을 때를 노린다.

카즈마도 걸음을 멈추고 짐승처럼 자세를 낮춘 채 습격 타이밍을 살폈다.

두 사람은 도시유적이 무너져 내리며 발생된 충격에 동요하지 않도록 깊이 집중한 채 신경을 곤두세웠다.

수면이 일렁이는 속도가 점점 빨라지고 충격의 간격도 짧아졌다. 해사자가 떠오르고 있음을 알아챈 두 사람은 호흡을 맞춰 움직이기 시작했다.

"Blood accelerator(혈중입자가속기) 'Beard of whale(경왕(鯨王)의 큰 수염)' 기동—허수공간 전개…!!!"

음성인식으로 B.D.A의 리미트가 해제되자 나츠키의 오른손이 붉게 빛나기 시작했다.

대조적으로 그녀가 오른손을 내민 직선상의 공간에서 색이 사라지고 흑백의 세계가 펼쳐졌다. 가공입자로 가득한 공간은 가시광의 파장이 바뀌어 단색으로 변색된다는 특징이 있었다.

그것이 카즈마가 도약해야 할 궤도를 명확하게 가리켜 주었다.

카즈마는 두 다리에 힘을 주고서 강궁에서 발사된 화살처럼 일직선으로 도약했다.

"후욱…!!!"

바닷속에서 튀어나온 해사자와 카즈마, 그리고 나츠키의 오른손이 교차했다.

허연 칼날이 번뜩이며 목을 베려던 바로 그때….

해사자는 고개만 돌려 아가리를 크게 벌리더니… 입에서 압축한 물줄기와 잔해를 내쏘았다.

"컥…?!!"

"카즈 군?!"

충돌음이 울리더니 카즈마가 잔해와 함께 낙하했다.

뜻밖의 요격을 당한 카즈마는 온몸에 상처를 입은 채 날아갔다.

물줄기만으로 카즈마를 요격할 수 있을 리가 없다. 순간적으로 무슨 일이 일어난 것인지 알 수가 없었지만 도시유적에 쏟아진 바닷물과 잔해를 보고 나니 대충 사태가 파악되었다.

해사자는 아무 계획도 없이 도시유적을 파괴하고 다닌 것이 아니었다.

건축물을 물어뜯어 조각을 삼켜서 압축한 물줄기와 함께 토해냄으로써 강력한 산탄을 만들어 낸 것이다.

'큭… 튼튼하고 강하고 빠른 데다 지능까지 높다니! GM급 중에서도 백전연마야! 이런 괴물이 호쿠리쿠에서 넘어오다니…?!'

무리 단위로 대대적으로 이동해 온 종족은 대부분 생존경쟁에서 패배해 어쩔 수 없이 넘어오는 거구종들이다. 나츠키도 패잔병이 상대라 생각해 방심했던 것이리라.

평소의 그녀였다면 적이 모종의 요격수단을 감추고 있을 것이라며 경계했을 터.

"이런 멍청한 짓을 하다니…!!! 미안, 금방 치료해 줄…."

"아니, 그건 나중에 해도 상관없어!! 녀석이 철교로 갔어!!! 방금 했던 거 한 번 더 해 줘!!!"

카즈마는 피투성이가 된 채 일어나서 철교를 노려보았다. 해수면 아래로 보이는 그림자는 해로를 일직선으로 질주하고 있었고, 머지않아 도시 밖으로 나가기 위해 중간에 위치한 철교를 뛰어넘으려 할 것이다.

그렇게 되면 남겨진 주민들은 무사하지 못할 것이다.

카즈마가 입은 부상은 결코 가벼운 것이 아니었지만 쓸데없는 문답을 할 시간도 여유도 없었다.

나츠키는 오른손을 내민 채 카즈마를 바라보고서 단적으로 말했다.

"큭… 좀 전의 산탄은 잔해를 씹어 부숴서 만든 거였어. 상황상 재장전은 못 했겠지만 잔탄이 없을 거란 보장은 없어! 대책은?!"

"없어!"

"그럴 줄 알았어!!!"

하지만 그는 뾰족한 수가 없어도 달려갈 것이라고, 만났을 때와 같은 날카로운 인상의 옆얼굴로 호소했다. 흔들림 없는 투지가 깃든 눈동자에는 적대자만이 비춰져 있었다.

그것을 본 나츠키도 각오를 굳혔다. 이번에는 그녀도 방심하지 않을 것이다.

시노노메 카즈마가 단칼에 베어 넘기는 역할을 맡기로 했으니, 그녀는 그런 카즈마를 지키는 역할을 완수하고 말 것이다.

카즈마는 자세를 낮추고서 기회를 살폈다.

해사자는 눈 깜짝할 새 철교까지의 거리를 좁혀 포효를 내지름과 동시에 미처 도망치지 못한 사람들을 습격했다.

「GEEEEEEEYAAAAaaaa!!!」

"혈중입자가속기 '경왕의 큰 수염' 기동! 허수공간 전개…!!!"

흑백의 혈로가 뚫리자 허연 칼날을 겨눈 카즈마가 달려들었다.

두 번째 도약은 조금 전보다 속도가 훨씬 빨랐으나 그것을 예상하고 있던 해사자는 고개만 돌려 조금 전처럼 잔해가 섞인 초고압 물줄기를 방출하고자 아가리를 벌렸다.

그의 사정권에 돌입하려면 아직 한참이나 남았다. 공중에서는 방향을 틀 방법도 없다.

하지만 카즈마는 두려워하지 않았다. 조금 전에 기습을 했을 때와는 다르다.

이 일격으로 물줄기와 잔해와 괴물을 모조리 일도양단해 보이겠다는 기합을 실었다. 하지만… 한 줄기의 실이 곡선을 그리며 양측 사이를 누비듯 날아들었다.

"윽… 와이어…?!"

나츠키의 소매에서 뻗어 나온 와이어가 살아 있는 생물처럼 요동치며 아가리를 옭아맸다.

'태평양의 패자'에게서 떼어 낸 튼튼한 수염이 해사자를 붙들었다. 그 빈틈은 카즈마가 상대를 사정권 안에 둘 수 있도록 거리를 좁히는 데 충분하고도 남을 시간을 만들어 주었다.

비스듬히 치켜든 도검이 해사자의 목을 겨누었다.

양측 모두 공중에서 전투에 나선 이상, 자세를 바꾸기란 불가능하다.

"…드디어 사정권에 들어왔군."

─**이제 안 놓친다.**

소름 돋는 카즈마의 기백에 그 자리에 있던 모든 생명이 몸을 떨었다.

그리고 나츠키는 문득 알아챘다. GM급 해사자는 이토록 강력한 힘을 가지고 있지만….

곰곰이 생각해 보니 녀석은 시종일관 시노노메 카즈마에게서 달아나려 하고 있었다.

허연 칼날을 내려침과 동시에 해사자의 갈기털이 종잇장처럼 찢어졌다. 기관총의 탄환도 간단히 튕겨 냈던 고순도 결정체를 내포한 갈기털이 단칼에 베여 나갔다.

순식간에 목뼈에 도달한 칼날은 그대로 목에서 오른쪽 앞다리의 이음매까지를 단숨에 절단했다.

「GEEEEEEEYAAAAaaaa!!!」

신주쿠 거주구획에 단말마가 울려 퍼졌다.

우두머리가 죽었다는 사실을 알아챈 해사자의 무리는 앞다투어 도시에서 떠나갔다.

나츠키는 피보라를 뿜어 대는 거대한 해사자와 모든 상황을 지켜보고서 한숨을 토해 내듯 혼잣말을 했다.

"가, 강해…!!!"

강하다. 아니, **지나치게 강하다.**

나츠키의 도움으로 카즈마가 싸우기 편해지기는 했다지만 승리하는 데 반드시 필요한 요소는 아니었다. 해사자가 기습해 올 수 있다는 것과 비장의 수를 그가 사전에 알고 있었다면, 그 정도의 물줄기는 충분히 베어 내 보였을 것이다.

군대에 필적하는 전투능력을 지닌 전사가 있다는 사실을 알았다면 다른 도시국가들이 내버려 뒀을 리가 없다.

그가 만약 300년 전에 떠나갔던 외적유류민의 후손도 아니라면….

"너는 대체… 뭐야…?"

피보라가 쏟아지고 승리의 함성이 울려 퍼지는 가운데… 나츠키는 날카로운 눈으로 시노노메 카즈마의 뒷모습을 계속해서 바라보았다.

*

한편 시노노메 카즈마는 피가 비처럼 쏟아지는 철교 위에 서 있었다.

"…어찌어찌, 처치했나."

어깻숨을 몰아쉬던 도중에 안도의 한숨을 내쉬었다.

상처는 생각 외로 깊었다. 복부에 꽂힌 예리한 파편 몇 개를 빼낼 때까지는 가만히 있는 편이 나을 것이다.

피가 뿜어져 나와 실혈사(失血死)하는, 웃기지도 않는 일을 당하기는 싫으니.

격통에 몸부림치고 싶다는 충동이 여러 차례 머리를 스쳤지만, 따지고 보면 카즈마가 오늘 아침에 그 괴물을 놓치지만 않았어도 이런 사태가 벌어지지는 않았을 것이다.

그렇다면 이 상처는 자업자득이라 할 수 있다. 기꺼이 감수해야 하리라.

카즈마는 자신이 괴물을 놓친 탓에 많은 인간들이 사고에 휘말려 들었다는 사실에 가슴 아파하며, 철교 위에서 몸을 떨고 있는 피난민들을 바라보았다.

모든 이가 살았다며 안심하고 있는 가운데, 두 명의 어린 소년 소녀가 부둥켜안은 채 바들바들 떨고 있었다. 카즈마는 어린 두 사람 곁으로 천천히 걸어가서 상태를 살피며 말을 붙였다.

"…괜찮아?"

"아, 네."

"그렇군. …그 아이는, 여동생인가?"

소녀를 끌어안고 있던 남자아이가 살며시 고개를 끄덕였다.

어린 여동생을 감싸듯 끌어안은 오빠를 본 카즈마는 조용히 미소를 지었다.

"…장한걸. 오빠는 동생을 지켜야지. 앞으로도 무슨 일이 생기면 잘 지켜 줘."

카즈마는 본인과 여동생의 모습이 떠올랐는지 다정한 투로 중얼거렸다.

소년은 고개를 끄덕여 답하고는 여동생을 힘껏 끌어안아 주었다.

그 모습을 본 카즈마는 어머니가 입버릇처럼 하던 말을 떠올렸다.

'내가 없는 동안에는 카즈마 네가 집을 지켜라.

너는 이 집의 장남이니까.'

집을 비울 때면 언제나 그런 말을 하시고는 했다.

네가 지켜라…. 어머니에게 그 말을 듣는 것이 조금은 기뻤다.

"집… 집이라…. 지금쯤, 어떻, 게…."

피가 흐른다. 치사량은 아니겠지만 서서히 다리에서 힘이 풀렸다.

일단 가장 큰 위협요소는 쓰러뜨렸으니 뒷일은 나츠키에게 맡겨도 될 것이다.

카즈마는 눈을 감고서 잠들 듯이 철교 위에 쓰러졌다.

즐거웠던 여름방학도 절반이 지났다.
동생이 새로 산 유카타를 입은 채 미소를 지었다.
다음 주에 있을 여름축제를
손꼽아 기다리는 동생을 본 그는,
마음속으로 조용히 미소를 지었다.

홀로 과거의 꿈을 꾸었다.

쓸쓸한 바람이 부는 여름의 끝자락의 일이었다.

친구들과 스미다 강가에서 열리는 불꽃놀이 축제를 보러 가기로 약속을 한 것이 시노노메 카즈마의 마지막 기억이었다.

절친한 친구이자 같은 문하생인 와다 타츠미(倭田辰巳)와 함께 강가에 앉아 있던 카즈마는 죽도를 한 손에 든 채 불만스럽게 한숨을 내쉬었다.

"…결국 오늘도 할아버님을 이기지 못했어."

"상대가 상대니 아무리 카즈마 너라도 간단히는 못 이기겠지. 평범한 할아버지면 모를까 헤이세이* 때 '검성(劍聖)'이라 불렸던 사람이잖아. 고무도협회(古武道協會), 검도협회가 인정한 인간국보 아니냐."

와다 타츠미가 빈정거리며 웃자 시노노메 카즈마는 울컥해서 불만스러운 표정을 지었다. 그렇다는 것은 알고 덤빈 것이었으나 새삼 다른 사람의 입을 통해 들으니 어쩐지 분했다.

협회가 과거에 철폐된 최고 단(段)을 할아버지만을 위해 마련할 정도로, 카즈마의 할아버지는 무도와 온갖 경기의 세계에서 많은 공적을 쌓고 칭호를 얻었다.

'헤이세이의 검성', '유일한 고무술 인간국보'.

※헤이세이 : 일본의 연호로 1989년이 원년. 2019년 5월을 끝으로 연호가 바뀔 예정.

그런 괴물에게 끈질기게 도전하는 카즈마를 보고 타츠미는 오른손을 흔들며 어이가 없다는 투로 말했다.

"검성의 손자는 목표의식이 높군. 일반인인 나는 그 검성의 손자한테도 한판을 못 따내는데. 아무리 전문분야가 다르다지만 솔직히 말해서 상처받을 지경이야."

"그렇군. 미안한 이야기지만, 앞으로 5년 정도는 타츠미한테 질 것 같지가 않아."

"……. 솔직하게 말해 줘서 아주 눈물 나게 고맙다."

타츠미는 살짝 입꼬리를 실룩거리며 돌을 던져 물수제비를 떴다.

본래 그의 전문분야는 검도였고, 카즈마는 고류(古流) 검술 본가의 아들이다.

도장은 양쪽 모두의 문하생이 사용하고 있지만 검도와 검술의 차이를 배우기 위한 교류시합도 시행되고 있었다.

"카즈마 넌 강해. 정말로 강하다고. 상대가 할아버지가 아니었다면 무패였을걸. 역시 검술 본가 출신이라 그런지 타고난 재능이 다른 건가?"

"그렇지 않아. 몸을 **사용하는 방법**이 다른 것뿐이지."

"몸을 사용하는 법?"

"그래. 자세히 설명하기는 어렵지만… 바이오피드백이라는 말을 알아?"

"아니, 처음 들었어."

"그렇다면 설명해 봐야 소용없겠군. 단적으로 말하자면 할아버님께 배운 검술은 인체역학의 정수를 극한까지 추구한 것으로, 에도 시대 중기에서 후기에 걸쳐 발전된 의학을 토대로 만들어졌다고 들었거든."

합리성을 추구함으로써 살상능력을 높인 고류 검술은 인체의 구조, 생명의 구조에 정통해야만 발전할 수 있다. 에도 시대 중기에 만들어진 것은 인체구조에 대한 이해가 깊어진 시대이기 때문이리라. 대부분의 고류 검술이 에도 시대 말기에는 완성된 데에 반해, 그의 유파는 두 대 전이 되어서야 겨우 완성되었다.

왜냐하면 카즈마의 유파는, 근대 역학과 의학을 도입함으로써 헤이세이까지 이어진 300년이나 되는 시간 동안 **대인(對人) 검술로서 진화를 계속했기 때문이다.**

체중 차이를 염두에 둔 적절한 발놀림이며 공격을 가속시키기 위해 필요한 근조직의 해명과 단련, 의식적인 생체자기제어(生體自己制御) ― 바이오피드백을 사용한 호흡법과 감정제어. 역학, 의학, 영양학 등 여러 분야를 구사하여 만들어 낸, 근대의 백병전술과도 견줄 수 있는 고류 검술.

이 연구성과의 집대성이 시노노메 카즈마의 할아버지였다.

"할아버님과 검술로 겨룰 수 있는 것은 내가 그러한 인체역학에 적합한 품새를 반복 연습하고 있기 때문이지. 단련법과 신체

구조도 너희와 다르고."

"아하, 과연. 할아버님의 본업은 검술가보다는 일본에서 손꼽히는 피지컬 트레이너에 가깝다고 볼 수 있으니까. 스포츠 업계의 평균 수준이 최근 들어 급상승한 것도 할아버님의 공적이라 할 수 있을 정도고."

"듣자 하니 유파 그 자체보다 유파를 위해 쌓아 올려 온 연구 성과를 살리는 길을 선택하셨다더군. 검술의 본가라 한들 오랫동안 무명했으니 그 편이 시대에 맞겠지."

"카즈마네 아버지가 입자체 연구에 관계하게 된 것도 그쪽 연줄 덕분이랬던가? 아버지는 검술을 그만두신 거지?"

"그래. 검술가로서 할아버님께 도전하는 건… 나 혼자면 충분해."

카즈마는 다소 자랑스러워하며 웃었다. 그가 검술 실력을 선보일 기회는 검도시합 때 정도밖에 없지만, 공식시합에 나간 카즈마는 현재까지 무패의 기록을 자랑했다.

출전한 것은 큐슈의 옥룡기 대회 정도뿐이었지만 그의 이름은 착실하게 알려지고 있었다.

"올해 여름에도 옥룡기의 입상자 명단은 시노노메 카즈마라는 이름으로 가득했지. 단체전 결승에서 혼자 5연승한 걸 봤을 때는, 분하지만 나도 아주 짜릿하더라. 가을대회는 안 나가냐?"

"안 나가. 늦여름에는 여름축제가 있고 가을에는 수학여행과

문화제가 있으니. 오늘도 절반 정도는 봉납연무 연습이었잖아."

고류 검술 중에는 축제 때 신의 앞에서 무술을 시연하여 봉납을 하는 유파가 있다. 카즈마도 올해는 검성의 손자로서 동행하여 봉납연무를 선보이게 될 것이다.

평화로운 이 시대에 실천 검술은 무용지물이나 다름이 없다.

완성된 무명의 검술은 그 기반을 해체한 기술을 퍼뜨림으로써 많은 성과를 올려 나갈 것이다.

하지만 타츠미는 석연치 않은지 불만스러운 눈으로 카즈마를 쳐다보았다.

"봉납이라… 그것도 나쁘진 않지만, 뭔가 아까운데."

"아깝다니, 뭐가?"

"아니 왜, 카즈마도 그렇고 할아버님도 그렇고 시대만 잘 만났으면 대검호가 되고도 남았을 것 아냐. 지금보다 훨씬 높은 평가를 받았을 테고, 훨씬 풍족하게 살 수 있었을지도 몰라. 차라리 유용하게 활용할 수 있도록 세상이 전부 박살 나 버렸으면 좋겠다는 생각 같은 건 안 드냐?"

뜬금없는 가정과 칭찬에 카즈마는 어쩐 일로 놀라서 눈을 둥그렇게 떴다.

"아니… 미안하지만 과대평가야. 할아버님은 둘째 치고 나는 그런 식으로 생각한 적이 없어. 나는 내가 강해지기 위해 검술을 택한 것뿐이야. 지금보다 풍족한 생활은 내게 과분해."

검술을 배우게 된 것은 원하는 것이 있었기 때문이 아니다. 집을 비우는 일이 많았던 아버지와 어머니 대신 집을 지킬 만큼의 힘이 필요했기 때문이다. 그러기 위한 힘을 검술에서 찾다니, 순진한 어린애답다는 생각이 들기는 했지만 몸은 물론이고 마음까지 단련되었다는 자각은 있었다.

"그러셔요? …그나저나 여전히 무심하다고 해야 할지 달관한 것 같다고 해야 할지, 욕심도 없다. 나도 가업을 잇기는 하겠지만 아주 천지차이야."

"그런가? 그러는 타츠미도 본가는 호쿠리쿠에 있는 어업 관계 총수였지? 전통적으로도 굉장하다고 생각하고, 임해학교에 갔을 때 보였던 지식도 굉장하던데."

"그 얘긴 꺼내지도 마. 바다는 좋아하지만, 생각만 해도 숨이 막히기도 하니까. 안 그랬음 도쿄에 있는 고등학교에 오고 싶다고 했겠냐. …본심을 말하자면 집이 검술 본가인 데다 자유롭게 살고 있는 카즈마 네가 부러울 정도라고."

타츠미는 약간 먼눈을 한 채 말했다.

전통적 가업인 검술 본가나 총수의 아들로 태어난 이는 다른 아이들보다 다소 불편한 선택을 강요당하는 경향이 있다. 호쿠리쿠에서 홀로 뛰쳐나와 도쿄에 있는 고등학교에 다니는 타츠미의 어깨에는, 카즈마와는 다른 중압감이 지워져 있는지도 모른다.

타츠미는 스미다 강을 향해 돌을 던지며 짜증스러운 투로 말을 내뱉었다.

"낡아 빠진 전통문화. 낡아 빠진 마을 풍경. 낡아 빠진 사고방식. 인류가 다른 별로 날아갈 준비를 하고 있는 시대에 내 고향은 여태 곰팡내 풀풀 나는 낡아 빠진 풍습에 매달리고 있다고. 인류의 전성기라 일컬어지기도 하는 요즘 시대에 말이야."

"…그건…."

시간이 멈춰 버린 도시. 타성에 젖어 살아가는 나날.

생산성은 있어도 발전성은 보이지 않는 인생.

"국가의 보조금도 받고, 그럭저럭 꾸려 나갈 수는 있을지도 몰라. 하지만 그래서는 이 인류 전성기에 태어난 의미를, 나는 평생이 되도록 찾지 못할 거야."

이 시대에 태어난 의미를 알고 싶다.

그것은 변하지 않는 것을 삶의 양식으로 택한 곳에서 태어난 그이기에 느낀 위화감일 것이다. 성진입자체와 환경제어탑의 등장으로 인류의 발전은 비약적으로 진행되고 있다. 그럼에도 전혀 바뀔 낌새가 없는 나날을, 그는 두려워하고 있는 것이다.

이대로 고향에서 살아간다는 것은 결국 부모들과 같은 인생을 대물림하는 결과로 이어지지는 않을까, 하고.

"……."

두 사람은 입을 다문 채 해 질 녘 노을을 바라보았다.

복잡한 이야기가 나와서 분위기가 어색해진 참에 강가 너머에서 카즈마의 여동생—시노노메 리츠카(東雲六華)가 학교 친구를 데리고 나타났다.

그녀는 검고 긴 머리카락을 나부끼며 종종걸음으로 달려오더니, 얼굴에 한가득 미소를 지은 채 말했다.

"오빠, 타츠미 씨! 이런 곳에서 만나다니, 별일이네요!"

"오오, 리츠카. 꽤 늦었는데 동아리 활동하고 오는 거야?"

"안됐지만 틀렸어요. 학생회 인수인계가 있었거든요. 두 분은 연습하고 돌아가는 길이세요?"

"그래. 오늘은 봉납연무 연습을 주로 해서 빨리 끝났지."

봉납연무 이야기를 하자마자 리츠카는 눈을 빛내며 말을 받았다.

"여름축제 때 하는 그거 말이죠?! 저도 오빠가 활약하는 모습을 친구랑 같이 보러 갈 예정이에요. 기대할게요!"

"그, 그렇군. 그렇다면 분발해야겠어."

애매한 표정을 지은 채 단적으로 답했다. 사실 가족이나 지인에게 보여 주기는 쑥스러웠지만 저렇게 좋아해 주니 참아야 한다.

하지만 카즈마가 억지로 참고 있다는 것을 꿰뚫어 본 타츠미는 능글맞은 미소를 지은 채 어깨동무를 하며,

"호호오. 리츠카랑 친구가 온다면, 나도 친구들 불러서 같이 갈까? 학교 친구 놈들 전부 모아서 데려갈게."

"어머, 타츠미 씨가 그렇게 인망이 있었던가요?"

"진짜 너무하네! 내가 말만 하면 같은 부에 있는 녀석들 중 절반은 모일걸?!"

"그럼 규모가 꽤 커지겠군. 나는 딱히 상관없지만… 오는 사람이 많아지면 봉납연무를 할 사람도 늘려야겠지. 그렇게 되면 다음 후보자는 분명 타츠미 너일 거야."

생각지 못한 반격을 당한 타츠미는 벌레라도 씹은 듯한 표정을 지었다. 사람들 앞에서 무술 시연을 하는 것은 그의 성격에도 안 맞는 모양이다.

리츠카와 그 친구들은 그런 두 사람을 보고 입가를 가린 채 웃었다.

저녁놀에 스미다 강이 물들어 가는 가운데, 카즈마 일행은 강가를 걸어 귀갓길에 올랐다.

"……."

유카타를 사서 들뜬 여동생과 어쩐 일로 집에서 시간을 보내던 어머니.

시끄럽기는 해도 같은 시간을 공유했던 학우들. 엄격한 할아버지도 불꽃놀이 축제 때가 되면 미소를 머금은 채 꽁꽁 숨겨두었던 술병을 꺼내 쓰다듬었던 것이 지금도 기억에 새롭다.

어릴 적부터 검술에 푹 빠져 살았기에 떠들썩한 학우들과 함께 뛰놀며 보내는 첫 여름방학의 나날은 정말 신선했다. 모든 것이 풍족했던 것은 아니지만 무언가가 부족하지도 않았던 평온한 나날이 그곳에 있었다.

늦여름이 지나면 곧 수학여행이다.

그것이 끝나면 문화제가 기다리고 있다.

카즈마와 같은 학교를 다니고 싶다던 여동생은 수험이 다가와 허둥대기 시작할 것이다.

"……"

여름 소나기를 맞으며 함께 보냈던 나날.

저녁놀을 함께 바라보았던 강가.

장래의 꿈에 관한 이야기를 장난스럽게 주고받았던 교실.

그것들은 모두 다… 바닷속에 가라앉아 버린 걸까.

"……"

가까웠던 친척들. 고락을 함께 했던 문하생들.

알바를 했던 가게의 엄격했던 큰아버지와 선배들. 근처에 살았던 지인들.

그리고 남몰래 좋아했던 여성도.

그들도 모두… 죽고 만 것일까.

"……."

그렇게 생각하자 이내 마음이 차가워졌다.

카즈마는 딱히 나츠키와 타츠지로의 말을 믿지 않는 것이 아니었다.

다만 무엇을 봐도, 무슨 말을 들어도 **실감이 나지 않을 뿐이다**.

여동생은 죽었다. 어머니도 죽었다. 아버지도 죽었다. 할아버지도 죽었다.

친구도 죽었다. 동문 문하생들도 죽었다. 큰아버지도 선배도 죽었다.

남몰래 좋아했던 여성도… 지금은 머나먼 과거의 사람이 되었다.

이 시대에 관해 알아갈수록, 넓어져 가는 마음속 빈자리에 메마른 바람이 들이쳤다.

잠에 취한 듯 현실감 없는 현실을 헤매는 감각에 당황하면서도 카즈마는 바다를 건너 일본으로 돌아왔다. 자신의 눈으로 붕괴한 나라를 보면 더욱 강한 감정이 마음을 가득 메워 주리라 믿고서.

부조리한 대재해에 대한 분노.

가족과 친구를 잃은 것에 대한 비애.

자신이 놓인 불가사의한 상황에 대한 초조함.

수많은 감정들이 쉴 새 없이 흘러나오리라고… 그렇게 믿었다.

그럼에도 이 시대에 관해 알아갈수록 마음은 메말라 가기만 했다. 나는 비탄에 젖을 수도 없을 정도로 박정한 남자였나 싶어서 자기혐오에 빠져 버릴 것만 같았다.

바다에 가라앉아 풍화되어 버린 과거의 도시를 바라보며 현실감 없는 현실 속을, 마치 망령처럼 걸어 나간다.

…어쩌면 이 시대가 모두 꿈이고.

모종의 계기로 정신을 차릴 수 있지 않을까 하는 달콤한 환상을 가슴속 한구석에 품고서.

평온한 나날을 함께 보내던 친구들.

'가족을 지키겠다'는 약속을 지킬 수 있도록 자신에게 검술을 가르쳐 준 엄격한 할아버지.

입자체 연구의 최전선에서 싸우고 있었던 아버지와 어머니.

내년부터 같은 학교에 다닐 거라며 들떠서 자신의 뒤를 따라다니던 여동생.

자신이 살아 있는 것처럼 누군가가 이 시대에 살아 있어도 이상할 것은 없다. 그런 환상을 가슴에 품은 채 이 퇴폐의 시대를 방황하고 있다.

이 꿈에서 깨어날 수만 있다면 무엇이든 하겠다.

메마른 마음에 부는 바람을, 이 가슴속에서 넓어지고 있는 빈 자리를, 받아들이기 위한 **무언가가** 필요하다.

—마음에, 퇴폐의 바람이 분다.

홀로 살아남은 의미를 알 때까지, 이 바람은 멈추지 않을 것이다.

바람이 모든 감정을 닳게 할 때까지, 이 허무함은 채워지지 않을 것이다.

현실감 없는 현실을 방황하는 망령은 단 하나의 약속을 지키기 위해.

돌아갈 장소를 찾아 시대의 흐름 속을 떠돌고 있다.

MILLION
CROWN

WHAT IS MILLION CROWN....?
A CHALLENGE THAT EXCEEDS
THE POWER OF HUMAN INTELLECT.
THE TALE OF HUMANITY'S
REVIVAL BEGINS.

4 장
CHAPTER
4

눈을 뜸과 동시에 조명의 빛이 눈에 들어왔다.

의식의 각성과 함께 상체를 일으켜 자신의 몸 상태를 확인했다.

복부에 꽂혔던 잔해는 제거되어 있었다. 놀랍게도 상처가 흔적도 없이 나았다. 아마도 나츠키가 치료해 주었을 것이다.

다른 곳에 있던 자잘한 상처에는 붕대가 꼼꼼하게 감겨 있었다.

깊은 상처만 치유하고 얕은 상처는 응급조치만 한 모양이다. 미미한 통증이 느껴지기는 했지만 몸의 기능 자체에는 이상이 없는 듯했다.

이것도 나츠키가 지닌 B.D.A의 힘이라면 정말 굉장한 일이다.

이 시대에는 편리한 기술도 다 있구나 싶어 감탄하며 시노노메 카즈마는 자신이 현재 있는 곳을 살피기 시작했다. 그러다 침대 바로 옆에서 건강하고도 고른 숨소리를 내고 있는 소녀를 발견했다.

"……? 나츠키?"

카야하라 나츠키는 음냐, 하고 잠꼬대를 하더니 다시 잠들었다.

의자에 앉아 벽에 등을 기댄 채 잠든 모양이다.

어지간히 피곤한지 몇 번인가 말을 붙여도 깨어날 낌새가 없었다.

'해사자'가 날뛴 현장의 뒤처리도 해야 했을 테니 몇 시간이나 지난 뒤에야 쉴 수 있었을 것이다. 게다가 카즈마의 상처를 치료하고 간병까지 해 준 듯했다.

카즈마가 입국하는 데 필요한 수속을 하는 것도 그 혼란 속에서는 쉽지 않았을 것이다.

당분간 나츠키 말을 잘 들어야겠군, 쓴웃음을 지은 채 그런 생각을 하며 시계를 확인했다.

"시간은… 아침 여덟 시? 열다섯 시간 정도 잔 건가."

이렇게 푹 잔 것은 오랜만이었다. 부상과 피로가 겹친 결과일지도 모르지만 숙면을 취한 덕분에 머리는 맑았다.

나츠키가 깨지 않도록 천천히 일어난 카즈마는 그녀에게 모포를 덮어 주고 방을 나섰다. 도시유적을 개조한 곳이라는 것은 금방 알 수 있었지만 구체적인 장소까지는 알 수가 없었다.

바닷바람이 흘러드는 방향을 향해 계단을 내려가다 보니 금방 밖으로 나올 수 있었다.

원래는 고층 호텔 같은 것이었으리라. 일찍이 유리가 끼워진 창문이 있었던 듯한 그 장소는 배와 해상버스가 들락거리는 선착장이 되어 있었다.

맑디맑은 바닷물을 들여다보니 바닷속에 만들어진 것으로 보이는 정원이 언뜻 보였다.

신기하게도 이 도시유적의 주변은 수심이 10미터 정도밖에 되지 않아서 햇빛이 바닷속까지 닿는 것처럼 보였다.

"요코하마도 수심이 20미터 정도밖에 안 됐었지. 도쿄 근처는 수심이 얕은 건가?"

"어머, 그런 것도 모르는 거야?"

젊은 여성의 낯선 목소리. 카즈마는 반사적으로 칼을 찾았다. 도쿄에 올 때까지 미지의 땅에서 공격을 받은 일이 셀 수도 없이 많았기 때문이다.

그리고 난감하게도 자신을 속이려 들었던 자들 중 태반은 여성이었다.

곧장 상대가 여성이라도 방심하지 않기로 굳게 다짐을 하고서 계단을 내려오는 여성을 기다렸다.

그리고 카즈마는 계단 위에서 나타난 여성을 보고 눈을 의심했다.

"웃…?!!"

윤기 나는 긴 머리카락이 부채꼴로 나부꼈다. 계단에서 나타난 여성은 척 봐도 청초한 분위기를 풍기는 소녀였다.

머리띠 대신 한 카추샤는 눈앞에 있는 여성의 청초한 분위기를 북돋워 주고 있었지만, 그녀가 걸치고 있는 진홍색 가죽 코트는 타오르는 불꽃을 연상케 했다.

단정한 얼굴 생김새와 강한 의지가 담긴 눈에는 감정이 또렷이 드러나서, 그녀의 눈길을 똑바로 받은 남자는 여러 가지 의미에서 동요할 듯했다.

강한 의지가 담긴 눈과 그 눈빛을 본 순간 문득 과거의 환영이 카즈마의 뇌리를 스쳤다.

"리츠카…?!!"

"응? 누구야, 그게?"

과거의 환영은 여성이 목소리를 냄과 동시에 맥없이 사라졌다.

자신이 사람을 잘못 봤음을 알아챈 카즈마는 허둥지둥 정정했다.

"아… 아니, 미안하군. 아직 잠이 덜 깬 모양이야. 여동생인 줄 알았어."

"아아, 그런 뜻이었어? 나츠키한테 이야기는 들었어. 가족을 잃은 지 얼마 안 됐으니 그런 착각을 할 만도 하지."

목소리가 조금 다정해졌다. 딱한 처지에 놓인 카즈마를 동정한 것이리라.

자신도 당황스러워서 머리를 싸쥐고 있던 카즈마는 다시 치히로를 보며 뒷머리를 긁적였다.

"정말로 미안. 이렇게 다시 보니 전혀 안 닮았는데, 어째서인지 닮은 것 같아서."

"흐음? …뭐, 이런 식으로 만난 것도 인연이라면 인연이니 자기소개를 해도 될까?"

"물론이지. 나는 시노노메 카즈마."

"나는 아마노미야 치히로(天ノ宮千尋). 나츠키의 동료이자 '적복'의 일원이야. 해양원정군이 태평양 원정에 나가 있는 동안 주둔 중인 부대의 임시 총괄 역을 맡고 있어."

"임시 총괄? …그런 것치고는 꽤 젊어 보이는데."

"그래? 젊은 장관에게 경험을 쌓게 하기 위해 임시로 지휘를 맡기는 건 이 시대에 보기 드문 일도 아닌 것 같은데. 이래 봬도 일단은 적복인걸."

치히로는 허리와 가슴에 손을 댄 채 대담하게 웃었다.

디자인은 달라도 그녀가 입고 있는 코트도 나츠키의 것과 마찬가지로 눈이 부실 것만 같은 진홍색을 띠고 있었다. 특별한 염료를 쓰기라도 한 것인지 그 붉은 옷을 보고 있자니 어쩐지 마음이 들썩였다.

"그 붉은 옷은, 역시 특별한 건가?"

"당연하지. 흔히 특권 장관(將官)이라는 직위에 있는 사람이라는 뜻이니까. 경우에 따라서는 외교관 역할도 하는걸."

"…굉장하군. 다시 말해서 도시국가의 여러 위치에서 활약하며 운영을 돕고 있다는 건가."

"바로 맞혔어. 이래 봬도 높은 사람들이라고, 우린."

돌이켜 보니 나츠키도 당당하게 선상민족과 교섭을 해냈었다. 적복이라는 것은 여러 분야에서 도시국가를 지탱하는 중요한 인재를 말하는 모양이다.

치히로는 신기하다는 눈으로 카즈마를 쳐다보며 바로 옆까지 다가왔다.

"하지만 의외인걸. 나츠키한테 이야기를 들었을 때는 좀 더 손이 많이 가는 녀석일 것 같았는데, 그럭저럭 평범하네."

"그런가. 평범하다고 평가해 주니 아주 고마운걸."

"그래?"

"그래. 최근에는 특히나 이상한 녀석 취급을 많이 받았거든. 나로서는 매우 섭섭한 일이지."

카즈마는 부루퉁한 얼굴로 최근 주변 사람들에게 받았던 취급에 대해 항의했다.

하지만 애초에 평범한 인간은 그런 일로 고민을 하지 않는 데다 몇 번이나 지적을 받지도 않는다. 잠시 대화를 나누었을 뿐인데 그의 이상한 부분의 편린을 본 듯한 기분이 들었다.

치히로는 웃음을 참으며 해저정원을 가리켰다.

"인사를 겸해서 조금 전 질문에 답해 줄게. '환경제어탑'이 원래 재해로부터 인류를 보호하기 위해 만들어졌다는 건 알지? 만약 '환경제어탑'으로도 제어하지 못할 정도의 대재해가 발생할 경우, 입자체가 바다의 흐름을 제어해서 도시를 보호하는 시스템이 구축되어 있다고 해. 폭주한 환경제어탑과는 별개의, 독립된 생존권 보호 시스템이지."

"……? 하지만 그렇다면 다른 도시도 수심이 얕아야 하는 것 아닌가?"

"맞아. 우리는 과거의 인구수에 따라 생존권 보호 시스템의 우선도가 다르지 않았을까 추측하고 있어. 왜, 300년 전 도쿄는 세계 제일의 인구 천만 도시―메가시티였다잖아."

인구 천만 이상의 대형 집적 지역을 과거에는 메가시티라 불렀다. 인류의 총수 자체가 줄어든 현재는 거대 인구 도시를 인구 백만 도시―밀리언 시티라 부른다.

그 이야기를 들은 카즈마는 머릿속에 일본의 지도를 펼쳐 놓고 곰곰이 생각했다.

"메가시티의 보호 우선도가 높다면… 오사카와 나고야도 수심이 낮은 지역이라는 뜻인가?"

"어? …뭐, 그야 그렇기는 하지."

치히로는 의외라는 듯 눈을 동그랗게 떴다.

도쿄, 오사카, 나고야까지 세 곳은 과거 일본에 존재했던 메가시티다.

그러나 도쿄와 오사카는 현재도 도시국가의 중심에 위치한 고대유적이니 알고 있어도 이상할 것이 없다지만 나고야는 아직 손을 보지 않은 도시유적이었다.

국외에 있었을 카즈마가 그 이름을 알고 있을 리가 없다.

'아하… 이거 **그 이야기가** 거짓말이 아닐지도 모르겠는걸.'

나츠키와 히즈가야 자매에게는 '이상한 남자애'라는 식으로

소개를 받았지만, 이 경우에는 오히려 수상한 남자라 표현하는 것이 적절할 듯했다.

"참고로 이 건물은 개척부대의 기숙사야. 옆 건물이 원정군 기숙사고. 이 층 아래에 있는 수심부에는 B.D.A의 연구시설이 있어. 해저정원은 그곳의 연구성과와 경관 조성의 산물이지. 원래는 세계적으로 유명한 숙박시설이었다는 모양이야."

"그렇군. 나츠키와 아마노미야도 이곳에 사는가 보지?"

"일단은. 그 애는 일 때문에 나가 지내는 일이 많고, 나는 도서관이 메인 직장이라 이곳에 사는 건 대부분 백복인 사람들이지만."

"…직장이 도서관이라고? 아마노미야는 사서 일도 하고 있는 건가?"

"안됐지만 틀렸어. 내가 다니는 곳은 제3국립 국회도서관이야. 일본에서 가장 큰 도서관이자 연구시설이지. 300년 전 대붕괴로 데이터화되어 있던 정보 뱅크는 날아가서 도서관에 있는 서적 같은 아날로그 자료가 굉장히 중요해졌거든."

제3국립 국회도서관은 수백만 권에 이르는 방대한 서적 자료가 보존되어 있던 일본 열도 최대의 정보 집적지인 동시에 연구시설 겸 정보 총괄국이다.

고전, 전통문예, 일반서적, 일본 음악, 서양 음악과 같은 서브컬처는 물론이고 국가가 연구하고 있는 환경보호 관련 기술이며 수질개선기술, 제철기술 등에 관한 자료도 보관되어 있어 동아시아에서도 손에 꼽히는 초거대 정보 집적지로 알려졌다. 때문에 재해, 사고에 대한 방비가 보통 철저한 것이 아니었다.

다른 도시국가에서 발견된 도서관도 여럿 있었지만 완벽한 보존 상태로 발견된 것은 이곳뿐이다.

300년 전의 살아 있는 정보가, 문학이, 교양이, 기술이 모두 보존되어 있다.

제3국립 국회도서관은 극동 연합에서 살고 있는 모든 이들의 희망 중 하나인 것이다.

"내 일은 300년 전 삶의 양식과 기술을 재현해서 활용법을 고안하는 거야. 편리한 것부터 문화적 관습까지 이런저런 것들을 말이야. 이것도 다 문명복고(文明復古)의 일환이지."

"…그렇군. 훌륭한 일인걸."

문명복고―300년 전에 사라져 버린 많은 문명들을 복원하여 현재 생활에 활용하는 것을 뜻한다.

다시 생각해 보니 이 시대에는 어디든 각자 살아가기 바빴다. 도저히 기술 발전을 시험해 볼 만큼의 생활적 여유가 없어 보였다.

이 퇴폐의 시대의 기술력은 과거의 것에 의존할 수밖에 없다.

그럼에도 불구하고 사라져 버린 과거의 기술과 문명을 복구하려는 것은 생활을 풍족하게 만든다는 중대한 목표를 달성하기 위함이리라.

"이 기숙사는 주거구획의 밀집지역과 제3국립 국회도서관의 중간지점에 있어. 건물도 커서 이주가 시작된 당시부터 중요시되고 있는 장소야."

"신주쿠에 사람이 밀집되어 있는 것은 시설이 갖추어져 있기 때문인가. …타이토 구에 사는 사람은 없고?"

"응? 사람이 살 리가 없잖아. 그 근처는 수심도 그럭저럭 깊은 데다 당시 피해가 커서 건축물도 모두 잔해가 되어 가라앉았는걸."

카즈마는 치히로의 말을 듣고서 조용히 착잡한 표정을 지었다.

치히로는 의아했지만 굳이 언급하지 않고 화제를 바꿨다.

"그런데 나츠키는 어디 있어? 기숙사 방에도 없던데, 너랑 같이 있는 것 아니었어?"

"나츠키라면 밑에서 자고 있어. 나를 간병해 주었던 것 같더군. 상당히 지쳐 보이기에 그대로 자게 두고 왔지."

헤에. 치히로가 의미심장한 미소를 지었다.

"그것 참 별일이네, 그 애가 그렇게 빈틈을 보이다니. 나츠키가 긴장을 풀고 잠든 얼굴을 보이는 건 나 정도뿐인데. 믿을 만하다고 생각한 건지, 아니면 무해하다고 생각한 건지."

"양쪽 모두 아니지 않을까. 내가 무해하다는 것이 절반, 나츠키의 의무감이 절반일 듯한데."

나츠키는 업무와 사적인 감정을 철저하게 구분해 가며 행동하고 있었다.

저 나이에 그렇게 할 수 있는 것은 어떻게 보면 이상하다 할 수 있었지만, 적복이 맡은 임무상 필요한 능력 중 하나일지도 모른다.

치히로도 카즈마의 답변에 납득한 것인지 발걸음을 돌려 뚜벅뚜벅 걸어 나갔다.

"뭐, 그 답변이 무난하긴 하네. 나츠키가 무리를 해서까지 구해 준 걸 보면 사적인 감정보다는 도시국가 전체에 이익이 될 거라 생각한 걸 거야. 네게 그만한 가치가 있다는 이야기는 어젯밤에 들었거든."

"…가치? 어젯밤?"

"습격의 뒷수습이 끝난 후에 높으신 분들과 회합이 있었거든. 뭐, 그에 관한 것도 포함해서 나츠키랑 이야기하러 가자. 잠이 덜 깬 그 애를 놀리는 것도 재미있을 것 같으니까."

치히로가 손을 팔랑팔랑 흔들어 손짓했다.

카즈마는 고개를 갸웃하며 그 뒤를 따랐다.

두 사람이 계단을 내려가 방으로 돌아가 보니 이미 정신을 차린 나츠키가 세면대에서 세수를 하고 있었다.

얼굴을 닦고서 두 사람이 왔다는 사실을 알아챈 그녀는 약간 안심한 듯한 미소를 지으며 입을 열었다.

"아아, 다행이야. 카즈 군은 치히로랑 같이 있었구나. 혼자 나가서 길을 잃지는 않을까 걱정했는데."

"미안하군. 나도 일단 몇 번인가 깨워 보기는 했는데…."

"소용없어. 나츠키는 며칠이나 안 자고 일하지만, 한 번 푹 잠들면 누가 업어 가도 모르는걸."

"그, 그랬나?"

"그래. 아무리 깨워도 '흠냐'라느니 '음냐' 같은 이상한 소리만 내고 여섯 시간은 자야 깨어나잖아. 자명종 대신 사이렌이 필요한 건 너 정도뿐일걸? 몰랐어?"

자신의 좋지 않은 버릇을 처음 알게 된 나츠키는 얼굴이 새빨개져서 양쪽 뺨에 손을 가져다 댔다.

"어… 그, 그럼 내가 휴가일 때만 아침에 사이렌이 울리는 건…?"

"내버려 두면 하루 종일 자니까 사람들이 배려 차원에서 사이렌을 울려 주고 있는 거야. 아예 도시 전체의 기상용 사이렌으로 채용하자는 의견이 나올 정도로 정착되어 가고 있고."

나츠키는 부끄러움을 참지 못하고 고개를 푹 숙여 버렸다.

잠에서 잘 깨지 못하는 자신이 도시 전체에 민폐를 끼치고 있었을 줄은 꿈에도 몰랐을 것이다. 그 누가 경보음이 오로지 자신을 깨우기 위한 것이었다고 생각하겠는가.

카즈마가 보다 못해 가볍게 한 손을 들고 도움의 손길을 내밀었다.

"으음, 나츠키가 한 번 잠들면 잘 깨지 않는다는 건 알겠어. 하지만 잠이 보약이라는 말도 있지. 그 나이에 밤샘작업을 자주 하는 것은 몸에 좋지 않아. 숙면을 취하는 것은 오히려 좋은 일이지."

"그, 그렇지?! 휴일은 몸을 쉬게 하기 위해 있는 거잖아. 일이 있는 날은 잘 일어나니까⋯."

"일이 있는 날은 무리해서 얕은 잠만 자잖아. B.D.A를 써서 뇌파를 컨트롤하고 있다는 거 다 아는데, 그렇게 호르몬 밸런스에 좋지 않은 생활을 하다가는 성장이 멈출걸?"

나츠키는 강렬한 충격을 받은 듯 놀라더니 어깨를 축 늘어뜨렸다.

성장이 멈춘다는 것은 그녀에게 금지단어 중 하나였던 모양이다.

치히로의 잔소리를 한참이나 들은 나츠키는 다소 기가 죽기는 했지만 본격적으로 이야기를 하기 위해 옷차림을 매만졌다. 어제는 상당히 똑 부러지는 소녀라 생각했는데, 이렇게 같은 여자끼리 이야기하는 모습을 보니 평범한 소녀로만 보였다.

카즈마는 얌전하게 벽 옆에 놓인 장식품이 되어 친밀한 두 사람의 모습을 관찰했다.

하지만 나츠키가 소녀다운 표정을 보인 것은 아주 잠시뿐이었다.

치히로가 작은 목소리로 뭐라 속삭이자 그녀의 얼굴에 진지함
이 깃들더니 날카로운 눈으로 카즈마를 흘끔 쳐다보았다.

그러고서 벽에 걸려 있던 적복을 입었을 즈음에는 어제와 마
찬가지로 빈틈없는 미소를 짓는 소녀로 돌아와 있었다.

"그러면 마음을 다잡았으니 다시 인사할게.

저는 극동 도시국가 연합, 해양원정군의 개척14부대에 소속
된 카야하라 나츠키입니다."

"마찬가지로 개척14부대에 소속된 아마노미야 치히로. 어제
는 도시를 구해 줘서 고마워. 여러모로 안 좋은 일이 동시에 일
어난 상황이라 큰 도움이 되었어."

"그래. 도움이 되었다니 다행이군."

"하지만 정체를 알 수 없는 인간을 도시국가에 둘 수는 없는
일이거든. 그 후에 원정군 본대에 연락해서 타츠지로 씨에게 너
에 관해 물어봤어."

"카즈 군의 신원은 그때 확인을 했어. 하지만 음, 그것 말고도
이래저래 사정청취를 해야만 하게 됐거든."

나츠키와 치히로는 진지한 얼굴로 서로 마주 보았다.

카즈마는 사정을 알아채고는 억양 없는 목소리로 답했다.

"이야기를 들었다니 나도 편히 대할 수 있겠는걸. 어떤 이야기
를 했는지 물어도 될까?"

"그래. 하지만 여기서 이야기하기에는 좀 그러니까 일단 밖에 나갈까? 도시를 둘러보면서 안내도 할 겸 말이야."

세 사람은 밖으로 나가 해상버스를 탔다.

느긋하게 흘러가는 도시 광경을 바라보며 나츠키와 치히로는 천천히 어젯밤에 있었던 일에 관해 이야기하기 시작했다.

*

달이 숨어 사방이 온통 깜깜했던 어젯밤.

'해사자'의 습격으로부터 몇 시간이 흘러서야 신주쿠의 거주구획은 겨우 평소와 같은 고요함을 되찾았다.

파괴된 도시유적의 거주구획에서는 신속하게 잔해 철거작업이 이루어져 지칠 대로 지친 주민들은 이미 잠들어 있었다.

부상자가 다수 발생한 것도 뼈아픈 일이었지만 나라의 활동이 반나절이나 정지한 것 역시 크나큰 손실이었다.

본래 도시국가의 운영은 일종의 생명활동에 가깝다.

물자의 생산, 유통, 관리, 배급. 모두 사람의 손을 거치지 않고서는 불가능한 일이다.

어제 있었던 습격 때문에 그러한 나라의 활동이 모두 정지되고 말았다. 더불어 부상자와 부상자를 간병하는 자들이 현장에서 빠질 것을 생각하면, 내일 이후의 전체적인 활동에 지장이 발생하리라는 것은 불을 보듯 뻔했다.

여분의 인력과 시간 같은 것은 이 시대에 없다.

이 손실을 메우기 위해 도시국가의 유력자들이 군함 안에 모여 있었다.

'사가라 상회'의 회장, 사가라 케이노스케(相良惠之助).

'해양원정군' 임시 총괄, 아마노미야 치히로.

'개척14부대' 총괄, 카야하라 나츠키.

원래 아마노미야 치히로는 개척부대 출신이었지만 원정군이 태평양 원정에 나갔기 때문에 총괄 역을 맡고 있었다. 때문에 사실상 책임자 중 한 명이었다.

그 밖에도 사가라 상회의 중진들이며 부대장을 비롯한 수십 명이 이 자리에 모여 있었다.

군함의 동력은 밤에 도시에서 소비되는 전력을 공급하는 데 쓰이고 있어서 내부에는 최소한의 조명밖에 없었다.

별빛도 들지 않아 은은한 조명이 각자의 얼굴을 비추었다.

그들이 둘러싼 테이블 안쪽에 설치된 모니터에는 새빨간 옷을 입은 나이 든 남성이 비춰져 있었다. 붉은 옷을 입은 남성은 보고서를 훑어보고서 깊은 한숨을 내쉬더니, 등받이 달린 좌식의자에 등을 기대고서 어이가 없다는 미소를 지었다.

[…혼낼 기력도 안 나는군. 경계령을 무시하고 느긋하게 생산라인을 움직일 여유가 있다니, 놀라 자빠지겠어. 극동 연합이 내

가 모르는 새에 엄청난 강국이 됐나 보군. 이봐, 케이노스케. 네가 있었으면서 왜 이런 얼간이 같은 상황이 벌어진 거냐?]

"면목이 없군, 타츠지로. 모두 내 책임이야. 이번 일로 인한 손실은 모두 사가라 상회가 보전하도록 하지."

배가 불룩 나온 나이 든 남성―사가라 케이노스케가 송구스럽다는 듯 고개를 숙였다.

나이는 모니터에 비친 붉은 옷의 남성과 마찬가지로 40대 후반 정도인 듯했다.

한편, 타츠지로라 불린 붉은 옷을 입은 남성은 미소를 지우더니 그를 노려보며 말을 이었다.

[그건 당연한 얘기고. 내가 묻고 있는 건 원인이지 어떻게 변상할 건가 하는 게 아니야. 나츠키, 치히로. 너희가 경계태세를 지시한 건 틀림없는 사실이겠지?]

타츠지로가 날카로운 눈빛을 한 채 두 사람에게 물었다.

적복은 특권 장관으로서 도시국가를 지키는 존재로, 각각이 특필할 만한 힘과 사명을 지녔다. 그 적복의 필두인 와다 타츠지로(倭田龍次郎)에게는 극동 연합에서도 매우 강한 발언력이 있었다.

나츠키는 평소보다 진지한 표정으로 고개를 끄덕여 답했다.

"네. 거구종의 무리가 도시부에 가까운 칼데라 해류에 돌입한 사실을 알자마자 경계망을 확대하도록 지시했습니다."

"대기 중이었던 개척부대에 직접 연락을 한 건 접니다. 나츠키는 침몰선을 구조하러 나간 상태여서 제가 대신 했습니다."

[그렇군. 그러면 경계태세를 해제한 건 사가라 상회의 지시가 맞다 이거지?]

다시 한번 확인하자 나츠키가 오른손을 들며 의견을 말했다.

"그건 분명한 사실이지만 마음에 걸리는 점이 있습니다."

[뭐지?]

"현장에 있던 사람의 말에 의하면 사가라 회장님은 그 시간에 농경구획에 있었습니다. 그러니 거주구획의 생산라인을 지휘하고 있었던 건 사가라 회장님이 아니라 아들인 사가라 토우마(相良當麻) 씨가 아니었을까 싶습니다."

순간, 그 자리에 있던 모든 이의 시선이 사가라 회장에게 향했고, 당사자인 사가라 회장은 입술을 꽉 깨문 채 시선을 피했다.

상회의 회장이 아닌 그 아들이 지시를 내렸다면 그 의미가 완전히 달라진다.

사정을 알아챈 타츠지로는 귀찮다는 듯 머리를 긁적이며 당사자인 사가라 회장에게 물었다.

[…케이노스케. 저 말이 사실이냐?]

"그래. 하지만 그 바보 아들한테 현장지휘를 맡기로 판단을 내린 건 나야. 내 책임이지. 그러니 극동의 주민을 위험에 빠뜨린 벌은 내가 받아야 해. …다들, 정말 미안하군."

사가라 회장은 책상 위로 몸을 내밀어 고개를 숙였다.

그 눈동자에서는 강한 의지와 결의, 그리고 초조함이 느껴졌다.

거대한 괴물들이 활보하는 이 시대에 나라의 위기관리는 무엇보다도 중시해야 할 사안 중 하나이다. 그 사실을 이 나이의 회장이 모를 리가 없다.

사가라 상회도 지금은 '상회'라 불리고 있지만 본래는 사람이 살 수 있도록 도시유적을 개척한 개척부대의 형제 조직으로, 농림수산의 관리를 맡았던 조직이었다.

산을 개간하고 바다를 매립하여 50만 명이나 되는 인간을 부양할 수 있는 농경지대를 만들어 낸 것은 이 사가라 케이노스케의 노력이 있었기에 가능한 일이었다. 만약 회장이 현장에 있었다면 잔소리를 했으면 했지, 경계령을 무시하는 폭거를 저지르지는 않았을 것이다.

일본 제도로의 이주가 시작된 이후로 30년 동안 나라를 지탱해 온 공로자 중 한 명이 주변의 시선에도 아랑곳 않고 고개를 숙인 것이다.

적복의 필두인 타츠지로도 간단히는 무시할 수 없는 일이었다.

하지만 나츠키는 팔짱을 낀 채 생각에 잠긴 그를 곁눈질하더니 엄격한 목소리로 말했다.

"사가라 회장님. 죄송하지만 이번 일은 도시국가의 생존권을 뒤흔든 사건입니다. 회장님이 고개를 숙인다고 수습이 될 일이 아닐 듯합니다."

[가차 없구나, 나츠키. 하지만 내 의견도 거의 같다. 상회가 보상을 한다고 끝날 일이 아니지. 우리 개척민들은 서로 힘을 합쳐서, 목숨 걸고 사람들이 살 수 없는 장소를 개척해 왔다고. 그런데 그들을 이끌어야 할 상회의 후계자가 그래서는 아무도 생존권을 맡기려 들지 않겠지.]

"그러니까 그 책임을 내가…."

[**착각 말라고**. 책임자는 **책임**을 지는 자를 뜻하는 거지, 저지른 **죄**를 대신 짊어질 사람을 말하는 게 아니니까. 부모라 해도 자식의 죄를 대신 짊어질 수는 없어.]

냉정한 지적에 사가라 회장은 어금니를 악물었다.

명령 위반과 생존권 침해는 중죄다. 개척의 공로자라 해도 그냥 넘어갈 수 있는 일이 아니다.

왜냐하면 생존권이 엄수되지 않는 도시국가의 미래는 예외 없이 어두울 수밖에 없기 때문이다.

매일같이 거구종들의 공포에 떨며, 생활에는 여유가 없어지고, 아이들의 웃음소리는 멀어진다.

실제로 오늘 밤은 어른들마저도 해사자들이 다시 습격해 오지는 않을까 하는 공포로 잠 못 드는 밤을 보내고 있을 것이다.

[주민들의 불안감이 고조된 가운데, 그 원인을 제공한 인물

이 아무런 벌도 받지 않으면⋯ 어떻게 될까? 치히로, 너는 알겠냐?]

갑작스러운 질문에 치히로는 허둥대며 자세를 바로 했다.

"으음⋯ 주민들의 불안은 불만으로 바뀔 테고, 불만은 분노와 불신으로 바뀌겠죠. 최악의 경우에는 도시국가에 균열이 발생할지도 모르고요."

[그래. 이건 상회의 책임 문제로 끝날 일이 아니야. 우리는 도시국가로서 생존권을 확고히 하고 있음을 증명하고 불안요소를 제거해야만 해.]

오가사와라 기지 셸터에서 이주해 온 지 어언 30년. 극동 연합은 국가로서는 아직 매우 젊다. 각 조직은 아직 인재를 육성하고 있는 단계다.

불신과 불안이 횡행하게 둬도 될 상황이 아니다. 신속한 대처가 필요하리라.

모든 이가 떨떠름한 표정을 짓고 있는 가운데, 또다시 나츠키가 손을 들었다.

"필두님. 그 건에 관해 제가 드리고 싶은 제안과 추천, 그리고 질문이 있습니다."

[뭐냐, 말해 봐.]

"우선 안전 면에 관해 말씀드리자면, 해사자의 잔당 소탕이 아직 끝나지 않았습니다. 주민들의 불만을 해소하기 위해서라도 개척부대에서 토벌부대를 편성해 인근에 있는 거구종 토벌에 나설까 합니다."

[…신규부대 편성과 토벌원정의 대폭 강화라. 나쁘지 않군. 하지만 케이노스케의 아들은 어쩌고?]

"조금 전에 처벌 문제에 관해 말씀하셨는데, 상회의 후계자를 처벌해 봐야 조직과 조직 사이에 화근이 남을 것으로 보입니다. 그러니 표면적으로는 토우마 씨에게 온정적인 처우를 하되, 향후 토벌부대의 최전선에 일개 병사로 참가하게 하는 건 어떨까요?"

나츠키가 웃는 얼굴로 너무도 무서운 말을 하자 상회의 중진들은 간이 철렁했다. 하지만 이의를 제기하지 않은 것은 이것이 유효한 수단이라 판단했기 때문이리라.

토벌부대의 최전선이 매우 위험한 곳이라는 것은 주지의 사실이다. 목숨을 걸어야 하는 임무가 많으니 당연한 일이다.

개인에 대한 벌과 도시국가에의 공헌을 동시에 해결할 수 있다는 의미에서는 효과적인 방법이었다.

게다가 '해사자'의 잔당을 처리하기 전까지는 섣불리 음향병기를 수리할 수가 없다. 때문에 주변에 대한 경비 강화는 필요한 일이었지만… 치히로가 나츠키의 의견에 난색을 표했다.

"잠깐만, 나츠키. 원정군의 본대가 태평양 원정을 나가 있는데 우리끼리 토벌에 나서자고? 유적 조사 임무와는 사정이 다르다고."

"그에 관해서도 생각이 있으니까 괜찮아. …게다가 조사하고
싶은 것도 있거든."

마지막 한마디는 치히로에게만 들리도록 중얼거렸다. 치히로
는 의아했지만 나츠키에게 대책이 있다는 이야기를 듣고 한 발
짝 물러섰다.

타츠지로는 나츠키의 제안을 음미하며 사가라 회장에게 시선
을 돌렸다.

[제15부대의 편성이라…. 개척부대에서 전속시키는 것만으로
는 인원이 부족하겠는데. '사가라 상회'에서도 인원을 대는 걸로
생각해도 되겠지, 케이노스케?]

"물론이지. 부모로서 어리광을 받아 준 결과가 이번 사건이니
까. 나로서는 더없이 좋은 일이지. 나츠키가 밑에 두고 엄격하게
지도해 줘."

"후후, 잘 알겠어요. 오늘 밤 안에 편성안을 정리해 둘게요."

[그런데 부대장은 어쩔 거냐? 히츠가야 자매는 아직 어리고
세이시로는 태평양 원정에 따라왔는데. 본래는 케이노스케의 아
들을 부대장으로 앉혀야 할 판이지만, 그래서는 본보기가 안 되
니, 원.]

"네. 그래서 조금 전에 말씀드렸던 것처럼 추천을 하려고 합니
다. 이번 습격에서 '해사자'를 격퇴한 공로자인 시노노메 카즈마

를 개척부대에 추천해서 조만간 부대장으로 임명하려고 합니다."

그 제안을 들은 상회 측 인물들은 술렁거릴 수밖에 없었다.

그들도 해사자를 쓰러뜨린 카즈마에 관한 이야기는 들었을 테지만, 편입에서 그치는 것이 아니라 부대장으로 임명하리라고는 생각지도 못했던 것이리라.

한편 타츠지로는 턱수염을 쓸며 의미심장하게 웃었다.

[그 녀석을? 확실히 실력은 출중하다만… 다른 부대장들은 괜찮은 거냐? 외부인을 부대장으로 임명하면 반발이 일지도 모르는데?]

"그에 관해서는 이미 이 자리에 있는 부대장들에게 승낙을 얻어 뒀습니다. 아직 전달하지 못한 것은 치히로와 제4부대의 부대장뿐이죠."

"…그래. 난 처음 듣는 이야기네. 지금은 원정군 임시 총괄 역이니 별수 없는 일이지만."

"그, 그런 뜻이 아니야. 어쩌다 보니 치히로하고만 타이밍이 안 맞아서…."

그랬겠지. 치히로는 빈정거리는 투로 말하며 오른손을 흔들었다. 습격의 뒷수습을 하느라 피차 바빴으니 어쩔 수 없는 일이다.

게다가 군인은 현장의 책임자가 결정한 바에는 잠자코 따라야 하는 법이다.

타츠지로는 어이없다는 심정과 감탄이 반반씩 섞인 미소를 지어 보였다.

[이미 사전교섭을 해 두었다 이건가… 나 원, 차례차례 대책을 턱턱 내놓는 게 용하군. 네가 그러면 현장에 있는 아저씨들 체면은 뭐가 되냐.]

"……응? 그렇게 되나요? 그렇다면 조금은 자제하도록 하죠."

"관둬라, 관둬. 이제 와서 무슨. 나츠키 너한테 콧대가 꺾이지 않은 남자는 그야말로 타츠지로 정도뿐이니까. 어정쩡하게 반론하면 또박또박 따져 가며 백배로 되갚아 대는 통에, 적으로 돌리기는커녕 말대답을 하기도 무서워진 지 오래다."

"어머, 저희로서는 믿음직스러울 따름인데요? '사가라 상회'와 '오가사와라 집정회'의 무모함을 정면으로 꼬집어 주는 젊은 여걸이니까요."

자랑스럽게 말하는 치히로와는 달리 나츠키는 벌레라도 씹은 듯한 얼굴로 거북한 듯 고개를 푹 숙였다.

진지하게 일을 했을 뿐인데 자기보다 나이가 많은 남자들이 그런 식으로 자신을 무서워하고 있을 줄은 꿈에도 몰랐던 것이리라.

나츠키는 아주 약간 얼굴을 붉히며 어흠! 하고 헛기침을 했다.

"음, 뭐, 저에 대한 평가는 둘째 치고. 본론으로 돌아가죠. 방금 언급된 시노노메 카즈마 씨는 신원을 전혀 알 수가 없습니다. 본인은 노예상에 붙잡혀 있던 중에 타츠지로 씨의 도움을 받았다고 증언했는데, 사실인가요?"

그의 언동은 명백하게 이상했다. 도무지 평범한 환경에서 자라난 것 같지가 않았지만, 그동안의 언동을 통해 몇 가지 추측을 해 볼 수는 있었다.

나츠키는 시노노메 카즈마를 '정보가 봉쇄된 미지의 셸터 도시에서 자란 인간'일 것이라고 추측하고 있다. 그는 B.D.A와 도시국가에 관한 이해가 없고 일반상식이 결여되어 있던 것에 반해, 나츠키와 히츠가야 자매도 모르는 지식을 가지고 있다.

이 모든 점들은 매우 튼튼한 셸터로 대피했던 인간의 자손이라고 생각하면 아귀가 맞는다.

아마도 그가 살았던 튼튼한 셸터 도시는 외부로부터 격리되어 있었던 반면, 정보 서버 같은 것들이 살아 있었던 것이리라.

그 튼튼한 셸터도 '왕관종(王冠種)─크라운'이나 '천유종(天悠種)─아바타 디바'의 습격을 받아 도시가 붕괴되고 가족이 뿔뿔이 흩어지게 되었으리라는 것이 나츠키의 추측이었는데….

타츠지로는 뜻밖에도 의아한 얼굴로 고개를 갸웃했다.

[신원…? 그 녀석이 아무 말도 안 했냐? 그 녀석은 일본인이야.]

"그가 외적유류민이라는 사실은 압니다. 하지만…."

[아니, 아니. 그 녀석은 **일본인이라니까**. 내가 적어 보낸 소개장은 안 읽은 거냐?]

제아무리 나츠키라 해도 이 답변에는 의아함에 눈살을 찌푸릴 수밖에 없었다.

다른 부대장과 중진들도 같은 반응이었다. 이 시대에 일본인이라는 것은 야마토 민족을 가리키는 단어라 달리 해석할 방도가 없었다.

서로의 인식이 어긋나 있다는 사실을 알아챈 나츠키는 처음부터 상황을 설명하기 시작했다.

"유감이지만 소개장은 침몰사고로 유실되었습니다. 하지만 극동의 인장이 찍혀 있기에 중요인물로 인식하고 대처하고 있습니다."

[좋은 판단이군. 집정회장한테 인장을 찍어 달라고 부탁하길 잘 했어. …그나저나 이걸 어쩌지. 구두로 설명하면 꽤 길어질 텐데.]

"그럼 오늘은 시간이 늦었으니 부대장과 상회 중진 여러분들은 돌려보내도록 하죠. 이곳에는 저와 치히로, 그리고 사가라 회장님까지 세 명만 남기로 하고요."

"뭐야, 나도 남아도 되는 건가?"

사가라 회장이 거북한 투로 말하자 나츠키는 웃는 얼굴로 답했다.

"물론이죠. 사가라 상회와 토우마 씨에 관한 일은 이 이야기와 무관한 데다 사가라 회장님의 지식과 경험은 존중하니 의견을 구하고 싶기도 하고요."

"…지식과 경험'은' 존중한다라. 이왕이면 연장자로서의 인품도 존중해 줬으면 하는데 말이지."

숨길 생각이 없어 보이는 나츠키의 가시 돋친 말에 쓴웃음을 지은 후, 세 사람은 다른 사람들을 돌아가게 했다.

몇몇 사람은 남으려 했지만 결국에는 책임자인 나츠키와 치히로, 사가라 회장까지 세 사람만 남겨 두고 모두 해산했다.

*

사람들의 목소리가 멀어지자 군함 안은 서서히 조용해졌다.

타츠지로는 담배에 불을 붙여 피우며 천천히 이야기를 시작했다.

[자아… 어디부터 설명을 해야 할까.]

"신원을 확인하는 게 그렇게 어려운가요, 큰아버지?"

[그 녀석이 놓인 경우가 상당히 특수해서 말이다. 나도 이야기를 처음 들었을 때는 몇 번이나 확인을 했을 정도지.]

치히로가 조금 전보다 편한 말투로 타츠지로에게 물었다. 사람이 줄어들어 긴장이 풀렸기 때문인지 가족끼리 있을 때 부르는 호칭이 무의식중에 튀어나온 것이리라.

반면 타츠지로는 어디서부터 이야기를 해야 할지 고민하고 있었다.

편지의 내용을 구두로 설명하는 것은 상당히 어려운 일이다.

어떻게 설명을 할지 고민하던 그때… 까마득한 저편에 우뚝 선 환경제어탑이 은은히 빛을 내뿜기 시작했다.

멀리 떨어진 장소에서 함께 같은 광경을 바라보던 타츠지로는 문득 생각이 났다는 투로 말을 꺼냈다.

[제어탑의 정각 발광인가. 마침 잘됐군. 너희들, 환경제어탑이 빛을 내뿜는 원리에 관해서는 아냐?]

"자세히는 모릅니다. 치히로는?"

"조금은 알아. 분명 결정입자체가 쌓여서 외벽이 결정체로 뒤덮여 있는 것과 관계가 있었죠?"

결정입자체―입자와 입자가 오랜 세월에 걸쳐 유착된 것.

수십 년 전까지는 모종의 요인으로 입자의 운동이 정지되어 유착한 것으로 추측했으나 최근 들어 그 반대였음이 판명되었다. 유착해서 거대해진 입자 속에서 핵이 되는 아스트랄 필라멘트가 등속운동을 개시함으로써 항시가속상태인 결정입자가 생겨나는 것이었던 것이다.

"우리가 사용하고 있는 B.D.A ― 혈중입자가속기(Blood accelerator)의 핵에는 이 결정입자가 사용됐어. 가속 상태에 돌입할 수 있는 건 이 결정입자체 덕분이라 할 수 있지."

"헤에… 처음 알았어. 나도 쓰고 있으면서 전혀 몰랐네."

나츠키가 오른쪽 팔에 장착된 B.D.A를 문지르며 감탄한 듯이 중얼거렸다.

옆에서 담배를 피우기 시작한 사가라 회장이 간단하게 덧붙여 설명했다.

"참고로 너희 적복이 쓰고 있는 B.D.A에는 고순도 결정체라고 하는 귀중한 결정입자체가 사용됐다. 체내의 입자가속을 견뎌 낼 수 있을 정도로 순도가 높은 물건이 귀한 이유가 바로 그거지. 우리나라는 수입에 의존할 수밖에 없어서 들여오려면 고생이 이만저만 아니라고."

'사가라 상회'의 주된 거래 상대는 다른 도시국가들이다.

결정 내부의 물질간 전자이동은 결합완화현상을 불러일으키기에 대기에 녹아 버리는 일도 드물지 않아서 인공적으로 고순도 결정체를 만들어 내는 것은 불가능하다고 알려졌다.

현재로서는 입자체가 쌓인 활화산이나 해변, 호수, 거목과 같은 토지에서 채취하는 것이 유일한 정제법이었다.

"좀 전의 이야기를 이어서 하자면, 환경제어탑의 발광현상은 흔히 말하는 '아스트랄 노바'라 불리는 '빛의 파장과 유사한 입자의 파동'을 의미하는데, 입자가 광속을 넘어설 때 볼 수 있는 현상으로 최대 일곱 개의 빛을 내뿜는다고 들었어요. 결정입자로 뒤덮여 있는 지역에서만 볼 수 있는 현상이라는 이야기도요. 환경제어탑은 300년 동안 그 결정입자체로 뒤덮여 있었다죠?"

치히로가 담담하게 이야기하던 중, 나츠키는 의아하다는 듯 고개를 갸웃했다.

"어라? 그러면 환경제어탑 안에 들어가 본 사람은 아무도 없어?"

"그렇지 않을까? 폭주가 가라앉은 게 50년 정도 전이었고, 300년 동안 쌓인 결정체로 뒤덮여 있었으니까. 아무도 제어탑에는 못 들어가."

[그래. 제어탑과 분출탑의 주변에서는 순도가 낮은 잡다한 결정입자를 회수할 수 있어서 선상민족의 산업 중 하나로 손꼽히고 있지. 최근 들어 B.D.A의 공급과 대량채굴이 가속화되었는데… 뭐, 그 뭣이냐. 시노노메 카즈마는, **그 안에서 발견됐다.**]

순간 세 사람의 표정이 저마다 얼어붙었다.

나츠키는 숨을 집어삼키고서 눈을 휘둥그렇게 떴고.

사가라 회장은 눈을 가늘게 뜬 채 식은땀을 흘렸으며.

치히로는 입을 반쯤 헤벌린 채 넋이 나갔다.

말의 의미를 정확하게 이해할 때까지 1분 정도를 침묵하던 세 사람 중 가장 빨리 정신을 차린 치히로가 조용히 되물었다.

"저기… 안에서 발견됐다니, 설마… 설마 **환경제어탑 안을 말하시는 거예요?!!**"

[그래. 정확히는 입자체를 생성하던 **노심에서** 발견되었다는군.]

"노, 노심에서?!!"

"그런 말도 안 되는 일이?!!"

타앙!!! 나츠키와 사가라 회장이 책상을 두드리며 벌떡 일어났다.

의문이 폭발한 두 사람은 따지기라도 하듯 타츠지로에게 바짝 다가섰다.

"노심에서 발견됐다니, 그게 무슨 뜻이죠?! 방금 전에 치히로가 300년 동안 아무도 들어가지 못했다고 설명했잖아요!!"

[글쎄 선상민족이 바깥쪽 결정입자를 파 내려가다가 입구까지 도달해 버렸다지 뭐냐.]

"그렇다 쳐도 이상하잖아!! 300년 동안이나 결정체에 뒤덮여 있던 환경제어탑의… 하물며 그 노심에서 인간이 나오다니, 그게 말이나 돼?! 애초에 무슨 수로 들어간 건데?!"

[그야 평범하게 생각을 하자면… **결정체로 뒤덮이기 전**에 들어갔다는 뜻이겠지.]

세 사람은 결국 할 말을 잃었다.

결정입자체로 뒤덮이기 전에 들어갔다면, 거기서 도출되는 답은 하나밖에 없다.

300년 전―환경제어탑 폭주 전후에 시노노메 카즈마가 환경제어탑 안에 존재하지 않았다면 이번과 같은 상황에 빠지지 않았을 일이다.

"300년 전… 대붕괴가 일어난 시대의 인간이라고…?!!"

"크, 큰아버지는, 그 말을 믿은 거예요?"

[최종적으로는 그렇지. 노예상의 증언만으로는 못 미더워서 발굴에 관계했던 아라비아해의 대해적에게도 확인을 해 봤다. 돈이 꽤나 들었지만 발굴 당시의 영상기록도 있고. 그것들을 모두 염두에 두고 본인의 말을 종합한 결과, 그 녀석은 300년 전에 살았던 인간이 분명하다고 판단을 내렸다.]

"…허."

영상기록이라는 결정적인 증거까지 있다니. 기가 막혀 말이 안 나온다는 말은 이럴 때 쓰는 것이리라.

적어도 제어탑 안에서 나왔다는 점은 의심할 여지가 없다.

나머지 두 사람과 함께 깜짝 놀란 나츠키는 그의 언동을 차례대로 돌이켜보며 머릿속으로 상황을 정리해 나갔다.

"…그렇구나. 확실히 그렇다면 아귀가 맞을지도 몰라."

"무, 무슨 뜻이야?"

"카즈 군은, 이 시대의 상식은 부족하지만 300년 전의 상식은 알고 있어. 사람이 살지 않는 도시유적이랑 거리를 구석구석 잘 알고 있었거든. 그건 우리에게는 비상식적인 일이지만 300년 전 사람에게는 상식적인 지식이었던 게 아닐까?"

요코하마의 관광명소를 차례로 읊었던 것이나 셸터의 설립 목적 등을 비롯한 잡학. 이 정도는 당시 정보지를 하나만 읽었어도 알 법한 정보다.

반대로 그는 이 시대의 모든 이들이 알고 있을 정보 — 일본 열도가 가라앉아 일본 제도가 되었다는 사실은 모르고 B.D.A와 도시국가의 내정, 거구종에 관해서도 자세히 알지 못했다.

다른 시대를 살았기에 이러한 것들을 전혀 몰랐던 것일지도 모른다.

하지만 그렇다고 쳐도 다른 의문점들이 남았다.

"타츠지로 씨. 노심에서 발견되었다고 말씀하셨는데, 구체적으로는 어떤 상황이었죠? 설마 제어탑은 인간을 동력으로 사용하기라도 했던 건가요?"

[하하, 그럴 리가 있나. 게다가 노심이라고 한들 해적들이 들어갈 수 있었던 건, 정확히 말하자면 세 번째 층에 있는 입자 욕조까지였다더구나. 그 녀석은 그곳에서 발견된 거고.]

그 뒤로 이어진 이야기는 단순했다.

성진입자체의 바다에 300년 동안이나 잠겨 있던 시노노메 카즈마는 회수된 시점에서는 영락없는 시체였다는 모양이다. 하지만 그래서는 상품적 가치가 없다고 생각한 선상민족은 밑져야 본전이라는 생각으로 뇌파와 심폐기능의 소생 치료를 시도해 보았다.

시노노메 카즈마는 기적적으로 소생에 성공했지만… 자신이 어째서 환경제어탑에서 잠들어 있었는지, 300년 전에 무슨 일이 일어났는지 기억하지 못했다는 모양이다.

그저 막연히 자신의 이름과 출신국만 알았다고 한다.

[일본으로 돌아가서 가족이 어떻게 되었는지 알고 싶다. 그 상황에서 그 녀석이 유일하게 바란 것이 그것이었지. …무리도 아니지. 정신을 차려 보니 세계는 멸망해 있고, 가족과 지인들은 전부 바닷속에 있다니. 그런 꿈도 희망도 없는 사실을 알려 준들 납득할 수 있을 리가 없잖냐.]

딱하게 됐다는 표정으로 담배를 껐다. 다른 세 사람의 표정도 마찬가지였다.

인류 퇴폐의 시대까지 혼자서만 살아남은들 무슨 목적으로 살아가면 좋다는 말인가. 가족과 동료, 미래의 꿈까지 그는 한순간에 잃어버렸다.

—실감이 안 난다.

시노노메 카즈마가 계속 했던 말이다.

모든 것을 잃은 그에게는 세계와 자신을 이어 주는 인연이랄 것이 없으니 당연한 일이다.

"…그렇구나. 가족의 최후를 알고 싶다는 건, 자신의 상황을 받아들이기 위한 일이기도 했던 거구나."

[그건 그 녀석만이 알 테고, 우리가 어떻게 해 줄 수 있는 것도 아니지. 그 녀석이 알아서 극복하는 수밖에 없어.]

"그러네요. 향후의 일은 둘째 치고, 지금은 눈앞에 있는 위협에 대한 대항책을 마련하는 게 우선이에요. 그 사람이 큰 전력이란 건 분명한 사실. 부대 편제 건은 오늘 중에 정리해 둘게요."

[오냐, 부탁 좀 하마. '태평양의 패자(霸者)'가 북상하면 통신기는 못 쓸 테니, 한 달 후에나 연락할 수 있을 거다. 제15부대의 편제는 나츠키, 네게 맡길 테니 어디 마음껏 해 봐라.]

자신에게 힘을 실어 주는 말을 등에 업고 나츠키가 자리에서 일어섰다. 치히로도 따라서 일어섰다.

하지만 진지한 얼굴로 이야기를 듣던 사가라 회장은 팔짱을 낀 채 작은 소리로 중얼거렸다.

"시노노메… 300년 전 인간인, 시노노메 카즈마…?"

[음? 왜 그러지, 케이노스케?]

"아니, 어디서 들어 본 적 있는 이름인 것 같아서… 이봐, 타츠지로. '해신'의 항해일지에 비슷한 이름이 나오지 않았나?"

[뭐라고?]

타츠지로가 의아한 투로 되물었다.

'해신'이란 300년 전 대재해 한복판에서 목숨을 걸고 구조 활동을 펼쳤던 원정부대의 이름이다. 그 항해일지에 그의 이름이 실려 있었다니… 아무리 그래도 그가 착각을 한 것이 아닐까.

[뭐, 케이노스케가 그렇다니 확인해 볼까. 하지만 시간이 걸릴 텐데.]

"나도 알아. 일단 오늘 밤에는 이렇게 끝내도록 하자고."

"그게 좋겠네요. 타츠지로 씨도 태평양 원정, 조심히 다녀오세요."

"백경을 한 마리라도 통과시키면 일이 커져요. 잘 좀 부탁드릴 게요, 큰아버지."

[이 녀석, 내가 누군 줄 알고 그런 소릴 하는 거냐. 너희야말로 나라를 잘 지키고 있어라.]

심야의 회합은 이렇게 끝이 났다.

신원을 보증할 만한 확답을 듣지는 못했지만 그 대신 시노노메 카즈마의 희소성이 판명되었다.

어찌 되었든 상대는 300년 전 시대를 살았던 역사의 증인이다. 문명복고를 추진하고 있는 극동에게는, 혹은 인류 전체에 매우 중요한 인물이라고 해도 과언이 아닐 정도다.

'노예상이 아니라도 열강국이라면 군침을 흘릴 정보원이라는 건 분명해. 타츠지로 씨가 함구령을 내린 건 이 때문이었구나.'

어느 나라에 팔려 했던 것인지는 모른다.

하지만 체면을 내팽개치고서라도 그를 노릴 나라와 조직은 셀 수 없이 많을 것이다. 오늘 밤도 누가 노리고 있을지 모를 일이니 그를 지킬 자가 필요할지도 모른다.

나츠키는 카즈마가 잠든 병실로 향하여 그 옆에서 신규부대 편제안을 정리하기 시작했다.

*

해상버스가 덜컹덜컹 소리를 내며 잔잔한 물결을 가르고 나아 갔다.

나츠키는 싱긋 웃는 얼굴로 어젯밤에 있었던 회합의 내용에 대한 보고를 마쳤다.

"뭐, 아무튼… 이상이 어젯밤에 있었던 회합의 내용이야."

"그 내용을 전제로 질문하겠어. …어떤 질문을 하려는 건지는, 알겠지?"

치히로가 날카로운 눈빛으로 물었다. 뭐가 어찌 되었든 우선 적으로 확인해야 할 것이 있다.

아마노미야 치히로는 어젯밤에 내린 결론을 다시 한번 이야기 했다.

"…시노노메 카즈마. 너는 정말로, 300년 전 사람이야?"

두 사람은 긴장된 얼굴로 카즈마의 답변을 기다렸다.

카즈마는 복잡한 표정을 지었지만 부정할 만한 요소는 어디에 도 없었다.

두 사람의 눈을 마주 본 채 카즈마는 탄식하듯 대답했다.

"…그래. 타츠지로 씨의 말이 맞아. 나는 환경제어탑 안에서 발 견됐어. 300년 전 사람인가 아닌가로 말하자면, 그렇다고 할 수 있지."

그는 에둘러 긍정했다.

나츠키는 딱하게 됐다는 듯 살며시 눈을 가늘게 떴고, 치히로는 반대로 눈을 반짝였다.

"그럼… 그러면, 정말로, 300년 전 사람이구나…!!!"

치히로는 몸을 앞으로 불쑥 내민 채, 카즈마의 손을 잡고서 뜨거운 시선을 날리며,

"엄청난 우연… 아니, 엄청난 기적이야! 설마 소실된 시대, 인류 최고 전성기를 체험한 인간이 살아 있으리라고는 생각도 못 했는걸!"

"그, 그런가. 역시 전례가 없는 일인가 보지?"

"바보, 있을 리가 없잖아! 환경제어탑은 로스트 테크놀로지의 집성체로 아직 해명되지 않은 기술이 산더미처럼 많아! 하지만 네 도움이 있으면 뭔가가 해명될지도…."

"치히로, 진정해. 카즈 군이 당황했잖아."

나츠키가 쓴웃음을 지으며 제지하고 나섰다.

퍼뜩 정신을 차린 치히로는 허둥대며 손을 놓더니 쑥스러움을 얼버무리기라도 하듯 의자에 털썩 앉았다.

문명복고의 최전선에서 활약하고 있는 치히로에게 카즈마의 존재는 그야말로 기적이나 다름없었다. 그가 정말로 300년 전의 인간이라면 그녀가 다루고 있는 자료 해석과 연구가 큰 약진을 거둘지도 모른다.

보기 드물게 흥분하고 만 것은 그래서이지만… 나츠키는 작은 목소리로 그녀를 나무랐다.

"치히로 이 바보. 조심 좀 해."

"응?"

"⋯⋯. **전례가 없다**고 하면, 상처받을 것 아냐."

나츠키의 지적에 치히로는 엉겁결에 입가를 손으로 감쌌다.

전례가 없다는 말은 카즈마의 가족이 살아남았을 가능성이 전혀 없다는 뜻이기 때문이다.

치히로는 곧장 말을 바꾸고자 했지만 카즈마는 천천히 고개를 가로저었다.

"아니, 신경 쓸 것 없어. 이건 내 문제야. 서로 너무 조심해 봐야 답답하기만 할 테니, 답할 수 있는 질문에는 답할 생각이야."

"그, 그래? ⋯응, 그렇지? 묻고 싶은 건 산더미처럼 많고, 답변에 따라서는 정당한 보수도 지급할게. 오는 게 있으면 가는 것도 있어야지. 절대로 손해는 안 볼 거야."

"반대로 카즈 군이 묻고 싶은 건 없어? 부대장이 되기 전에 궁금한 점 같은 거."

"그 건에 관해서도 우선 내게 거부권이 있는지 어떤지를 확인하고 싶은데."

해상버스를 타고 도시유적 위에 만들어진 해상도시를 돌며 이야기를 듣던 시노노메 카즈마는 자신이 모르는 새에 부대장으로 임명되게 되었다는 사실을 알고 눈살을 찌푸렸다.

두 사람은 의외라는 듯 얼굴을 마주 보고서 캐물었다.

"어라? 카즈 군, 부대장 하기 싫어?"

"부대장 이상은 특권이 있어서 이 도시에서 생활하는 데 여러 모로 편리할 텐데?"

"그게 아니라, 단순히 그릇이 아닌 것뿐이야. 일개 병사로서라면 어떤 일이든 하겠지만, 부대장이 되어 다른 사람의 목숨을 짊어질 정도로 나는 충분히 단련이 되지 않았어. 부하가 될 사람도 듣도 보도 못한 인간에게 목숨을 맡기지는 못할 테고."

"아아, 그런 뜻이구나. 그거라면 문제없어. 제15부대는 총괄역인 내 직할부대로 활동할 테니 실질적인 사령탑은 나야. 부대장으로서의 활동 내용을 익힐 때까지는 부장(副長) 정도의 역할을 한다고 생각해 주면 돼."

부대원들의 목숨을 짊어질 사람은 나츠키니 걱정할 것 없다.

나츠키가 에둘러 그렇게 말하자 카즈마는 그건 그것대로 미안하다는 생각이 들었다. 바꿔 말하자면 카즈마가 실패했을 때의 책임을 모두 그녀가 떠맡게 될 것이라는 뜻이기에.

"…다시 한번 묻지. 거부권은 없는 거야?"

"있어. 우리 극동은 이성적인 도시국가임을 자부하고 있거든. 정 하기 싫다면… 뭐, 별수 없지. 하기 싫은 걸 억지로 시킬 순 없으니까. 일단 내 직속 부하로 취급하게 될 텐데, 그래도 되겠어?"

"오히려 그게 낫지. 나도 나츠키라면 믿을 수 있고, 신병을 맡길 수…."

"자자, 그 얘기 잠깐 스톱!"

치히로가 소리를 치며 두 사람 사이에 끼어들었다.

"미안하지만 그 이야기에 대한 결론은 지금 가고 있는 곳에 도착해서 내려 주지 않겠어? 절대로 손해는 안 볼, 서로에게 이익이 될 제안이 있어. …으음, 카즈마라고 불러도 될까?"

"상관은 없지만… 나는 딱히 특권이나 권력에는 관심이 없어. 가족에 관해 조사할 거점이 있으면 그로 족해."

"글쎄, 부대장 지위가 있으면 도움이 될 거라니까. 부대장이 되면 과거 자료의 열람 신청을 할 수가 있어. 그중에는 카즈마가 원하는 자료가 있을 거야."

치히로의 의도를 알아챈 나츠키가 둘째손가락을 척! 하고 세우며 말을 받았다.

"그, 그렇구나! 확실히 제3국립 국회도서관이라면 그 리스트가 있을 거야!"

"그래, 맞아. 보통은 연구 전문인 제4부대와 제8부대만 열람해서 다들 잊고 있지만… 그 도서관에는 **생존자 리스트가 남아 있어.**"

치히로가 꺼낸 생각지도 못한 제안에 처음으로 카즈마의 가슴이 크게 뛰었다.

300년 전 대재해에서 살아남은 자의 명단을 정리한 생존자 리스트. 곰곰이 생각해 보니 일본의 맥을 이은 나라인 극동에 그

리스트가 있는 것은 당연한 일이었다.

도쿄에서 오가사와라 기지까지 도망쳐 온 사람들 중에 시노노메 카즈마의 지인이나 친척이 있을지도 모른다.

…그것은 지금까지 생각지도 못했던 가능성이다.

대재해로 인해 전 세계를 통틀어 수십억이나 되는 인간이 죽었다. 그 몇 억 분의 일의 생존자 중에 자신의 가족이 포함되어 있으리라 생각하는 것은 헛된 희망일지도 모른다.

하지만 어쩌면… **어쩌면** 생존자 리스트에 이름이 있을지도 모른다.

카즈마의 가슴이 전에 없이 쿵쾅대는 가운데, 해상버스는 종점인 거대한 건물 앞에 도착했다.

제3국립 국회도서관—세계에서 유일하게 대재해를 견뎌 낸 지식의 보고.

그 문 앞에 선 카즈마는 숨을 크게 들이쉬었다.

MILLION CROWN

WHAT IS MILLION CROWN....?
A CHALLENGE THAT EXCEEDS
THE POWER OF HUMAN INTELLECT.
THE TALE OF HUMANITY'S
REVIVAL BEGINS.

"특수한
부녀자가 뭐야~?"

"버섯파와 죽순파의
대전쟁이라는 게
뭔지 궁금해!"

5 장
CHAPTER
5

"특별한 마법사가 뭐야~?"

"옛날에 관한 것 중
알고 싶은 거라도
있어?"

※마법사 : 남자가 서른 살이 넘도록 동정이면 마법을 쓸 수 있다는 도시전설이 있음.
※부녀자 : 보이즈 러브(BL)와 미소년을 애호하는 여성을 이르는 말. 썩을 부(腐)자를
사용하며 '이런 취미로 흥분하는 우리는 다들 썩어 있다'는 뜻을 내포.
※버섯파와 죽순파 : 메이지 제과에서 개발, 판매한 초콜릿 과자 중 버섯 형태의 과자
와 죽순 형태의 과자를 각각 지지하는 파벌 간의 자존심 대결. 1980년대부터 현재까지
종결되지 않음.

강한 햇살이 내리쬐는 무더운 날씨에, 치히로와 카즈마는 제3국립 국회도서관의 테라스로 운반된 대량의 자료를 뒤지고 있었다.

나츠키는 해사자가 도망친 지역을 특정하기 위해 해상도시 밖으로 탐색을 나갔다. 꼭 확인해 두고 싶은 것이 있다는 모양이었다.

토벌부대의 편제는 하룻밤 만에 끝날 일이 아니어서 일단 실력 있는 자들을 모아서 떠났다.

'경우에 따라서는 너희 둘도 급히 불러야 할지도 몰라. 도서관에서 조사를 해도 좋으니까 반드시 여기서 대기하고 있어.'

그러한 당부를 받은 두 사람은 이 제3국립 국회도서관에서 생존자 리스트를 훑어보고 있었다. 평소였다면 치히로도 마찬가지로 몹시 바빴을 테지만 어제 있었던 소동 때문에 도시국가 전체가 휴가 상태가 된지라 도시가 재가동될 때까지는 딱히 할 일이 없었다.

그렇기에 그녀 쪽에서 하루 정도는 카즈마가 하는 일을 도와주겠다고 제안을 했던 것이다. 하지만 데이터화되지 않은 서적에서 몇 사람의 자료를 찾아내는 것은 보통 어려운 일이 아니었다.

시간이 눈 깜짝할 새 흘러 태양이 머리 위로 올랐을 즈음.

아마노미야 치히로가 한껏 기지개를 켜며 손을 들었다.

"끄응… 역시 간단히는 찾을 수가 없네. 리츠카 씨에 관한 자료나 이자요이 씨에 관한 자료나. 뭐, 오가사와라 셸터의 생존자만 해도 30만 명은 되니 어쩔 수 없는 일이지만."

"한 사람 한 사람 살펴보고 있으니 당연하지. 세 시간이나 봤는데 아직 천 명도 다 보지 못했군."

카즈마가 약간 피곤한 듯 의자에 앉으며 말했다.

생존자 리스트는 대재해로부터 30년 정도 지났을 즈음에 만들어졌다고 한다. 따라서 정확히 말하자면 270년 전에 만들어진 것들이다.

혼란이 완전히 수습되지 않은 시대에 만들어진 생존자 리스트라 이름순은커녕 지역별로도 정리가 되어 있지 않았다. 재편집할 노동력과 상황이 갖추어지지 않아 여태 정리를 하지 못한 것이리라.

'…생존자 리스트라.'

이 안에서 자신이 아는 누군가의 이름을 발견한다면… 자신은 무슨 생각을 할까.

유적으로 변한 일본의 도시를 보아도 아무런 감상도 떠오르지 않은 것을 보면 이 마음의 빈자리를 메울 수 있는 것은 그 이외의 무언가이리라.

하지만… 가족과 친구들이 대재해에서 살아남았다는 사실을 안다고 해서 이 빈자리가 메워지기는 할까. 마음속에 불어닥치는 바람은 멈추어 줄까.

카즈마도 자료를 책상에 내려놓고서 몸을 등받이에 기댔다.

그 모습을 본 치히로는 난처한 미소를 지었다.

"마음이 딴 데 가 있는 것 같네. 가족이 대재해에서 살아남았는지 어땠는지를 확인하려니 역시 무서워?"

"글쎄. 단념할 수 있다는 의미에서는 효과적이겠지. 내가 두려운 것은 오히려… 살아갈 목적이, 없어지는 것일지도 몰라."

일본으로 돌아가 가족과 동료의 최후를 확인한다.

막연한 바람이었지만 그것이 카즈마에게는 유일한 살아가는 이유이기도 했다.

노예상으로부터 도망쳐 나와 머나먼 바다를 건너, 괴물들을 물리치며 이곳까지 왔다. 그렇게까지 노력할 수 있었던 것은 명확한 목표가 있었기 때문이다.

그 목적을 잃는 것은 살아가기 위한 지침을 잃는다는 것이다. 이 시대에는 불필요한 교양을 배울 여유가 없기 때문에 학창시절처럼 정해진 시간을 보내는 이는 없다.

모든 이들이 집단 속에서 모종의 역할을 띠고 살아가고 있으니 불필요한 것을 익힐 필요가 없는 것이다.

한 번 자신의 위치나 목적을 잃으면, 분명 간단히는 다시 일어서지 못할 것이다.

"아니, 내 문제는 일단 둘째로 치기로 하고. 하다못해 모두가 무탈하게 천수를 누렸기를 바라는 것은… 너무 큰 바람일까."

"그렇지 않아."

힘이 실린 답변이 돌아왔다. 치히로는 생존자 리스트를 팽개치듯 내려놓고서 카즈마를 바라보았다.

"카즈마가 놓여 있는 상황은 솔직하게 말해서 답이 안 나오고 어떻게 할 방법도 없어 보여. 하지만 뿔뿔이 흩어져 버린 가족이 행복하기를 바라는 건 인간으로서 올바른 바람이야. 벽이 되어 가로막고 있는 게 거리가 아니라 시간이라는 점을 제외하면 누구나 느낄 감정이고, 누구나 가질 바람이기도 해. 적어도 이렇게 앞으로 나아가고 있는 동안에는 희망을 가지는 게 옳아."

"…그럴까. 아니, 그래. 아마노미야의 말이 맞아."

치히로가 힘을 실어 긍정하자 카즈마도 기운을 차렸다. 방대한 자료를 앞에 둔 탓에 마음이 약해졌던 것인지도 모른다. 하지만 작업은 이제 막 시작되었을 뿐이다.

"그나저나 리츠카 씨랑 이자요이 씨라~ 실은 리츠카라는 이름을 가진 사람을 한 명 알기는 하지만 성이 다르단 말이지. 흔한 이름이었어?"

"글쎄. 굳이 말하자면 흔치 않은 이름이었던 것 같은데."

그렇지? 치히로가 맞장구를 쳤다.

다시 자료와 마주하려던 그때, 정오를 알리는 종소리가 울려 퍼졌다.

"정오 종소리… 벌써 점심시간이네. 그럼 일단 좀 쉬자."

"나는 괜찮으니 아마노미야는 쉬고 오도록 해."

"안 돼, 카즈마. 너는 대기명령을 받았으니 몸과 마음 양쪽 모두 완벽한 상태로 대기하는 것도 의무야. 마음이 급한 건 이해하지만 쉴 수 있을 땐 쉬도록 해."

어깨를 탁 치고서 카즈마의 옆을 지나갔다. 따라오라는 뜻이리라.

카즈마는 썩 내키지 않았지만 경계태세는 아직 지속되고 있다. 언제 무슨 일이 일어날지 모르니 쉴 수 있을 때 쉬라는 말에 따르는 것이 옳을 것이다.

치히로의 뒤를 따라 도서관 안으로 돌아가자 여러 가지 연구 시설들이 눈에 들어왔다.

성진입자체 연구는 물론이거니와 오래된 서적의 재생과 해독, 마이크로필름과 같은 로컬 데이터의 복원, 소실된 기술의 실용 재현 등, 여러 가지 연구가 이루어지고 있었다.

"여전히 굉장한 시설이군. 이곳만 보면 정말로 근미래 같아."

"역시 당시 사람의 눈에는 그렇게 보이는구나?"

"그래. 몇 번인가 들어온 적이 있지만, 그때마다 놀라게 되는군."

치히로는 둘째손가락을 세우고서 약간 기쁜 듯한 투로 도서관의 현재 상황에 관해 설명했다.

"지하에 진공 보존되어 있던 서적 말고는 벌레 먹은 게 많았지만, 마이크로필름에 옮겨서 보존한 덕분에 재생이 가능해. 귀중한 고서랑 지도랑 기술도 있고, 정보지와 소설, 만화도 전부 보관되어 있었어. 너는 도서관에 관해 얼마나 알고 있어?"

"기본적인 지식 정도는 알지. 1000만 권 이상의 서적이 보존되어 있던 도서관으로 최첨단 기술 연구자료를 한데 모은 장소였을 텐데."

"그래, 맞아. 300년 전의 서브컬처 같은 것도 보관되어 있어서 이 시대에도 오락의 일환으로 보급되었어. 이왕 온 김에 뭔가 읽어 볼래?"

"아니, 독서는 좋아하지만 지금은 됐어. 그보다 어디로 가는 거지?"

"무기고에서 점심을 먹으려고. B.D.A 조정 담당자가 너를 데려오라고 했거든. 게다가 너, 도검밖에 없다며? 만일의 사태에 대비해서 총기류도 소지하고 있는 게 좋을 거야."

카즈마는 전에 없이 언짢은 티를 내며 눈살을 찌푸렸다.

검술은 지금의 그가 소유한 유일한 재산이자 남에게 자랑할 수 있는 것이다. 그것을 무시하고 총기류를 들 것을 강요하는 말을 들으니 영 탐탁지 않았다.

그런 항의의 시선을 느낀 치히로는 씨익, 하고 수상쩍은 미소를 지은 채 고개를 가로저었다.

"그러고 보니 나츠키가 잔뜩 흥분해서 네 검술이 굉장하다고 하던데. 혹시 잊힌 고류 검술의 사용자라도 되는 거야?"

"……. 그렇다면?"

카즈마는 경계하며 답했다.

하지만 뜻밖에도 치히로는 눈을 연신 껌뻑이다가 입을 열었다.

"아… 저, 정말로 그랬구나…! 그, 그럼, 연무 같은 것도 할 수 있어?"

"…뭐, 일단은. 봉납연무를 한 경험도 있지."

"봉납연무! 그, 그건 그러니까, 신령님 앞에서 춤을 선보이는 그 연무를 말하는 거야?!"

"시, 신령님 앞이라는 표현은 좀 호들갑스러운 감이 있지만… 신사나 축제 때 연무를 선보인 경험이라면."

"우와~… 뭔가 이것저것 물어보고 싶어서 미칠 것 같네. 무기고 방문이 끝나면 내 연구실에 가지 않을래? 환영할게."

"연구실?"

"그래. 내 연구분야는 성진입자체지만, 야마토 문화 복구에 관련된 일도 하고 있거든. 고전문예, 전통공예, 전통예능, 사계절 축제며 신도(神道) 종교의 해명 같은 거."

카즈마는 일전에 그에 관한 이야기를 듣고 눈을 반짝이던 치히로의 모습을 떠올렸다.

그가 300년 전 사람이라는 사실에 놀랐다는 이유도 있었겠지만, 그녀의 연구 내용 때문이 더 컸을지도 모른다.

"고전문예에 전통예능이라… 확실히 그런 분야라면 도움을 줄 수 있을지도 모르겠군."

"어, 정말? 설마 특기 분야야?"

"특기 분야라고 할 수 있지. 이과 계열 지식은 평균이지만 일본의 전통문화라면 할아버님께 이것저것 배워서 지식이 있어. 그러니 도움을 줄 수 있는 것도 많을걸."

치히로가 탄성을 내질렀다.

그녀는 조금 전보다 가벼운 발걸음으로 걸으며 신이 난 미소를 지었다.

"좋아좋아, 나중에 말 바꾸기 없다? 여름축제를 준비하는 건 이미 늦었지만 가을 대축제 때는 잔뜩 도와줘야 해?"

"알겠어. …그나저나 의외로군. 전통문화 연구보다 입자체 연구를 더 적극적으로 추진하는 편이 도시국가의 생활에 도움이 되지 않나?"

입자체 기술은 여러 분야에 활용되는 만능 기술이다.

생활수의 확보, 발전기술, 제철 공장, 이러한 것들은 모두 입자체 연구에 의존하고 있다.

양쪽 모두를 병행해서 연구하고 있을 테지만, 그 노력을 모두 입자체 연구에 할애하는 편이 생활수준을 높이는 데 도움이 되지 않을까.

"음, 무슨 소리가 하고 싶은지는 알겠어. 하지만 카즈마. 나는 민족문화를 부활시키는 것도 기술의 재현과 복구만큼이나 중요하다고 생각해."

"……."

"중화대륙 연방, 해양국가 샴발라, EU 통일국가군(群). 이러한 삼대 열강국은 모두 다 민족문화의 부흥에 힘을 쏟고 있어. 모두가 국가의 정체성을 확립함으로써 나라로서, 인류로서, 생명체로서 강해질 수 있다는 것을 본능적으로 알기 때문이지."

집단은 통일된 문화를 가짐으로써 그 결집력을 높일 수가 있다.

국적과 민족의식만으로는 넘을 수 없는 벽을 넘기 위해서라도 문명복고는 반드시 필요한 행위라고 치히로는 말했다. 하지만 이내 짓궂은 미소를 지은 채 입을 열었다.

"거창하게 말하기는 했지만, 실은 내가 즐기고 싶은 것뿐이야. 나라에서 공을 들이고 있는 건 입자체 연구 쪽이라 우리는 인력도 예산도 쥐꼬리만큼만 나오거든. 올해가 돼서야 겨우 모양새가 갖춰지기 시작했는걸."

"그, 그렇군. 아마노미야는 옛날 문화를 좋아하나 보지?"

"그래, 엄청 좋아해. 고전문예, 전통문화, 서브컬처까지. 옛날 정보지 하나만 봐도 엄청나게 여러 가지 것들이 실려 있어서 심심할 틈이 없었어. 어느 페이지를 펼쳐도 환하게 빛나고 있어서 정말로 인류가 최고로 번성한 시대였구나, 하는 실감이 들던걸."

아마노미야 치히로가 호기심 어린 눈으로 카즈마를 바라보았다.

그녀에게 카즈마는 중요한 정보원이자 동경하는 시대를 살았던 증인이기도 했다. 사실은 지금 당장이라도 이야기를 듣고 싶어 안달이 나 있을 것이다.

"지금은 아직 제2경계태세가 지속되고 있어서 마음을 놓을 수가 없지만, 사태가 수습되면 이야기 좀 들려줘. 연구실 사람들도 궁금해할 거야."

"너무 거칠게 몰아붙이지만 말아 줘. …그나저나 다른 나라는 그렇게 발전한 건가?"

"그럭저럭. 어제 했던 생존권 이야기랑은 별개로, 전투능력이 높은 입자 적합자가 한 명만 있어도 국가 운영의 안정성이 달라지거든… 참, 바다를 건너서 여기까지 오는 동안 들어 본 적 없어? '밀리언 크라운'이라고 불리는 인류최강전력에 관해서."

카즈마는 슬쩍 눈썹을 들어 올리며 놀랐다.

인류최강전력이라니, 꽤나 호들갑스러운 칭호다 싶었지만 치히로의 눈빛은 지극히 진지했다.

"…반응을 보아하니 들어 본 적이 없는 것 같네. 정말로 그렇다면 엄청 운이 좋은 거야. 너, 이 시대에 왕관종이나 천유종과 맞닥뜨린 적이 한 번도 없지?"

카즈마는 또다시 고개를 갸웃했다.

거구종에 관해서는 설명을 들었지만 치히로가 말한 종류는 그야말로 금시초문이었다. 하지만 치히로의 반응으로 미루어 이 시대의 모든 이들이 알고 있어 마땅한 존재인 모양이었다.

치히로는 약간 긴장된 얼굴로 한숨을 내쉬더니 둘째손가락을 세워 보였다.

그녀가 설명을 하고자 입을 열려던 순간, 시끄러운 두 개의 목소리가 카즈마의 이름을 불렀다.

"하이, 브라더! 어제는 정말 굉장했어!"

"여어, 브라더! 어제는 정말 고마웠어! 사망자가 나오지 않았다니, 완전 기적이야!"

히츠가야 자매가 기운차게 말을 붙여 왔다.

치히로는 약간 귀찮게 됐다는 듯이 머리를 쓸어 올렸다.

"…히비키, 후부키. 너희는 나츠키를 따라간 거 아니었어?"

"그건 이쪽이 할 말인데?!"

"브라더는 히메짱이랑 같이 탐색을 나갔을 줄 알았는데! …아니, 어제 그런 식으로 이야기가 정리된 거 아니었어?"

세 사람 모두가 의아한 얼굴이었다. 아무래도 정보가 뒤엉킨 모양이다. 상황파악이 되지 않아서 카즈마는 오른손을 들며 물었다.

"둘 다 이곳에서 일하고 있었군. 아마노미야와 친한가 보지?"

"업무상 동료야!"

"피로 이어진 사촌 자매야!"

"저 애들 말이 맞아. 장관후보생은 의무적으로 중거리 원정에 참가하거나, 집적지나 도서관에서 일을 해야 해. 물자 집적지의 현장 책임자가 나츠키고 제3국립 국회도서관의 현장 책임자가 나지."

"히메짱은 물건을 고칠 수가 있잖아? 도시유적에서 회수한 녹슨 철재 같은 걸 들여와서 재이용할 수 있도록 가공하고 있어."

카즈마는 어제 나누었던 이야기를 되짚어 보았다.

나츠키는 불가역적인 것을 가역 상태로 만들 수 있다고 들었다.

그녀의 힘은 높은 생산성을 유지하는 데는 더없이 좋은 힘이리라.

"히메짱 덕분에 원정군도 장기간 원정에 나갈 수 있는 거야."

"'태평양의 패자'에게 대항할 수 있는 건 원정군과 타츠지로뿐이니까."

"우리가 그 녀석을 막지 않으면 무리가 동아시아로 돌입해 오게 되거든. 그렇게 되면 진짜로 해몰대륙까지 **가라앉을 거야.**"

"…**가라앉아?**"

카즈마가 의아하다는 표정을 지었다. 육지가 가라앉는다는 것이 무슨 뜻일까. 아무리 그래도 일종의 비유 같은 것이리라. 지금까지 그럭저럭 많은 수의 괴물과 싸워 왔지만 그렇게까지 위협적인 것은 없었다.

하지만 쌍둥이는 문득 나란히 진지한 표정을 짓더니 말을 돌렸다.

"참참. 본론으로 돌아가자면, 브라더는 왜 히메짱이랑 같이 가지 않았어?"

"오늘은 살짝 위험한 탐색이 될지도 모른다고 했는데?"

"어머, 위험하다고 할 정도야? 나츠키랑 개척부대가 온전한 상태라면 해사자의 무리 정도는…."

"그럼 묻겠는데, 그 GM급인 해사자랑 백모원은 호쿠리쿠에서도 상당히 강한 종류잖아? 그런 괴물이 거처에서 쫓겨나서 남쪽까지 도망쳐 온 거잖아?"

"그럼 일반적으로 **그 두 종류를 쫓아낸 다른 괴물**이 나타났을지도 모른다고 의심해 봐야 하지 않을까?"

치히로는 쌍둥이의 말을 듣고서야 그 가능성을 알아챈 눈치였다.

"그건… 확실히 그러네. 세력권을 빼앗기거나 침범당하지 않은 이상, 그 정도 수준의 거구종이 보금자리를 떠날 리가 없지."

어젯밤, 나츠키는 신경 쓰이는 것이 있다고 말했다.

신규부대 설립이며 도시유적 주변의 조사 강화를 주창한 것은 호쿠리쿠에서 오는 위협에 대비하기 위해서였을지도 모른다. 하지만 카즈마는 의아한 듯 고개를 갸웃했다.

"하지만 그런 괴물이 갑자기 나타날 수도 있나?"

"**이 시기가 아니었다면** 히메짱도 그렇게까지 예민하게 반응하지 않았을걸? 녀석들이 싫어하는 음향병기를 못 쓴다는 이유도 있지만."

"……? 이 시기가 좋지 않은 이유라도 있나 보지?"

"…그렇기는 한데. 정말 아무것도 모르네, 브라더."

"태평양 원정을 중요시하는 이유도 모르는 거야, 브라더?"

아직 사정을 모르는 쌍둥이는 어이가 없다는 눈으로 카즈마를 쳐다보았다. 카즈마는 영문을 알 수 없었지만 세 사람이 너무도 심각하게 위협에 관해 언급하는 통에 거북한 표정을 지을 수밖에 없었다.

"설마 나츠키는 나를 배려하는 차원에서 이곳에 남으라고 한 건가?"

"글쎄. 히메짱은 마음만 먹으면 무진장 세거든."

"하지만 1, 2분 정도밖에 못 싸우잖아?"

"그래. 만약 해사자나 백모원 이상의 거구종이 상대라면 카즈마의 힘을 빌리려 했을 거야. …어쩔래? 지금이라도 같이 쫓아가 볼래?"

카즈마는 고개를 끄덕여 답했다. 나츠키는 자신을 배려한 것일지도 모르지만 해사자 이상의 괴물이 상대라면 카즈마가 나서는 수밖에 없다.

칼자루에 손을 올린 채 카즈마가 싸울 의지를 밝힌 순간….

날카로운 경보음이 도시국가 전체에 울려 퍼졌다.

카즈마는 허리에 찬 칼을 움켜쥐고서 창가로 달려가 날카로운 눈으로 밖을 살폈다.

"경보… 설마, 해사자가 돌아온 건가?!"

"아니, 아니야!"

"이 경보음은 제1경계태세… 아니, 설마…?!!"

치히로와 히츠가야 자매의 얼굴에서 핏기가 싹 가셨다.

제3국립 국회도서관에서 연구에 힘쓰고 있던 개척부대의 면면들도 일제히 손을 멈추고 저마다 외치기 시작했다.

"이 경보는… 최종 대피 권고 아냐?!"

"하지만 어째서?! 태평양 원정에 나선 원정군에게서는 아무런 연락도 없었는데?!"

"그런 소릴 할 때가 아니잖아!!! 자료는 포기하고 당장 도망치자!!!"

개척부대를 중심으로 대피가 시작되었다.

치히로는 통신기를 집어 나츠키에게 연락을 시도해 보았지만 격렬한 노이즈가 흘러나올 뿐, 전혀 연결이 되지 않았다. 그녀는 입술을 꽉 깨물고는 카즈마의 손을 잡고 밖을 향해 달려 나갔다.

"상황을 알고 싶으니까 미안하지만 잠깐 같이 가 줘! 끝나고 나면 바로 도망쳐도 돼!"

"딱히 상관은 없지만, 가세하지 않아도 되는 건가?"

"바보, 다른 사람들이 최종 대피 권고라고 하는 말 못 들었어?! 네가 아무리 강해도 상대가 안 될 거야! 쌍둥이들도 최소한의 짐을 꾸려서 죽어라 도망쳐!!!"

"라, 라저!"

"치히로도 무리하지 마!"

쌍둥이는 허둥지둥 연구시설 안으로 달려갔고 치히로는 밖을 향해 달려 나갔다.

치히로는 B.D.A를 기동시키더니 중력에서 벗어난 듯한 속도로 밖에 나간 후, 가장 높은 도서관 지붕으로 뛰어올랐다. 카즈마는 그 뜻밖의 신체능력에 놀라면서도 떨어지지 않도록 가벼운 발걸음으로 따라갔다.

"너, 입자적합률이랑 가속률 몇 퍼센트야? 해사자를 쓰러뜨렸으니 고적합률자라고 생각해도 되지?"

"미안하지만 나는 몰라. 어제 측정할 예정이었지만 해사자가 나타나서 연기됐으니까."

"…그래. 그래도 나보다는 높을 것 같으니 할 수 있는 데까지 해 보는 수밖에 없겠어."

치히로가 귀고리 형태의 B.D.A를 꺼냈다.

그러고는 숨을 고르며 카즈마의 B.D.A에 손을 댔다.

"내 앞에서 몸을 숙이고 눈을 감고 있어. 약간 아플지도 모르지만 잘만 되면 너한테도 보일 거야."

카즈마가 의문점을 이야기하기 전에 치히로가 행동을 개시했다.

갑자기 거리가 가까워지는 바람에 카즈마는 긴장으로 몸이 굳어졌지만, 그 감각은 이내 흔적도 없이 사라졌다.

치히로가 B.D.A를 플러그에 연결한 순간 급격하게 확대된 듯한 시각정보, 청각정보, 후각정보, 촉각정보가 머릿속으로 흘러들었다.

전방위의 시각정보를 지각하게 된 탓에 현기증 같은 것이 느껴져, 카즈마는 무의식중에 무릎을 꿇었다.

치히로는 허둥대며 상황을 설명했다.

"괜찮아, 걱정하지 마. 그건 실제로 지각하고 있는 게 아니니까. 대기 중에 넘쳐 나는 입자의 흐름을 지각해서 그 결과를 영상정보로 전환한 것뿐이야. 금방 익숙해져."

치히로가 무릎을 꿇은 채 식은땀을 흘리는 카즈마를 달래듯 설명했다.

치히로는 사용자가 적은 지각조작형 B.D.A를 사용한다.

입자 적합자는 가속연료형과 허수변화형 등, 여러 분야에 특화된 적합자가 존재하며 각자가 자신의 역할을 분담하여 도시국가의 방어에 힘쓰고 있다.

성진입자체는 변화무쌍한 만능 입자지만 그것을 사용하는 인체와 사용기기에는 한계가 있다. 적합률이 높으면 여러 방법으로 운용이 가능하지만 인간의 짧은 인생에서 그것들을 모두 습득하기란 불가능에 가깝다. 특히 지각조작은 습득할 때까지 10년 이상은 걸린다.

아마노미야 치히로는 어릴 적부터 지각조작에만 초점을 맞추고 습득했기에 열여섯 살이라는 젊은 나이에 지각조작이 가능한 것이다.

"입자조작에 능한 고적합률자는 뇌파를 전기신호가 아닌 입자파동으로 변환할 수가 있어. 이를 통해 다른 외부장치에 의존하지 않고 뇌신경에 간섭할 수 있는 거지."

구형 기기는 두개골을 뒤덮거나 척추에 장착할 필요가 있지만, B.D.A라면 근원적인 전달수단을 변환하기만 해도 사고속도며 반응속도를 향상시킬 수 있다.

하지만 그러려면 사용자가 고도의 생체자기제어를 익힐 필요가 있는데….

'괴, 굉장한 몸이야…! 이 녀석, 자기 몸을 구석구석까지 제어할 수 있잖아…?!'

접속한 치히로는 가볍게 카즈마의 육체 성능을 가늠해 보고는, 상상을 까마득히 뛰어넘는 결과에 깜짝 놀랐다. 어떠한 경위로 체득한 것인지는 알 수 없지만 그의 육체적 완성도는 이 시대 적합자의 평균을 크게 웃돌았다.

더불어 카즈마는 생체자기제어—의식적으로 조작할 수 없는 심장과 같은 불수의근(不隨意筋)을 제어하에 두는 기술을, 검술의 유파를 체득하기 위해 어릴 적부터 배워 왔다.

잘 단련된 육체를 완전히 제어하에 둠으로써 감정의 제어나 육체의 출력 관리를 모두 의식적으로 할 수 있는 것이다.

'이 몸이라면 통신이 불가능할 정도로 입자가 거칠어진 상황에서도 지각 범위를 최대 10킬로미터까지 확장시킬 수 있어…. 아니, 한계를 넘어선 입자의 초유동(超流動) 상태도 맨몸으로 버틸 수 있을지 몰라…!!!'

황금과도 같은 완성도를 지닌 육체다.

이 정도면 B.D.A의 사용법을 최근까지 몰랐다 해도 금방 적응할 수 있을 것이다.

심지어 성진입자체의 바다에 300년 동안이나 가라앉아 있었던 덕에 체내 세포가 입자체에 매우 높은 적합률을 보이고 있다.

'이 녀석 혹시… 자질만으로 치면 인류최강전력—밀리언 크라운에 버금가지 않을까…?!!'

"아마노미야, 빨리 해 줘. 익숙해지기는 했지만 아직 어지러워."

화들짝 정신을 차렸다. 최종 대피 권고의 경보음이 아직도 울리고 있었다.

치히로는 숨을 힘껏 내쉬고서 호흡을 가다듬으며 천천히 리미터를 해제했다.

"Blood accelerator(혈중입자가속기) 'Laplace(라플라스)' 기동—지각 영역 확대 개시…!!!"

—고동이 빨라진다.

오장육부에 퍼진 모세혈관이 비명을 지르기 시작했다.

B.D.A는 체내의 혈중경로를 초가속시켜 입자를 순환시킴으로써 힘을 증폭시킨다. 입자체는 체내에 위치한 길이가 약 10만 킬로미터에 이르는 혈관 속을, 초당 최대 약 33회까지 등속운동한다.

이는 적합률이 100퍼센트라면 광속의 약 10배라는 절대적인 속도에 도달할 수 있다는 뜻이지만 적합률이 100퍼센트인 인간은 이론상 존재하지 않는다.

평범한 사람은 1퍼센트 미만.

훈련을 하면 5퍼센트 이상.

고적합률자는 10퍼센트 이상. 인체의 적합률은 지극히 한정된 숫자에 머무를 수밖에 없다.

적합률 10퍼센트 이상은 체내의 입자가 광속을 넘어서기에 경우에 따라서는 소체 융해—멜트다운 현상을 일으켜 산산이 폭발할 위험성이 있다.

때문에 폭발을 막기 위한 안전장치인 리미터를 풀기 위해서는 음성인증이 필요한 것이다.

"나츠키가 있는 곳까지 단숨에 지각 범위를 확대할게! 부하가 좀 클 테니 그대로 앉아 있어!"

시야만 고속으로 하늘로 날아올라 바다를 건넜다. 도쿄의 도시유적을 상공에서 내려다본 카즈마는 현재의 상황보다는 부자연스러운 파괴의 흔적을 보고 놀랐다.

고층빌딩은 300년 전에 있었던 대재해로 대부분이 무너졌지만 운 좋게 남아 있는 건축물들도 여럿 존재했다.

그것들은 전체적으로 거목을 떠받치듯 나무줄기와 서로 뒤엉켜 있었다.

하지만 카즈마가 바라보고 있는 폐건물과 거목에 남은 파괴의 흔적은 명백하게 달랐다.

타원형으로 깎여 나간 것이며 거대한 칼날로 비스듬히 양단한 듯한 폐건물이 여기저기 흩어져 있었다. 하지만 이토록 부자연스러운 파괴 흔적이 자연적으로 생겼을 리가 없다.

'뭔가가… 폐건물을, **절단했다**?'

카즈마의 눈동자에 강한 경계심이 깃들었다. 조금 전에 들었던 쌍둥이의 이야기가 현실감을 띠기 시작했기 때문이리라.

한편 치히로는 그런 생각을 할 겨를이 없었다.

이런 대규모 파괴의 흔적은 한 번 보면 잊히지 않는다. 한시가 급한 상황이다.

"큭… 미안해, 카즈마, 출발해! 강가를 따라 북동쪽으로 똑바로 가다 보면 보일 거야!"

"알겠어, 아마노미야는 먼저 도망쳐!!"

카즈마는 맹수처럼 자세를 낮추고는 북동쪽을 향해 똑바로 몸을 튕겼다. 탄환에 버금가는 속도로 도약한 카즈마의 모습이 눈 깜짝할 새 시야에서 사라졌다.

계속해서 울려 퍼지는 최종 대피 권고는 도시 구석구석에까지 공포와 혼란을 퍼뜨리고 있었다.

그 모습은 짐승에게서 도망쳐 다닌다기보다는 재해로부터 도망치고 있다고 표현하는 것이 적절할 듯 보였다.

치히로는 입술을 깨문 채 카즈마의 뒷모습을 배웅하며 그의 앞길을 걱정했다.

그 청년은 아직 '인류 퇴폐의 시대'라는 말의 진정한 의미를 모른다.

문명의 종착점을 발생시킨 괴물을, 그는 아직 모른다.

잔해의 산을 이루고, 탐욕스럽게 생명을 잡아먹고, 인류가 남긴 흔적들을 모조리 집어삼키는 자.

인류 퇴폐의 세상을 초래시킨, 행성 사상 최강의 생명체.

"온다…. '태평양의 패자', 모비딕이…!!!"

6장
CHAPTER
6

활활 불타오르는 도시유적 중심을, 네 기의 다족형 전차가 날듯이 질주했다. 울려 퍼지는 총성과 포성은 근처에 있던 동물들이 도망칠 정도의 맹위를 휘둘렀다.

　다족형 전차가 수많은 장해물도 아랑곳 않고 달릴 수 있는 것은, 본래 화성 탐사용으로 만들어진 것이기 때문이리라. 기복이 심한 미개지를 뛰어다니기 위해 관절부에는 유기유체물질이 사용되어서 큰 충격도 대부분 흡수하고 기동성을 유지시켜 준다.

　유연한 움직임과 좌우에 장착된 가변무기를 구사하여 싸우는 다족형 전차는 복잡하게 뒤엉킨 지형에서 진가를 발휘했다.

　사방에서 일제히 해수면에 떠오른 물고기 형태의 그림자를 향해 포화를 퍼붓자 거대한 기둥 같은 물보라가 솟구치고 파문이 퍼졌다. 어제 사용했던 통상탄과는 다른, 결정입자체로 만들어진 특수화합 작약을 사용한 포탄은 폐건물을 세 개는 관통할 만큼의 파괴력을 지녔다.

　평범한 괴물이라면 이 포탄을 맞기만 해도 살점을 흩뿌리며 분쇄될 것이다.

　'큭…!'

　하지만 그렇게는 되지 않았다.

　최대 화력으로 발사된 포탄이 직격하려던 찰나, 바닷속에 숨은 거대한 그림자에서 뻗어 나온 촉수가 그것을 받아 냈다.

　뱀처럼 호를 그리며 솟구친 촉수는 마치 각각 의지를 지닌 듯

교묘하게 움직이더니 그물코처럼 교차되어 전차포의 충격을 완화시켰다.

그리고 포탄을 붙잡아서는 네 기의 다족형 전차를 향해 다시 던졌다.

[이런…?!!]

다족형 전차 중 한 대가 꼼짝없이 되돌아온 포탄에 피탄할 타이밍에 착지했다. 죽음을 각오한 조종자를 향해 나츠키가 오른손을 내밀었다.

"혈중입자가속기 '경왕의 큰 수염'…!!!"

나츠키는 몸을 튕기며 B.D.A의 리미터를 해제한 후 오른손에 장착된 와이어를 빠른 속도로 뻗어, 그것의 끄트머리를 다족형 전차가 착지한 지반에 꽂았다.

직후, 다족형 전차가 딛고 선 바닥이 급격하게 솟아올랐다.

튕겨져 나온 포탄은 솟아오른 땅을 관통하고 후방에 자리한 거목을 직격해 쓰러뜨렸다.

다족형 전차는 근소한 차이로 직격을 면하기는 했으나 쓰러져서 한쪽 다리가 반파되었다. 만약 직격했다면 다족형 전차는 흔적도 없이 분쇄되었을 것이다.

기동력이 떨어졌음을 알아챈 나츠키는 옷깃 뒤에 장착된 소형 통신기로 조종자에게 상황을 물었다.

"2번기, 상황 보고!!"

[손상률 21퍼센트! 우측 뒷다리가 파괴되었지만 체내입자를 사용하면 주행 자체는 가능합니다!]

"그럼 일단 물러나서 재정비합니다! 나머지 세 기는 2번기를 엄호하세요! 그리고 대피 완료 신호탄은?!"

[아직 안 떴습니다! 연락을 한 지 얼마 되지 않았으니 도시는 아직 대피가 종료되지 않았을 가능성이 큽니다!]

"큭… 좀 더 시간을 벌어야 하나. …정면, 막아요!!!"

촉수가 높이 치솟더니 파손된 다족형 전차를 향해 뭉텅이로 쏟아져 내렸다. 나머지 세 기는 곧장 가세했으나 거대한 그림자의 추격은 치열하기 그지없었다.

바다 밑에서 뻗어 나온 여러 줄기의 촉수의 수는 백을 족히 넘었다.

[우, 움직일 수가 없어…!!!]

[틀렸어, 물러날 틈이 없어!]

[일단 쏴! 탄막이 뚫리면 그대로 끝이야!]

네 기의 기관총을 정면에 집중해서 탄막을 펼쳤지만 이래서는 꼼짝을 할 수가 없다. 총탄이 바닥나면 그 즉시 네 기 모두 파괴될 것이다.

나츠키는 후퇴가 불가능하다고 판단하자마자 바닷속에 위치한 생물체를 노려보며 각오를 굳혔다.

"내가 해치우는 수밖에 없어…! 본체에게 돌격하겠습니다. 30

초만 버텨 주세요!"

[뭐?!]

[무, 무모합니다, 총괄님!]

하지만 다른 방법이 없다.

B.D.A를 최대로 기동시킨 그녀는 입자를 혈액에 실어 가속시켜 이동속도를 높였다.

성진입자체는 '1초의 정의'에 간섭하여 가속연소함으로써 발생된 힘을 체내에 환원시킨다. 그 결과, 고적합률자는 초유동 현상이 일어나는 동안 세계의 고유시에서 벗어나게 된다.

상대적으로 가속 상태가 되는 셈이지만 신체능력 자체가 향상되는 것은 아니다.

가냘픈 나츠키의 몸이 직격을 당하면 그 즉시 죽고 말 것이다.

빗발치듯 쏟아지는 촉수의 연속공격을 종이 한 장 차이로 피하며 거리를 좁혀, 근처에 위치한 건조물에 손을 대어 그 형상을 크게 변용시킨다. 폐건물의 낡은 콘크리트는 원뿔형으로 솟아나 나츠키를 보호하는 벽이 되었고, 노출된 철근은 예리한 날붙이 다발이 되어 적을 공격했다.

불가역반환과 허수 변환에 유체조작까지 세 가지를 치밀하게 다룰 수 있는 나츠키이기에 가능한 대규모 질량공격이었다.

질량과 수적 우세를 앞세워 압살하려던 찰나, 바닷속에서 촉수가 솟구쳐 앞을 가로막았다.

'좋아, 걸렸어!'

전차를 공격하던 촉수를 비롯해 모든 촉수가 나츠키를 노리고 덤벼들었다.

네 기는 그 틈에 일제히 물러났다.

하지만 이제 나츠키가 문제다.

불꽃과 파편이 나츠키의 뺨을 스칠 정도로 어지럽게 흩날려 옴짝달싹도 할 수 없었다. 만약 이대로 체내의 입자가 모두 소진되면 그야말로 속수무책으로 유린당할 것이다.

'윽… 큰일이야, 입자가 거의 다 떨어졌어…!'

나츠키는 등줄기가 오싹했다. 그녀는 일곱 계통을 자유롭게 사용할 수 있는 특이한 재능을 지닌 반면, 체내의 입자량이 평균치보다 약간 많은 정도밖에 되지 않았다. 그 때문에 어제도 다족형 전차를 타고 이동했던 것이다.

장기 방어전이나 상대의 머릿수가 더 많은 상태에서의 난전은 그녀가 가장 어려워하는 분야였다.

본래 체질상 단기결전이 아닌 이상은 전면에 나서서는 안 되는 인물이다. 만약 다족형 전차 네 기가 궁지에 빠지지 않았더라면 이토록 무모한 싸움은 벌이지 않았을 것이다.

나츠키는 입술을 악물고 필사적으로 버티며 바닷속에 위치한 그림자를 노려보았다.

'…상당히 커. 눈대중으로 봐도 30미터 이상은 돼. 성체가 된

백경이 틀림없어.'

백경―그것은 어느 괴물의 이명 중 하나다.

본래 일본 제도로부터 남쪽으로 까마득히 멀리 떨어진 태평양에 서식하는 종족이지만, 이 시기가 되면 해수가 따뜻해지는 일본 근해까지 북상해 오는 습성이 있다.

호전적인 종족은 아니지만 한 번이라도 적대한 자는 결코 살려서 돌려보내지 않는다.

그러한 점을 통해 백경이 자신의 일족을 거스른 자를 철저하게 멸망시키겠다는 의지를 지녔음을 알 수 있다.

매우 지능이 높고 무리를 이루어 생활하는 종일 텐데….

'분명 무리에서 떨어져 혼자서 먼저 북상해 온 걸 거야. 그렇게 길을 잃고 호쿠리쿠의 해몰지대에 접어들었다가 그대로 백모원과 해사자의 세력권을 헤집고 다녔던 건가…?!'

앞서 말한 수준의 거구종이 세력권을 떠나는 일은 흔치 않다.

바닷속에 몸을 감춘 이 거대한 생명체가 그들을 남쪽으로 몰아낸 것이다.

'원정군 본대가 없는 지금으로서는 우리끼리 싸우는 수밖에 없어…!'

적복을 입게 된 순간부터 언젠가는 싸워야 하리라고 각오를 해 두었던 종족이다. 이 땅에서 살아가는 야마토 민족에게 이 괴물은 재해를 뛰어넘는 재앙 그 자체였다.

한 번이라도 도시에 접근시키면 막대한 희생자가 발생한다. 어쩌면 도시국가 그 자체가 멸망할지도 모른다.

하지만 이곳에서 처치하려 해도 이 거대한 괴물을 기관총이나 포격으로 처치하는 것은 쉬운 일이 아니다.

나츠키는 옷깃에 장착된 통신기에 대고 외쳤다.

"각 대원은 당장 이곳에서 이탈하세요! 제가 시간을 벌겠습니다!"

[마, 말도 안 되는 소리 하지 마, 나츠키!]

[저희가 사방에서 포위해 공격하겠습니다! 그동안 도망치십시오!]

"그래 봐야 악순환이 반복될 뿐이야! 게다가 이 녀석의… 백경의 진로상에는 우리 도시가 있어! 만약 방치했다가 전진해 버리면, 막대한 피해와 손해가 발생해!"

백경을 발견한 나츠키 일행이 무모하다는 사실을 알면서도 공격할 수밖에 없었던 이유가 바로 그것이다. 진행 방향이 도쿄가 아니라 태평양 방면이었다면 잠자코 지켜봤을 것이다.

나츠키 일행이 무모하게 전투를 벌이지 않았다면 이미 거주구획에 도달했을지도 모를 일이다.

어찌 되었든 이대로 가면 끝이 나지 않을 것이다.

우선은 이 궁지에서 벗어나야만 한다.

체내의 입자가 거의 바닥나 가던 그 순간, 나츠키는 바닥을

융해시켜 바다에 잠수함으로써 위기를 벗어났다. 쏟아져 내린 촉수는 건조물을 모조리 박살 내 흙먼지를 피워 올렸다.

아슬아슬하게 회피한 것은 좋았으나 만약 유적 아래가 바다가 아니었다면 눈 깜짝할 새에 붙잡혀 압살되었을 것이다.

서둘러 바다 위로 올라가려던 그때, 문득 바닷속에서 빛나는 무언가가 눈에 들어왔다.

'…헉?!!'

바닷속에서 빛나고 있는 것은 거대한 생명체가 내뿜는, 입자의 빛 그 자체였다.

그것은 태양광을 반사해서 빛나고 있는 것이 아니다. 이 거대한 생명체가 스스로 내뿜은 입자로 빛나고 있는 것이다.

나츠키는 어젯밤에 나누었던 이야기가 떠올라 전율함과 동시에 그 현상의 이름을 말했다.

'아… 아스트랄 노바…!!!'

체내의 순환 증폭 속도가 광속을 넘어섰을 때만 발생된다는 유사발광현상.

환경제어탑이 발하는 빛과 같은 것을 하나의 생명체가 내뿜고 있는 것이다.

나츠키는 적의 위협이 자신들이 감당할 수 있는 영역을 넘어섰음을 깨달았으나 이대로 내버려 둘 수는 없는 일이었다.

나츠키가 생각을 거듭하던 도중에, 다족형 전차가 네 기가 한

데 모여들었다.

[총괄님, 무사해서 다행입니다…!]

"간신히 살았어. 하지만 큰일 났어. 보아하니 방금 전 공격은 이 녀석의 최대치가 아닌 것 같아. …제대로 날뛰기 시작하면 5년 전처럼 일대가 다 날아갈 거야."

조종자들 사이에 긴장감이 퍼졌다. 이대로 계속 싸우면 모두의 목숨이 위험하다.

그리고 무시무시하게도 이 거대한 괴물은 아직 **전투태세에 돌입하지도 않았다.**

날뛰기 시작하면 일대가 다 날아갈 거라는 나츠키의 말은 비유가 아닐 것이다.

하지만 이곳에서 물러나면 백경은 똑바로 거주구획이 있는 방향으로 가고 말 것이다.

[초, 총괄님. 무슨 방법이 없겠습니까?]

"…있기는 해. 하지만 목숨을 걸어야 할 거야. 만약 실패하면 사망자가 나올지도 몰라."

[무슨 소릴 하는 거야. 나라가 궁지에 빠졌는데. 지금 목숨을 아낀들 내일 죽을 뿐이라고.]

[동감입니다. 우리의 목숨, 적복께 맡기겠습니다.]

이 시대에 최전선에서 싸우는 자들의 목숨은 본디 짧은 법이라고 조종자들이 호소했다.

혈로를 여는 것은 비관적인 생각이 아니라 신속한 행동과 방침 결정뿐이라는 것을 모르는 이는 없다. 따라서 방금 전 각 대원이 내뱉은 말에는 자신의 본분을 이해하고 있다는 언외의 뜻이 담겨 있었다.

"…고마워. 난이도는 높지만, 그렇게 복잡한 작전은 아니야. 다들 이 근처 해도(海圖)는 머릿속에 들어 있지?"

[당연합니다. 이 근처뿐 아니라 도쿄의 해도는 모두 머릿속에 들어 있습니다.]

"좋아. 그러면 몸집이 커다란 백경이 유유히 헤엄칠 수 있을 정도로 수심이 깊은 곳을 통해 태평양 방면으로 내보내려면 어떤 루트를 지나 남하하면 될까?"

질문을 받은 네 사람은 머릿속으로 해도와 상황을 대조해 보았다.

이 근방의 수심은 20미터 전후로 백경이 지나기에는 다소 얕다. 바닷속에는 건물들도 아직 잔뜩 남아 있다. 때문에 녀석이 유유히 헤엄칠 수 있는 장소는 한정적이다.

얼마간 침묵이 장중을 지배하던 중에 여성 조종자가 무언가를 알아채고 외쳤다.

[수심이 깊은 장소…. 그래, 스미다 강터! 강이 흘렀던 장소라면 다른 곳보다 수심이 깊을 테니 유도하기 쉬울 겁니다.]

"정답. 우리들은 거리를 두고 싸우면서 녀석을 스미다 강터로 유도한다. 그대로 태평양으로 내보내 무리로 돌려보내는 게 최선의 방법이야."

[하, 하지만, 성공할 수 있을까요?]

[성공 못 하면 죽는 거다! 우리끼리만이라도 해내야 해!]

일동이 동의했다. 이 방법이라면 최소한의 전투로 이 사태를 모면할 수 있다.

하지만 다섯 명이 행동을 개시하려던 순간 북쪽에서 거대한 폭발음이 울려 퍼졌다.

[윽, 이, 이번에는 또 뭐야?!]

[방향은?!]

[폭발이 있었던 것은 옛 아다치 구 부근! 사, 상당히 폭발이 큽니다!]

"응, 진정해. 백경이 날뛰기 시작한 건 아냐. 계측기는 어떻게 됐어?"

[거구종 간의 싸움으로 추측됩니다! 백경이 근처에 있어서 정확한 수치는 측정할 수 없습니다만, 그렇다 해도 상당히 커다란 종입니다!]

표정에 드러내지는 않았지만 사태를 짐작한 나츠키는 초조해졌다. 이 상황과 타이밍에 다른 곳에서 전투가 시작되었다면 어떠한 가능성을 염두에 둘 수밖에 없기 때문이다.

'설마… 먼저 북상한 백경이, 더 있었던 거야?!'

최악이다.

한 마리만 있어도 상대하기 벅찬 종을 여러 마리 상대하는 것은 불가능한 일이다. 등 뒤에서 헤엄치고 있는 거대한 백경을 유도하는 것뿐임에도 그들은 목숨을 걸 각오를 했을 정도가 아닌가.

"하지만… 해내는 수밖에 없어! 네 기는 옛 스미다 강줄기를 따라가서 사방을 포위한 채 유도작전을 펼쳐! 나는 나머지 한쪽의 상황을 확인하고 오겠어!"

[아, 알겠습니다!]

[목숨 걸고 완수하겠습니다! 총괄님도 무운을 빕니다!]

개척부대의 면면은 일제히 움직이기 시작했다. 하다못해 한 마리라도 숫자가 줄어들면 상황은 호전될 것이다. 나츠키는 그렇게 믿으며 온 힘을 다해 달려 나갔다.

나츠키는 두 다리를 감싼 B.D.A를 기동시켜 도합 세 개의 B.D.A를 동시에 다루기 시작했다. 소비와 흡수와 순환 증폭을 반복적으로 시행하여 한계 직전까지 몸을 강화한 채 돌진했다. 신체능력과 순간 운용 효율을 끌어올리기는 했으나 이는 매우 위험한 수법이었다.

체내의 입자를 지나치게 소비하면 체조직에 기생하는 입자도 소비되어 세포의 결합이 풀려 내출혈과 비슷한 증상이 일어나는 경우도 있다.

중요한 장기가 내출혈을 일으키면 후유증이 생길지도 모른다. 하지만 그런 것을 신경 쓸 상황이 아니다.

서두르지 않으면 나라가 멸망할지도 모르는 것이다.

나츠키는 B.D.A에 장착된 와이어를 사용하여 수몰된 지역을 뛰어넘어, 일직선으로 아다치 구의 도시유적으로 향했다.

그때, 어젯밤에도 들었던 맹수의 절규가 들려왔다.

「GEEEYAAAAaaaa!!!」

"이 울음소리는… 해사자? 해사자가 백경과 싸우고 있는 거야…?"

섣불리 뛰쳐나갔다가 싸움에 휘말려 드는 사태는 피하고 싶었다.

나츠키는 높이 솟은 나무의 우거진 나뭇잎 속으로 뛰어들어 몸을 숨겼다. 그리고 그녀는 그곳에서 목격한 광경에 하마터면 비명을 지를 뻔했다.

'마… 말도 안 돼…!!!'

바닷속에서 뻗어 나온 수백 가닥의 촉수. 도망쳐 다니는 해사자. 그것을 먹는 백경의 **무리.**

크고 작은, 다양한 크기의 스무 마리에 가까운 백경이 사냥을 하고 있었던 것이다.

GⅨ급의 괴물이 속수무책으로 차례차례 압살당하고 포식당하는 모습은, 그야말로 지옥을 방불케 했다. 바닷속으로 달아나든

292

육지로 달아나든 촉수는 가차 없이 따라붙었다.

날뛰는 해사자를 피보라가 일도록 강하게 휘감아 원형이 남지 않을 정도로 압축하여 바닷속으로 끌어들여서는 집어삼키고 있다.

이 촉수—백경의 수염은 그야말로 공방일체(攻防一體)의 무기라 할 수 있다. 한 가닥 한 가닥이 전차포를 가볍게 튕겨 내고 기관총의 총탄을 하나하나 떨쳐 낼 정도로 정밀한 무기.

더불어 수염도 본체의 수도 엄청났다.

시야에 들어온 것만 헤아려도 백경의 수는 스무 마리가 넘었다. 포식을 위해 날뛴 해상도시유적은 몹시 처참한 잔해가 되어 침몰했다.

전투가 시작된 지 불과 몇 분 만에 이러한 사태가 벌어졌다.

신주쿠 거주구획에서 날뛸 경우에도 같은 일이 벌어지리라.

나뭇잎 속에 숨어 식은땀을 흘리던 나츠키가 물러서려던 그 순간, 아주 작은 나뭇잎 스치는 소리에 백경의 수염이 일제히 반응했다.

'드, 들켰어…!!'

백경의 수염은 단순한 무기가 아니라 신경이 통하는 탐사기관이기도 했다. 나츠키는 그 즉시 이탈했지만 이미 늦었다.

백경의 수염이 거목을 꿰뚫어 가며 온갖 각도에서 날아들었다.

이대로 가면 뿌리치지 못하는 것은 물론이고 개죽음을 당할 것이다. 개죽음을 당할 수는 없다. 될 대로 되라고 각오를 굳히고 남은 입자를 모두 소진할 작정으로 싸움에 임하려던 그 순간.

무시무시한 검풍(劍風)이 대기를 가르고 촉수를 흩어 놓았다.

"나츠키, 무사해?!"

"카… 카즈 군?! 왜 여기에 있어?!"

"아마노미야가 부탁해서 왔어! 적은 바닷속에 있어?!"

예상치 못한 지원군의 등장에 나츠키는 놀랐다. 설마 카즈마가 달려와 주리라고는 생각지도 못했던 모양이다.

나츠키를 옆구리에 낀 카즈마는 성난 파도처럼 밀려드는 촉수를 모조리 칼로 떨쳐 내며 거리를 벌리기는 했으나, 그 일격이 묵직한 나머지 무심결에 얼굴을 찌푸렸다.

"빠르고 무겁고 수가 많군…! 나츠키, 이 촉수는 뭐지?! 또 다른 무리가 나타난 거야?!"

"자세한 설명은 나중에 할게! 지금 날아오고 있는 촉수는 거구종의 수염이야!"

카즈마의 눈이 휘둥그레졌다.

수염이라는 단어는 체모의 일부를 가리킨다. 이러한 체모가 몸에 돋아 있는 생물의 모습이 쉽게 상상되지 않는 모양이었다.

카즈마와 함께 거리를 벌린 나츠키는 벌레를 씹은 듯한 표정으로 바닷속에 위치한 생물을 노려보았다.

"수염 끄트머리를 조심해! 하나로 뭉치면 폐건물을 절단할 정도로 강력하니까! 카즈 군이라도 받아 낼 수 있을지 어떨지 몰라!"

"알겠어. 적은 한 마리뿐인가?"

"…확인된 것만 해도 스무 마리는 돼. 거주구획으로 쳐들어가면 끝장이라고 생각해."

최악의 가능성 앞에서 카즈마가 숨을 죽였다.

이만한 괴물이 무리를 이루어 일제히 날뛰면 어제와는 비교도 되지 않을 정도로 큰 피해가 발생할 테고, 사상자의 숫자는 이루 헤아릴 수 없을 정도로 많아질 것이다.

하지만 그렇기에 카즈마도 각오를 굳힐 수 있었다.

"알겠어. …다시 말해서, **싸울 수밖에 없는 거지**?"

카즈마는 나츠키를 내려놓고 검을 똑바로 겨누었다.

전의를 느낀 나츠키는 허겁지겁 제지했다.

"자, 잠깐만! 무턱대고 싸운다고 이길 수 있는 상대가 아니라고!!"

"하지만 무턱대고 달아날 수 있는 상대도 아니지. 발을 묶어 둘 수 있는 것이 나뿐이라면 내가 하는 수밖에."

저 도시에는 아직 확인하지 않은 정보가 산더미처럼 많다. 극동이 멸망한다는 것은 다시 말해서 과거를 알기 위한 여행이 도중에 끝나고 만다는 것을 의미했다.

─절대로, 그렇게 둘 수는 없다.

가족의 행방, 친구들의 행방, 퇴폐의 시대를 카즈마는 아직 그 무엇도 알아내지 못했다.

자신이 홀로 300년이라는 시간을 뛰어넘어 살아남고 만 의미도.

그것을 발견할 때까지는 절대로 물러날 수 없다.

"나츠키는 도망쳐. 이곳은… 내가 막을 테니…!!!"

선풍이 일었다. 카즈마는 자신을 제지하는 나츠키를 뿌리치고 쏟아지는 백경의 맹공에 정면으로 맞섰다. 똑바로 겨눈 도검은 여전히 날카로운 검광을 흩뿌리며 적의 맹공을 철벽처럼 막아 냈다.

살점과 신경이 뭉텅이로 베여 나간 백경의 수염이 경련했다.

일전에 급습을 당했을 때와는 다르다. 이번에는 완벽한 상태에서 맞서 싸우고 있었다.

날카롭게 가다듬은 집중력은 사방팔방에서 날아드는 백경의 수염을 철저하게 베어 얼씬도 못 하게 했다. 이 경이적인 검격을 가능케 하고 있는 것은 속도가 아니라 집중력과 몹시 정확한 전황 판단 능력이었다.

'마… 말도 안 돼! 설마, 백경의 수염을 정면에서 모두 떨쳐 낼 생각이야?!!'

달리 막아 낼 방법이 없다. 단순명쾌한 답이기는 했지만 그에게는 그 일을 해내기에 충분한 기술이 있었다.

사방팔방, 상하좌우. 모든 방위에서 날아드는 공격을 정확하게 떨쳐 내는 그 모습을 본 나츠키는 카즈마의 검술의 근간에 위치한 것이 극한이라 할 정도로 혹독한 자기연마임을 새삼 깨달았다.

자신의 인체가동영역을 정확하게 파악하여 덤벼드는 적을 어떠한 순서로 베어 넘기는 것이 최선일지를 순간적으로 계산하여 도출된 최적의 답을 전투 방법으로써 처리해 나가고 있다.

하지만 그래서는 보통 자신의 한계만 깨닫게 될 뿐이다. 결코 한계를 넘어서지 못한다.

시노노메 카즈마가 수백에 이르는 연속공격을 막아 내고 있는 이유는 하나가 더 있었다.

그는 아마도 자신의 한계를 알기도 하거니와, **적대 대상의** 최적의 답을 간파하는 능력이 뛰어난 것이리라.

'생명이 자아내는 힘의 근원은 심장. 다시 말해서 피의 흐름이 자아내는 유체의 힘. 심장이라는 강인한 펌프가 혈관에 얼마나 큰 압력을 가할 수 있는가로 사람의 힘이 정해져. 카즈 군은 아마도 대상의 힘의 유동과 가동영역을 간파해서 그걸 통해 다음 공격을 예상하며 버티고 있는 걸 거야…!!!'

백경의 수염도 신경이 통하는 몸의 일부다.

저 거대한 촉수를 움직이고 있는 것은 다름이 아니라 피와 그에 내포된 입자체의 힘이다.

인체역학과 유체역학을 응용하여 다음 공격을 완전히 예측하는 힘.

그것은 이론상 적대자가 생명체라면 반드시 승리할 수 있는 최신이자 최강의 검술이다. 말하자면 지금은 소실된 인류사 속에서 빚어진 무술의 완결형 중 하나인 셈이다.

하지만 아무리 최고 수준의 기술을 지녔어도… 막아 낼 수 없는 경우가 예외적으로 있다. 카즈마가 그것을 알아챈 것은 칼날이 깨지는 소리가 들려온 직후였다.

'큭… 이런, 칼이 한계군!'

초조함이 카즈마의 마음을 뒤흔들었다.

카즈마는 감정의 제어에 능했지만 이 상황은 예상치 못했다. 부러지지 않도록 충격을 흘려보내며 싸웠으나 강철은 마모되기 마련이다.

무엇보다도 카즈마가 이렇게까지 본 실력을 발휘할 필요성이 오늘까지 한 번도 없었던 것이 화가 되었다.

강적과의 전투경험 부족이 무적일 터인 검술에 작은 빈틈을 만들어 냈다.

일시적으로 최적의 답을 잃은 카즈마는 자신의 몸에 최대한 힘을 줘서 방어태세를 갖췄다. 다음 공격이 아무리 강력하더라도 버텨 내 보이겠다는 가열한 기백을 내비치며.

하지만 뜻밖에도… 천재일우의 기회가 찾아왔음에도 백경의 무리는 일체의 공격을 그만두었다.

"…음…?"

카즈마는 의아한 얼굴로 고개를 들며 호흡과 자세를 바로잡았다.

백경의 수염은 아직 절반 이상이 남아 있을 텐데.

혹시 수염이 손실되는 것을 꺼려 달아나는 길을 택한 걸까, 하고 두 사람이 낙관적인 생각을 품은 순간….

―바다 밑에서, 눈부신 빛이 터져 나왔다.

"'아스트랄 노바'…!!!"

바다가 푸른색으로 물들어 갔다.

이 푸른 광채가 백경들이 발한 아스트랄 노바의 빛이리라.

그리고 이 광채야말로 왕관종으로 구분되는 백경들이 시노노메 카즈마를 '적'으로 인정했다는 증거이기도 했다.

이토록 경이적인 힘을 행사하기로 한 이상, 다음에 날아들 일격은 지금까지와는 비교도 되지 않을 것이다. 대기가 소용돌이치고 바다는 마치 살아 있는 생물처럼 출렁이기 시작했다.

괴물은 자연에 흐르는 눈에 보이지 않는 힘의 유동을 모두 지배하에 둘 정도의 유체조작을 개시하더니, 마침내 그 백자처럼 하얀 몸을 바다 위로 드러냈다.

「La… La… Ge, GEEEEEYAAAAAaaaaaa!!!」

포효가 눈에 보일 정도의 소리의 파동이 되어 일대를 뒤흔들었다.

하지만 바닷속에서 나타난 그것의 모습에 정신을 빼앗겨 포효를 신경 쓸 겨를이 없었다.

몸집이 거대한 것은 물론이거니와 빛을 내뿜을 듯 새하얀 표피는 보는 이로 하여금 외포(畏怖)의 감정을 품게 하고 탄성을 내지르게 하고도 남으리라. 괴물이라 부르기에는 신성함마저 느껴지는 그 형상은 지금까지 만났던 적들과 판이하게 달랐다. 나츠키는 마음속에서 솟구친 공포심을 억누르며 그것을 노려보았다.

"이게 왕관종… '태평양의 패자', 모비딕의 일족…!!!"

파도는 미친 듯이 소용돌이치고 대기는 눈에 보이지 않는 힘에 의해 뒤틀리기 시작했다.

성진입자체를 다루는 힘은 비단 사람에게만 있는 것이 아니다. 자연계의 생명체 중에는 독자적으로 순환경로를 발달시켜 체내에서 입자를 가속연소시킴으로써 그 거대한 몸을 지탱하고 있는 것도 있다. 거대하면 할수록 위험한 것은 질량 때문이 아니라 입자의 내장량과 소비량이 많고 그 파괴 규모가 차원이 다르게 크기 때문이다.

백경이 발생시킨 힘의 소용돌이는 눈 깜짝할 새 주변의 질량을 집어삼켜 나갔다.

공간에 균열이 갈 정도의 격류가 두 사람을 덮쳤다.

카즈마는 미지의 힘을 앞에 두고서도 도검을 겨눈 채 불굴의 의지를 불태웠지만 압축된 힘이 해방됨과 동시에 날아가 버렸다.

타원형으로 형성된 힘의 격류는 주변에 위치한 모든 것을 깎아 내며 미쳐 날뛰었다.

나츠키는 먼지처럼 날아간 카즈마를 끌어안은 채 격렬하게 요동치는 바다에 내동댕이쳐졌다.

7 장

CHAPTER
7

"저 녀석들 때문에…
나라와 사람이, 자라나질 않아."

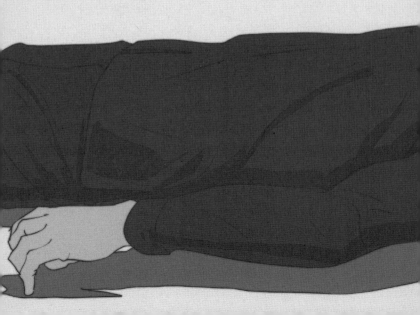

별이 가득한 하늘 아래. 카즈마는 어두운 폐가의 어느 방에서 흐리멍덩하게나마 정신을 차렸다. 온몸을 지배한 노곤함과 뺨을 데워 주는 불빛의 따스함이 묘하게 기분 좋았다.

카즈마는 곧장 일어나지 않고 눈을 감은 채 몸을 뒤척였다.

'윽…!'

날카로운 통증이 몸 곳곳으로 퍼져 나갔다. 하지만 치명적인 외상은 없는 듯했다.

아무래도 목숨은 건진 모양이다. 지금까지 카즈마는 임기응변으로 전투에서 승리해 왔지만 이번 적은 그 임기응변이 통할 상대가 아닌 듯했다.

'백경… 나츠키는 모비딕이라고 했지.'

어디선가 들어 본 적 있는 이름이었다.

분명 타츠미 녀석이 권해 주었던 소설 속에 그런 이름의 괴물이 등장했던 것 같다.

'태평양의 패자' 모비딕. 서양의 대포경(大捕鯨) 시대를 무대로 한 소설에 등장하는 괴물처럼 거대한 하얀 고래.

이야기의 무대는 인류가 아직 석유를 손에 넣지 못한 시대다.

18세기 무렵의 대포경 시대에는 고래를 마구잡이로 포획했다. 도시의 등불을 꺼뜨리지 않고자 하는 사람들의 이기적인 바람 아래 시행된 비생산적인 대학살의 역사 중 하나다.

사람들은 밤에도 램프에 불을 밝혀 도시를 계속 밝게 하고 싶다는 오만한 바람을 충족시키기 위해 먹지도 않을 고래를 난획하고 마구 죽여 댔다.

수백 년 동안 대서양은 고래들의 지배영역이었음에도 불구하고 그 숫자는 짧은 시간 동안 괴멸적으로 줄어들었다고 한다.

만약 인간이 살아가기 위해 고래의 피와 살을 취했다면 언젠가는 끝이 났을 것이다. 하지만 생존이 아닌 발전을 위해 시행된 수렵은 말 그대로 한도 끝도 없이 이루어졌다.

그런 끊임없는 난획을 종식시키기 위해 순백색 거대 고래가 나타난 것이다.

별의 의지, 신의 사자, 인류가 저지른 죄의 상징으로서.

여러 가지 개념을 내포하여 그려진 괴물이 모비딕이라는 백경의 정체였다.

'…과연. 모비딕이라는 것은 확실히 적절한 이름이로군.'

환경제어탑의 폭주로부터 300년이 지났다.

이 별의 생태계는 크게 변화하여 본래의 진화 계통수에서 완전히 벗어나고 말았다. 생태계를 바꿔 놓은 행위가 인간의 죄라면 저 백경은 그야말로 인간의 죄가 현현(顯現)한 것이리라.

석유라는 근대를 지탱한 에너지원을 발견할 때까지 지속되던 포경 시대에 반역의 의지를 품은 이 괴물은 전통 어업이 명맥을 유지하던 고향에서 뛰쳐나온 와다 타츠미로 하여금 각별한 마음이 들게끔 하는 존재였을지도 모른다.

'타츠미나 리츠카가 보면, 뭐라고 할까.'

흐리멍덩한 머리로 있을 수 없는 일에 관해 생각했다. 카즈마는 표정 변화가 매우 적은 편이었지만 이 시대의 예상치 못한 문화는 충분히 놀랄 만했다.

해상의 도시유적, 도시국가, 거대한 괴물들. 모두 카즈마의 시대에는 없었던 것들이다.

이 놀라움을 공유할 수 있는 친구가 있다면 이 시대를 좀 더 긍정적인 마음으로 살아갈 수 있을지도 모른다. …그런 부질없는 생각을 하며 쓴웃음을 지었다.

"…네? 그게, 정말인가요?"

'?!'

갑자기 머리 위에서 목소리가 들려와서 엉겁결에 눈을 떴다. 그러자 머리 바로 위에 나츠키의 얼굴이 있었다.

그리고 카즈마는 한발 늦기는 했지만 자신이 좀 전부터 머리에 베고 있었던 부드러운 것이 무엇이었는지 순간적으로 알아챘다.

아무래도 무릎베개를 하고 있었던 모양이다. 묘하게 부드럽고 기분 좋았던 것이 나츠키의 허벅지였다는 사실을 알고 나니 무의식중에 표정이 굳어지고 말았다.

하지만 나츠키가 알아채지 못한 눈치이기에 곧바로 자는 척을 했다.

옷깃에 장착된 통신기에서 사가라 회장의 목소리가 들렸다.

[그래, 틀림없어. '해신'의 항해일지에 시노노메 카즈마라는 이름이 있더라.]

"사가라 회장님이 마음에 걸린다는 게 그거였군요. …제 쪽에서 타이밍을 봐서 이야기하는 편이 좋을까요?"

[그렇게 해 줘. 그래서, 그 녀석은 좀 어떠냐?]

"출혈은 멎었지만 아직 자잘한 상처가 남았어요. 제 힘은 치유가 아니라 수복과 보강에 가까워서… 무리하게 움직이면 상처가 벌어질지도 몰라요."

[그럼 다음 백경 유도전에는 참가 못 하겠군. 전력적으로 상당히 어려운 싸움이 되겠어.]

"네. 하지만 여기서 물러나 거주구가 파괴되면 저희의 생존지대는 오가사와라 제도까지 후퇴하게 돼요. …그렇게 되면 우리 야마토 민족은 도시국가로서 독자적인 문화를 유지할 수 없게 되겠죠."

나라로서의 죽음. 민족으로서의 죽음.

만약 지금 도망치면 당분간은 괜찮을지 모른다. 하지만 그 끝에는 완만한 멸망이 기다리고 있을 뿐이다. 왜냐하면 도쿄 도시 유적에는 극동의 인구 50만 명 중 15만 명이 살고 있기 때문이다.

농경지역을 잃고 살 곳이 사라진 그들이 오가사와라 기지로 몰려들면 눈 깜짝할 새 굶어 죽는 이가 불어날 것이다.

[…조용히 지나가 주지는 않으려나.]

"그럴 일은 없을걸요. 우리는 이미 백경과 교전을 벌였어요. 진행 방향에 도시가 없었다면 우리도 무시했겠지만 그대로 방치했다면 도시에 있는 사람들이 포식되었을 가능성도 있었으니까요."

[알다마다. 녀석들은 좌우간 대식가 아니냐. 하룻밤 만에 도시국가의 인간들을 전부 잡아먹었다는 기록이 남아 있을 정도지. 그런 게 스무 마리나 되니 우리 중 절반은 배 속에 들어가고 말 거다.]

"하지만 육지는 저들에게 식량이 부족한 장소죠. 자원이 풍부한 바다로 나가면 배를 채우기 위해 남하할 거예요."

[그러기를 바라는 수밖에 없겠군. 드레이크 1은 좀 전의 유도전으로 파괴됐다. 30분 후에 드레이크 2 하나만으로 백경에 맞설 거다. 성공을 기도해 다오.]

두 사람은 통신을 끊었다.

그리고 나츠키는 카즈마에게로 시선을 옮기며 말했다.

"…아, 정신이 들었어?"

'?!!'

―들켰다. 아니면, 벌써 알고 있었나.

뒤척거리며 실컷 부드러운 살결을 만끽하고 난 뒤라 괜히 더 쑥스러웠다.

나츠키는 그런 카즈마의 심정을 정말로 모르는지, 아니면 모르는 척을 하는 것인지 다소 난감한 얼굴로 뺨을 긁적였다.

"좀 더 자게 해 주고 싶었지만 향후의 일에 관해서도 이야기해야 하니까, 슬슬 일어나는 게 좋을 것 같은데?"

"…알겠어."

이 상황에 전혀 동요하지 않은 척하며 몸을 일으켰다.

여성에 대한 면역은 그럭저럭 있다고 생각했지만 나츠키는 자신도 모르게 무방비한 모습을 보여서 때때로 난감했다. 구체적으로 어떻게 난감한가 하면, 그녀가 자신의 얼굴을 들여다볼 때면 가슴골이 보일 것 같아 난감하다. 무표정하게 그런 생각을 하던 중.

조금 전까지는 느껴지지 않았던 격통에 몸을 뒤틀었다.

"으윽…?!"

"괘, 괜찮아? 중상을 입은 곳은 치료했지만 다른 상처까지 치료할 만큼의 여력은 없어서…."

지적을 받은 카즈마는 새삼 자신의 몸 상태를 확인했다.

표면적인 상처는 아물어 있었지만 몸 안팎에 자잘한 상처가 남아 있는 것이 느껴졌다. 카즈마는 자기관리에 일가견이 있었지만 이런 식으로 아픈 것은 처음이라 부자연스럽게 느껴졌다.

자연적으로 치유되었다면 상처가 이런 식으로 아물 리가 없기 때문이다.

"미안해. 출혈을 막고 장기를 수복하는 데 힘을 쓰는 바람에 자잘한 상처는 스스로 치유되길 기다리는 수밖에 없었어. 당분간은 작은 상처와 통증이 남을 거야."

"…그렇게 된 건가. 어쨌든 문제는 없어. 나츠키가 나를 구해 준 건가?"

"구했다고 할 정도는 아니지만. 나도 도움을 받았으니 비긴 셈 치자."

나츠키가 둘째손가락을 세운 채 웃으며 말하자 카즈마도 힘없는 미소로 답했다.

"그렇게 말해 주니 고맙군. 구하러 갔다가 반대로 도움을 받았다면 아주 면목이 없을 뻔했으니."

"그렇지 않아. 왕관종과 혼자 맞서는 건 쉽게 할 수 있는 일이 아닌걸. 나를 구하러 와 준 카즈 군은 충분히 멋있었어."

"그, 그래?"

"하물며 상대는 '태평양의 패자' 모비딕의 일족. 저것과 혼자서 맞선 건… 아, 그렇구나. 카즈 군은 왕관종이 뭔지도 몰랐지?"

나츠키가 그제야 생각이 났다는 듯 말을 꺼내자 카즈마의 눈빛이 날카로워졌다.

"그래. 나도 최근 석 달 동안 그럭저럭 많은 수의 괴물과 싸워 왔지만, 저 정도로 위험한 괴물과는 한 번도 마주친 적이 없어."

"그럼 거기부터 설명해야 하려나…."

"번거롭게 해서 미안하군."

"후후, 괜찮아. 녀석들은 앞으로 네가… 이 시대에서 살아가려면 마주해야 할 문제니까 알아 둬서 나쁠 건 없을 거야."

나츠키는 벽에 기대며 막대를 집어 지도를 그리기 시작했다.

일본 제도의 대략적인 육지, 그리고 인근에 위치한 여러 나라들, 끝으로 태평양.

나츠키는 고래처럼 생긴 기하학적인 문양의 **무언가**를 그리고는 다른 지역에도 나무 막대를 꽂아 나갔다.

"카즈 군은 이 시대가 어째서 '인류 퇴폐의 시대'라고 불리는지 알아?"

"음? 대재해로 인구수가 줄었기 때문 아닌가?"

"그런 이유도 있지만, 그래서만은 아니야. 아무리 수가 줄어들어도 절멸되지 않는 한, 인간은 계속해서 늘어나. 우리 인류는 숫자가 적어도 문명을 잃은 것은 아니야. 과거의 역사를 돌이켜 보아도, 식량의 안정적인 공급과 병원균에 대한 대책 수립 덕분에 인류의 숫자가 폭발적으로 늘어났던 시기가 있었잖아?"

흠. 카즈마는 역사 수업 때 배웠던 내용을 되짚어 보았다.

"분명… 농업혁명과 산업혁명으로 인해 인간의 평균수명이 늘었다고 배웠는데, 그것 말인가?"

"그래, 그거. 과거의 역사 속에서 확립된 방법론은 우리 시대에도 남아 있어. '어리석은 자는 경험을 통해 배우고 현명한 자는 역사에서 배운다'는 격언대로, 과거의 유산 덕분에 우리의 데

드라인은 한참 뒤로 미뤄진 상태야."

"…그럼에도 불구하고, 이 시대는 인류 퇴폐의 시대라 불리고 있다고?"

그 설명을 듣고서야 카즈마는 왕관종이라 불리는 괴물들이 얼마나 위협적인지 어렴풋이나마 알 것 같았다.

기아, 역병, 재앙. 과거에는 그러한 형태 없는 괴물들이 인류의 번영을 가로막았다.

나츠키는 백경이 그에 필적한다고 넌지시 말하고 있는 것이다.

"인류가 번영하지 못하는 이유. 인류가 늘어나지 못하는 이유. 모두의 도시국가를 비웃듯 파괴해 나가는 괴물들. 단 한 마리만 나타나도 인류의 존속이 위태로울 정도의 힘을 지닌, 행성 사상 최강 생명체들의 총칭."

그 이름은 '열두 왕관종─Zodiac crown'.

인류의 지혜의 폭주로 인해 계통수의 틀을 벗어나 진화한 그들은 인류를 대신하여 이 푸른 별의 패자를 목표로 생존권 다툼을 벌이고 있다.

"태평양의 패자 '모비딕'.

불사의 괴물 '재버워크'.

악왕(惡王) '브리트라'.

북극의 수왕(獸王) '다지보그'.

적도의 공왕(空王) '린트부름'.

해몰대륙의 축제(畜帝) '치우'.

적룡왕 '펜드래건'.

—자발적으로 세력권을 넓히고 있는 이 일곱 종은 위험종으로 알려졌어. 어쨌든 녀석들에게는 **성진입자체가 내포되지 않은 무기가 전혀 먹히지 않아.** 세계의 고유시에서 완전히 벗어난 녀석들은 통상적인 물리법칙에 따르지 않고 자신만의 개념법칙을 자유자재로 다루며 날뛰고 있어."

"…흠? 아니, 그건 이상하지 않나? 적어도 저 백경은 다족형 전차의 화기와 접전을 벌이고 있던데. 그 촉수도 물리법칙에 따라 움직였기에 간파할 수 있었고…."

"그건 그 백경이, '모비딕'의 **새끼들**이기 때문이야. 진짜 '모비딕'은 저 정도가 아냐. 과거에 파괴한 도시국가는 30개를 넘고, 마음만 먹으면 대륙을 뒤덮을 정도로 커다란 쓰나미를 일으킬 수 있는 괴물인걸."

…순간, 말문이 막혔다. 조금 전의 전투를 떠올린 카즈마는 멋대로 그 백경들이 왕관종이라고 착각하고 있었다. 하지만 조금만 생각해 보면 알 수 있는 일이었다.

왕관이란 일족의 왕에게 주어지는 것이다.

유일무이한 절대적인 힘을 지닌 최강의 개체에게 주어지는 칭호가 '왕관종'인 것이다.

"모비딕이 최초로 발견된 건 250년 전이야. 그 이후, 극동은 몇 번이나 괴멸될 위기에 처했어. 저 녀석들 때문에… 나라와 사람이, 자라나질 않아."

"…나츠키."

"아무리 열심히 만들어도, 아무리 열심히 강해져도 극동의 인간이 쏟아부은 30년 동안의 노력을, 왕관종은 단숨에 파괴하고 말아. 지금의 극동이 번영한 건 정말 기적이나 다름없어."

그렇기에 나츠키와 개척부대의 면면들은 도망칠 수가 없었다.

최근 30년 동안의 발전은 그야말로 기적과 노력의 집대성이라 할 수 있었기 때문이다.

"30년이라는 시간은 짧지 않아. 인간이 태어나고 자라나 성인이 되고, 일하고 가정을 일구고 아이를 갖기에 충분하지. 30년이라는 시간은 요컨대 한 세대가 시작되어 새로운 것을 쌓아 올리는 데 필요한 가장 짧은 시간이기도 해."

그 귀중한 30년이라는 시간을 들여서 극동의 인간은 황폐해진 유적을 사람이 살 수 있는 수준의 땅으로 일궈 냈다. 거대한 건축물의 유적이 여럿 남아 있는 이 지역은 새로운 생존영역이라는 의미에서 귀중한 재산이라 할 수 있었다. 선불리 육지로 진출하면 수많은 거구종들과 세력권 싸움을 해야 하기 때문이다.

지금 도쿄 도시유적을 포기하면 향후 30년 동안 다시 한번 처음부터 터전을 일구어야만 한다.

"하지만 극동은 그럴 시간이 없어. 오가사와라 셸터는 인구 압박이 심각한 상태고 인접한 대국인 중화대륙 연방은 민족통일을 이루어 급속도로 성장하고 있어. 만약 지금 우리가 도쿄를 포기하면 야마토 민족은 사회 경쟁에서 도태된 끝에 다른 도시국가에 흡수될지도 몰라. …우리에게는 다음 30년을 기다릴 여유가 없다고."

나츠키가 이상(理想)이 아닌 현실적인 시점에서 대국을 논했다.

도쿄 도시유적을 포기하는 것은 도시국가로서의 생존과 번영을 포기하는 것과 마찬가지다.

따라서 싸워야만 한다고, 열다섯 살 소녀라는 것이 믿기지 않는 단호한 말투로 단언했다.

"…강하구나, 나츠키는."

"안 그러면 살아갈 수가 없으니까. …그래서, 카즈 군은 어쩔 거야?"

그녀가 조용한 눈빛으로 카즈마에게 물었다.

간접적인 말로 도망치는 쪽을 선택할 자유도 있다고 했음에도 카즈마는 곧장 고개를 가로저었다.

"나는 아직 도쿄에서 아무것도 발견하지 못했어. 과거의 흔적도, 가족과 친구들의 최후도, 아무것도 확인하지 못했지. 나는 아직… 이 시대에 살아남은 의미를, 아무것도 발견하지 못했어. 그러니 물러날 수는 없어."

일찍이 타츠미가 했던 말의 의미를, 카즈마는 이 시대가 되어서야 깨달았다.

'이 시대에 태어난 의미를 알고 싶다'.

그것은 인간이 기나긴 인생을 살아가는 도중에 한 번은 느끼는 충동이다.

인류 퇴폐의 시대에 아무런 연고도 없이 내팽개쳐진 그가 살아가려면 이 시대에서 강한 목적을 찾아낼 필요가 있는 것이다.

"살아가기 위한 목적이라…. 응, 그래. 그럼 녀석과 싸울 네게 말해 둘 게 두 가지 있어."

"뭐지?"

"우선 카즈 군의 B.D.A에 관한 이야기야. 부러진 검도 그렇지만, 두 손에 장착된 B.D.A의 내부가 완전히 타 버려서 써먹을 수 없게 돼 있었어. 아무래도 네 몸의 규격에 안 맞는 모양이야."

하지만 본래는 있을 수 없는 일이다. 자신의 몸에 맞도록 조정한 것이 아니라고는 하나 B.D.A의 가속기관이 완전히 타 버린 경우가 있다는 이야기는 들어 본 적도 없었다.

시노노메 카즈마의 몸은 상상을 초월하는 적합률을 지녔을 터.

"아마 내 B.D.A를 건네줘도 네 힘을 완전히 이끌어 내기는 어려울 거야. 하지만 도쿄에는 카즈 군의 힘을 이끌어 낼 수 있는 B.D.A가 딱 하나 있어."

"…그걸 사용하면, 백경을 이길 수 있나?"

"모르겠어. 너를 위해 조정된 B.D.A가 아니라 어떤 부작용이 있을지 몰라. 다만 이 극동에서 가장 강한 적합자—와다 타츠지로 씨가 사용하는 B.D.A의 예비장비니까 그 출력은 네가 사용하던 것과는 비교도 되지 않을 거야."

"…음?"

—— **와다**, 타츠지로?

타츠지로라 불렸던 사람의 풀 네임을 들은 순간, 이제는 없는 친구의 얼굴이 머릿속을 스쳤다.

"두 번째 이야기는… 네 지인에 관한 정보 중 알아낸 게 있어. 솔직히 말해서 믿기지 않는 일이기는 하지만… 물증이 나왔으니 거의 확실하다고 봐도 될 거야."

카즈마는 누군가가 심장을 움켜쥔 듯한 착각을 떨쳐 내려 애쓰며 그녀의 말을 기다렸다.

나츠키도 다소 긴장한 듯 크게 숨을 들이쉬고서 조용히 입을 열었다.

"너, '해신'이라 불린 선장—와다 타츠미라는 이름을, 알아?"

*

드레이크 2 함내, 선장실.

아마노미야 치히로는 활활 타오르며 가라앉는 군함을 창가에서 바라보고 있었다.

뺨에는 검은 재가 묻었고 검은 머리는 격렬한 전투로 흐트러져, 평소 소녀가 보여 온 귀여운 모습과는 거리가 멀어 보였다. 조금 전까지 유도전을 치렀던 그녀는 몸을 씻을 새도 없이 선장실에서 지시를 내리고 있었다.

치히로의 지각 범위와 정확성은 비상시에 레이더보다도 유용했다. 이토록 입자방출로 인해 탐지가 어려운 현장에서 그녀가 취득한 정보는 그야말로 생명줄이나 다름없다.

유도전에 필요한 정보와 백경의 현재 위치를 모두 전달한 그녀는 피곤한 듯 한숨을 내쉬었다. 그리고 뒤에 위치한 객석에서 가슴을 젖히고 있는 사가라 회장에게 물었다.

"…카즈마가, 와다 선장의 지인?"

"그래. 원래 '해신'이라는 건 조직명이 아니라 한 남자의 별명이었거든. 와다 선장의 본명 중 일부분을 변형시킨, 소소한 말장난* 같은 거였지."

"와다 선장의 본명… 분명, 와다 타츠미였던가요?"

"그래. '해신'이라는 이명은 일본 최후의 신화라는 의미를 부여함과 동시에 10만 명이나 되는 민간인을 구출한 와다 선장의 위업을 칭송하기 위한 것이기도 했지만… 사실은 말이다. 그 이야기에는 일반에 알려지지 않은 부분이 있거든."

※소소한 말장난 : 해신은 일본어로 훈독하면 '와다츠미(わだつみ)'라고도 읽을 수 있으며 '와다 타츠미'와 발음이 비슷하다.

치히로는 의아한 얼굴로 팔짱을 끼고서 눈을 가늘게 떴다.

"의미심장한 말투네요. 뭐, 전설에 날조는 따르기 마련이지만 요."

"그건 듣고 난 뒤 판단해라. 아무튼 내용을 말하자면. 대재해 당시에는 오가사와라 기지에 있는 호위함과 구조선 두 종류를 구조에 사용했다. 여기까진 알고 있지?"

"네. 호위함 한 척과 거대 객선을 개조한 여덟 척 말이죠? 분 명 해상자위대가 괴멸된 후에 개조했다고 들었는데…."

"그래. **그 부분**이 전설의 허구다."

사가라 회장의 지적에 치히로는 고개를 갸웃했다.

"치히로 너는 이상하다고 생각한 적 없냐? 해상자위대가 괴멸 된 후, 구조 활동은 훗날 민간조직이 이어받아 시행했지. 하지 만 만약 해상자위대가 재해로 괴멸했다면… 민간조직은 **구조선 을 어디서 손에 넣은 걸까**?"

치히로는 퍼뜩 무언가를 알아챈 듯 입가를 감쌌다.

오가사와라 제도라는 한정된 지역에서, 재해를 이겨 낼 수 있 는 구조선을 무에서 만들어 내기란 불가능하다.

만약 해상자위대가 구조 활동 중에 괴멸했다면 그 구조선은 물고기 밥이 되었어야 한다. 그도 아니면 일본 본토에 남겨져 있어야만 사실과 모순되지 않는다.

구조선이 훗날 민간조직에게 이양되었다면 해상자위대가 괴

멸한 것은 오가사와라 제도에 **도착하고 난 뒤**의 일이어야만 아
귀가 맞는다.

그 모순이 과거에 일어났던 비극을 부각시키고 말았다.

"해상자위대를 괴멸시킨 건 대재해가 아니었다? 그렇다면…
그게, 설마. 구조 대상이었던 사람들이 폭도가 되어 **해상자위대
를 습격했다**는 뜻인가요?"

치히로가 긴박한 표정으로 물었다.

이렇게 생각하면 구조선의 모순은 해결되지만 그 대신 뒷맛이
썼다.

환경제어탑이 인조물인 이상, 그 폭주는 인적 재해라 정의할
수도 있을 것이다. 대재해로 도망쳐 다닌 끝에 극도의 긴장 상
태에 놓여 있던 피난민들의 감정의 창부리가 어디로 향했을지는
상상하기 어렵지 않았다.

당시의 피난민이라면 누구라도 한 번쯤은 이렇게 생각했을 것
이다.

'위정자며 군사 관계자들은 사전에 이 사태를 파악하고 있지
않았을까?'

그런 의심이 한 번이라도 싹트면 굳이 누군가가 선동하지 않
더라도 사건이 벌어질 수밖에 없다. 논리의 틀을 벗어난 분노의
거친 파도가 피난민들의 마음을 폭주시키고 말았을 것이다.

"극한 상태에 빠진 군중들은 사소한 계기로도 이성의 끈을 놓

아 버릴 때가 있지. 당시의 피난민들은 대재해의 원인과 책임의 소재를 엉뚱한 곳에서 찾아, 위정자와 해상자위대들에게 분노를 쏟아 낸 걸 거다."

치히로는 조용히 눈을 감고서 고개를 가로저었다. 할 말을 잃었다는 것은 이럴 때 사용하는 표현이리라.

…슬픈 이야기다.

사소한 의심 때문에, 한 사람이라도 많은 이를 구하고자 목숨을 걸었던 사람들이 구조 대상들의 손에 목숨을 잃다니. 300년이 지난 이 시대에도 영웅으로 여겨지고 있는 그들의 최후가 사실은 그러했다니, 너무도 참혹한 일이다.

히츠가야 자매처럼 순수한 동경을 품고 있는 소년소녀들에게는 도저히 들려줄 수 없는 진실이었다.

"하지만 뭐, 해상자위대는 괴멸했지만 전멸한 건 아니었지. 폭도들에게서 무사히 달아난 그들을 숨겨 주고, 비밀리에 배를 수복하는 일을 도운 것이 젊은 날의 와다 선장과 그 동료들이었던 거다."

"…아, 과연. 기록상의 첫 항해가 정부 비공식이었던 건 비밀리에 수리를 진행해서 자주적으로 실시한 구조 활동이었기 때문이군요."

"그래, 어쩐 일로 날카롭구나. 살아남은 전직 해상자위대 24명과 민간 협력자 42명. 이게 B.D.A조차 없던 시대에 목숨을 걸고 구조 활동을 재개했던, 원정군의 초기 멤버였던 거다."

그 뒤로는 치히로가 아는 원정군의 영웅담이 이어졌다.

대재해로 험해진 바다를 헤쳐 나아가고, 화산재로 뒤덮인 도시를 탐색하고, 살아남은 사람을 찾아 구조 활동을 하고….

50년 동안 24회에 이른 그들의 목숨을 건 도항은 결실을 맺어, 조직의 명예는 회복되었고 오가사와라 제도 셸터의 인구는 30만 명이 넘을 정도로 증가했다.

"'해신' 항해일기에는 그런 와다 선장이 끝까지 찾아다녔던 남자에 관한 이야기가 적혀 있지. 그게 바로 시노노메 카즈마. 전설의 남자가 남긴, 유일한 후회였다는 거지."

그가 50년이라는 세월 동안 써 내려간 항해일지에 가끔씩 등장하는 절친한 친구의 이름.

대재해에 직면한 와다 타츠미가 친구를 두고 앞을 다투어 도망친 일을 후회했다는 사실이며, 피난민을 구할 때의 각오에 관해 적을 때면 반드시 카즈마의 이름이 적혀 있었다고 한다.

"카즈마는 분명 살아 있다. 그러니 내가 데리러 가야 한다'….마지막 항해일지에까지 적혀 있었던 걸 보면 자기 자신을 타이르려 그런 것일지도 모르지."

"…의리 있는 사람이었다고들 하니까요."

와다 선장은 끝까지 친구와 재회하기를 바랐다.

치히로도 아는 이야기이기는 했지만 친구의 이름까지 아는 사람은 그리 많지 않을 것이다.

'해신' 전기의 내용은 이 극동의 주민이라면 누구나 알았지만 이 전기의 주인공은 어디까지나 '해신'의 탑승자들이다.

카즈마의 이름은 해신일지의 원문에만 있어 모를 만도 했다.

"하지만 뭐, 아무리 필사적으로 찾아도 찾을 수 있을 리가 없었지. 애타게 찾던 친구는 누구도 모르게 환경제어탑으로 옮겨져 노심에 처박혀 있었으니까. 무슨 수로 흔적을 찾겠냐."

"…하지만 누가 카즈마를 '환경제어탑'으로 옮긴 걸까요?"

"글쎄다. 하지만 본인의 증언이 사실이라면 시노노메 카즈마의 부모는 입자체 연구에 관계했던 인물 아니냐? 그쪽 방면으로 조사해 보면 뭔가 알 수 있을지도 모르겠지만, 어찌 되었든 300년 전의 일이다 보니…. 어떻게 캐 봐야 할지 짐작도 안 되는군."

사가라 회장은 담배를 비벼 끄며 붉게 타오르는 창밖을 노려보았다.

"정말로 시노노메 카즈마가 본인이라면, 어떻게든 '해신'의 무덤에 데려다주고 싶지만… 지금은 그럴 상황이 아니지."

"네에. 이제 곧 유도전이 재개되니까요. 마지막 사냥 시간으로 미루어 백경도 진격을 시작할 시간이에요. 사가라 회장님은 대피를…."

"어디로 도망치든 마찬가지야. 만약 도시가 파괴되는 일이 벌어지면 다 같이 사이좋게 목을 매는 수밖에 없지. 그렇다면 마지막 순간 정도는 백경 그 빌어먹을 자식을 노려보며 죽고 싶구나."

사가라 회장은 팔짱을 낀 채 호쾌하게 웃었다.

나름대로 상황이 이렇게 된 데에 책임을 느끼고 있는 것이리라.

해사자가 파괴한 음향병기로 백경이 싫어하는 음파를 계속 흘려보내기만 했다면 도시가 습격을 받을 확률은 낮아졌을 테니.

불필요한 피를 흘리는 일도, 군함을 잃는 일도 없었을 터.

"…미안하다. 나도 나이를 먹어서 노망이 난 모양이다. 사람을 보는 눈도 장사치의 무기 중 하나인데, 아들놈을 잘못 평가했다. 방해는 안 할 테니 조금만 더 눌러앉아 있게 해 다오."

"알겠어요. 하지만 승무원들이 대피할 때는 함께 대피해 주세요. 함포를 쏘면서 유인할 생각이기는 하지만 백경의 수염은 그것마저도 받아 내니까요. 한 번 접근을 허용하고 나면 그 뒤로는 계속 상황이 악화…."

─우뚝.

갑자기 치히로가 움직임을 멈췄다.

그리고 창문을 향해 몸을 돌리는가 싶더니 얼굴에서 핏기가 싹 가셨다.

"…말도 안 돼…. 어째서 갑자기…?!!"

B.D.A를 사용해서 백경을 감시하고 있던 그녀는 콘솔 패널로 달려들어 미친 듯이 외쳤다.

"백경의 일부가 드레이크 2로 급접근 중! 동시에 신주쿠 구를 향해 똑바로 이동하기 시작했어!!! 이 이상 가게 해서는 안 돼! 현지 감시원은 즉시 공격을 개시해!!!"

"뭐라고?!!"

사가라 회장도 벌떡 일어나며 외쳤다. 설마 이쪽을 무시하고 똑바로 거주구획인 신주쿠로 이동을 시작할 줄이야.

백경은 적대하는 상대를 결코 살려 보내지 않는다.

그 습성을 이용해 유도전을 펼칠 작정이었다.

"원인은 모르겠지만 파상공격을 받은 탓에 적의 보금자리를 노리기 시작한 건지도 몰라요! 어쩌면 우리의 도시를 노리는 게 아니라 그 뒤에 있는 대피용 간이 격리 셸터를 노리는 것일 수도 있어요…!!!"

"그, 그럴 수가…!!!"

생각이 짧았다. 고래에게는 본래 반향정위─에콜로케이션이라는 음파탐색능력으로 물고기 떼의 위치 등을 파악하는 힘이 있다. 거주구획에서 약간 떨어진 장소에 있는 간이 격리 셸터에는 수만 명이나 되는 인간이 살고 있다. 이렇게 좋은 사냥터를 못 본 체할 이유가 없었다.

"최악의 전개야…!!! 극동 사람들이 대피할 다른 장소는 없어요…!!!"

도망칠 곳은 어디에도 없다.

원정군과 개척부대를 총동원하여 혈전을 벌인다는 선택지만 이 남았다.

이렇게 된 이상, 서로가 전멸할 때까지 싸우는 수밖에 없다.

치히로는 흥분으로 떨리는 몸을 한차례 세게 끌어안고서 자신의 B.D.A를 꺼내며 문으로 향했다.

"…다녀올게요. 사가라 회장님은 이곳에 가만히 계세요."

"그래, 알았다. 뒷일은 맡기마. 적복에게―'해 뜨는 나라의 희망'에 미래를 맡기마."

두 사람은 각오를 굳히고서 고갯짓을 주고받고는 헤어졌다.

치히로가 B.D.A를 기동시켜 갑판으로 나가자 그 즉시 히츠야 자매가 탑승한 다족형 전차가 다가왔다.

[준비됐어, 치히로!]

[타치바나 씨랑 다른 부대장들은 백경을 막으러 거주구획으로 갔어! 우리는 이쪽으로 오고 있는 백경이랑 싸우자고!]

"그래! 우리도 바로 출발하자!"

치히로가 전차에 매달리자 두 대의 다족형 전차는 최대 속도로 달려 나갔다.

이 두 사람의 전차는 다른 것들과는 달랐다. 앞다리의 가변식 진동 도검이라면 백경의 수염에도 대항할 수 있을 테지만 처치하기 위한 결정타가 될 만한 것이 없었다.

화력에 특화된 부대장이 두 사람 있었지만 그들은 신주쿠로 향했으니 당분간 돌아오지 못할 것이다.

'이쪽으로 오고 있는 백경은 네 마리… 백경 네 마리의 발을, 우리만으로 묶어야 한다고…?!'

절망적인 전력차 앞에서 입술을 깨물었다.

왕관종이라는 단어는 이 별의 역사상 최강의 생명체를 의미한다.

따라서 그들과 맞설 자격이 있는 것은 같은 '왕관'을 쓴, 자격이 있는 자들뿐이다.

인류최강전력 '밀리언 크라운'—그것은 인류사의 왕관을 쓸 자격이 있는 자들로, 이 퇴폐의 시대를 부정할 수 있는 자격자들을 의미했다.

'옛날에는 큰아버지가 '극동의 왕관'이라 불렸지만, 모비딕과의 전투로 한쪽 팔을 잃고 나서는 전성기만큼의 힘을 발휘하지 못해. 이번엔 우리 세대가 지킬 차례야…!!'

왕관은 아니지만 이 적복을 걸친 이상, 백경과의 싸움은 피할 수 없다.

250년 전에 백경이 나타난 이후, 극동은 녀석들에게 몇 번이나 패배해 왔다. 그나마 직접적인 대결을 피할 수단이 개발된 덕에 최근 30년 동안의 교전 기록은 불과 2회에 그쳤다.

—과연, 우리는 이길 수 있을까.

그런 불안을 떨쳐 내기 위해 치히로는 자신을 고무시켰다.

"좋아. 어차피 언제까지고 벌벌 떨며 지내는 건 성미에 안 맞았어…!!!"

적복과 다족형 전차가 달렸다.

울창하게 자라난 나무들 사이를 지난 곳에서는 이미 교전이 시작된 상태였다.

총성과 포성이 울려 퍼지는 가운데, 노도와 같은 집중공격이 쉴 새 없이 백경에게 쏟아졌다. 대기 중이던 부대의 면면들과 열 대도 더 되는 다족형 전차가 싸우고 있었다.

바닷속에서 차례로 나타나는 백경의 수염에 맞서 싸우는 원정 군 전체에게 치히로는 B.D.A를 통해 말했다.

"이 근처는 수심이 낮아요! 중화기류로도 위협을 할 수는 있어 요! 녀석들이 호흡하는 타이밍을 노려서 총공격을 퍼붓겠어요! 그때 모두 저를 따라 주세요!"

치히로의 지각 공유는 일방통행이기는 해도 텔레파시처럼 말 을 전파할 수가 있다. 난전 속에서 일제히 지시를 내리는 데 이 보다 좋은 방법은 없었다.

하지만 긴장을 풀 새도 없이 히츠가야 히비키가 외쳤다.

[치히로, 이쪽으로도 오고 있어!]

"알아! 전방은 맡길게!"

치히로는 또 하나의 B.D.A인 유기유체물질로 만들어진 도검 을 뽑아 들었다.

덤벼드는 백경의 수염과 마찬가지로 휘어지는 유체 도검으로 가까스로 공격을 막아 낸 그녀는 전차가 추가공격을 받지 않도록 신중하게 방어를 해 나갔다.

검술 실력은 평범했지만 묵직한 유체 도검이라면 휘어지는 속성을 이용하여 순간적으로 위력을 증폭시킬 수 있다. 면(面)처럼 넓게 펼치면 빗발치는 총탄도 막아 낼 수 있지만 백경의 수염은 충돌 순간에 혈액을 끄트머리에 집중시켜 팽창시키기에 좌우간 일격 일격이 무거웠다.

히츠가야 자매의 가변식 진동 도검도 마찬가지로 신축을 반복하며 수염을 베어 냈다.

그러는 동안 원정군과 개척부대는 치히로의 지시대로 위협사격을 하며 거리를 벌렸다. 달빛이 있어 다행이다. 조명을 최소한으로 억제한 덕에 녀석들이 제대로 이쪽을 노리지 못하고 있다.

포화와 불꽃까지 있으니 이 정도면 녀석들의 모습을 쉽게 놓칠 일은 없을 것이다.

하지만 완전히 피해를 입지 않을 수는 없었다. 고막을 찢을 듯한 폭발음과 불꽃을 피워 올리며 파괴되어 가는 다족형 전차를 본 치히로는 초조함을 느끼기 시작했다.

'백경의 잠수 시간은 최대 45분! 다음에 숨을 쉴 타이밍까지 10분 이상은 버텨야 해!'

다족형 전차는 히츠가야 자매까지 합쳐도 열세 대. 백병전이 가능한 것은 오십 명도 되지 않았다.

과연 반격 타이밍까지 버텨 낼 수 있을까. 만약 이 이상의 피해가 발생하면 전선을 유지하기도 어려워질 것이다.

녀석들이 모습을 보인 순간에 한 마리라도 처리해야만 승산이 생긴다.

치히로는 B.D.A를 세게 움켜쥐며 결사의 각오를 한 채 기회를 기다렸다.

하지만 그때 주변의 대기와 파도가 요란하게 진동하기 시작했다.

'큭… 이런, 이 녀석에게는 이게 있었지…!!!'

공간이 타원형으로 뒤틀리기 시작했다. 치히로는 큰아버지인 타츠지로에게 모비딕과 싸웠을 때의 이야기를 들은 적이 있었다.

가속 상태에 있는 성진입자체의 실수화와 허수화를 단속적으로 반복함으로써 발생되는 공간압축. 인류가 일찍이 입자를 사용한 축퇴로(縮退爐)를 만드는 과정에서 발견된 이 현상은 주변의 물질을 거의 무한히 흡수하여 질량의 초과압축을 가능케 한다.

하지만 축퇴로가 물질의 에너지화를 꾀한 결과 만들어진 데 반해, 중간 결과물인 초과압축은 압축된 질량을 완전히 소멸시킨다. 정반대되는 방향성을 지닌 현상이기는 하지만 병기로서의 위협도는 무시무시하다 할 수 있었다.

초과공간압축 후에 방출되는 힘의 소용돌이를 정통으로 맞으면 전멸할 것이 뻔하다.

"저… 전군 후퇴…!!!"

치히로가 외쳤다.

몇몇 사람은 거리를 벌렸지만 초과압축에 의한 흡인력은 강력해서 금방 끌려들어 갔다. 타원형으로 일그러진 공간은 마치 개미지옥처럼 사냥감을 놓아주지 않았다.

히츠가야 자매는 E.R.A기관의 출력을 최대로 높여 도망치려 했지만 계속해서 빨려들어 갔다. 히츠가야 히비키는 식은땀을 흘리며 외쳤다.

[제길… 거리를 벌릴 수가 없어!! 치히로만이라도 도망쳐!]

"바보, 나이 어린 가족을 버릴 수 있을 리가 없잖아! 너희야말로 탈출장치를 쓰면 둘만이라도 도망칠 수 있잖아!!!"

[하지만 그랬다간 치히로가 전차랑 같이 빨려들 거야!!]

"군말 말고 빨리 해!!! 네가 안 도망치면 후부키도 못 도망치잖아?!!"

이 지적이 히비키에게는 치명적이었다. 또 한 대의 전차에 탑승한 동생, 후부키가 탈출장치를 사용하지 않는 것은 언니인 자신이 도망치지 않았기 때문이다.

히비키가 당황한 눈으로 치히로와 후부키를 번갈아 쳐다보자, 치히로는 최대한 허세를 부려 미소를 지어 보였다.

"…나는 괜찮아. 다음 세대의 적복은 너희야. 극동 사람들을 부탁해."

　[큭… 치히로, 미안…!!!]

　비통한 심정으로 두 사람은 탈출 포트를 사출시켰다. 히비키
의 생체회로로 움직이던 다족형 전차는 급격하게 힘을 잃고 초
과압축의 소용돌이로 빨려들었다.

　그녀의 지각능력으로도 정확히 인지하지 못할 정도로 일그러
진 공간으로 빨려들던 도중.

　치히로는 해수면으로 모습을 드러낸 백경의 무리를 목격했다.

　'아아… 반격할 기회도 놓쳤구나….'

　호흡을 마친 백경은 다시 바닷속으로 들어가 일방적인 전투를
재개할 것이다. 그렇게 되면 각개격파를 당하는 미래가 기다릴
뿐이다.

　아무리 필사적으로 싸워도, 결국은 부질없는 짓이었다.

　―인류 퇴폐의 시대. 해가 비치지 않는 밤이 계속되는 암흑기.

　인간은 영장(靈長)의 지위를 잃고 별의 패자를 결정하는 싸움
에서 탈락했다. 왕관종들에게 인류는 이미 위협거리는커녕 배
를 채우기 위한 먹잇감에 불과하다.

　분한 듯 적복을 움켜쥐었다.

　치히로는 결국 이 붉은 옷에 맡겨진 마음에 답하지 못했다.

　순백의 옷을 입은 원정군과 눈이 부시도록 산뜻한 붉은 옷.
여기에는 의미가 있다.

일찍이 이 극동 땅에 나부꼈던 적색과 백색으로 된 '해 뜨는 나라의 국기'. 그 심플한 무늬에서 비롯된 이 홍백의 옷은 인류 퇴폐의 시대에 맞서는 그들의 의지를 표명하는 바였다.

아무리 현재가 괴로워도. 아무리 적이 강대하고 길고 어두운 밤이 이어지더라도.

그렇다 해도… 밝지 않는 밤은 이 세상에 없다.

적복을 입은 자는 극동을 살아가는 모든 인간의 의지와 긍지를 짊어지고 있는 것이다.

'큭…!!!'

치히로는 남은 오기를 총동원해서 백경을 노려보며 검을 겨누었다.

바다 위로 떠오른 백경 한 마리를.

이 녀석에게 일격을 가하면, 그 상처가 모종의 돌파구가 **될지도 모른다.**

그 상처에서 백경을 쓰러뜨릴 기회가 **생겨날지도 모른다.**

남겨진 자들에게 작은 희망이라도 남겨야 한다. 이 붉은 옷에 담긴 의미를 전해야 한다.

체념한 채 죽을 수는 없다.

퇴폐의 밤이 아무리 깊다 해도… 언젠가는 태양이 떠오르고 아침이 올 테니까…!!!

8 장
CHAPTER
8

그것은 그야말로, 여명을 연상케 할 정도로 밝은 빛이었다.

타원형 소용돌이가 찢어졌다.

산더미처럼 많은 잔해가 낙하했다. 백경이 두 동강 나서 시체가 되었다.

초과압축에서 해방된 힘은 방향성을 잃고 빛이 되어 대기 중에 녹아들었다.

시간이 멈춘 것이 아닐까…. 그런 생각이 들 정도로 모든 이가 숨을 죽인 채 조용히 그 광경을 지켜보았다.

"…괜찮아, 아마노미야?"

억양 없는 목소리로 물어 온 그의 붉은 옷에 시선을 빼앗겼다. 어째서 그가 이 옷을 입고 있는가 하는 의문은, 그의 모습 앞에서는 의미가 없었다.

눈이 부시도록 산뜻한 진홍빛 가죽 재킷을 나부끼며 선 그 모습은, 그야말로 아마노미야 치히로가 이상으로 여기고 있는 '해 뜨는 나라의 희망' 그 자체였기 때문이다.

"……."

품에 안겨 있던 치히로는 자신을 향한 말에 아무런 반응도 할 수 없었다. 바야흐로 죽음을 각오했던 치히로에게는 숨이 붙어 있다는 사실 자체가 신기할 따름이었기 때문이다.

폐건물 옥상에서 그녀를 품에 안고 있던 그―시노노메 카즈마는 고개를 갸웃하며 다시 물었다.

"괜찮아, 아마노미야? 혼자 설 수 있겠어?"

"어… 아, 으응. 괜찮아…. 어, 어라?"

허리에 둘러져 있던 손이 천천히 떼어졌다.

그리고 그 순간, 치히로는 털썩 주저앉았다.

곧장 일어나려 했지만 갑자기 두 다리가 쉴 새 없이 떨려 왔다. 치히로는 이유를 알 수가 없어서 필사적으로 일어서 보려 했지만 하체에 전혀 힘이 들어가지 않았다.

카즈마는 잠시 애처로운 눈으로 바라보고서 치히로의 손을 강하게 움켜쥐며 말했다.

"괜찮아. **너는 살았어**. 더는 걱정하지 않아도 돼."

"큭…!!!"

"끝내고 오지. 아마노미야는 여기서 엎드려 있어."

치히로의 뺨이 수치심으로 화끈 달아올랐다.

카즈마는 그것을 보지 못한 척하며 백경이 있는 눈 아래로 뛰어들었다. 허둥지둥 일어서려 했지만 아직 몸을 가눌 수가 없었다.

하지만 무리도 아니다.

그녀는 죽을 뻔했다.

그녀는 방금, 죽을 뻔했다.

그렇다. **그녀는 방금 죽을 위기를 넘긴 것이다.**

오기와 자존심을 박박 긁어모아 소모하고 난 치히로의 몸은 죽음에 직면한 공포가 되살아남으로 인해 일시적으로 근수축과 이완을 반복하는 상태에 빠졌다.

"한심해…. 이래서는 적복을 입을 자격이 없어…!!!"

땅을 기다시피 해서 폐건물 끄트머리까지 이동한 치히로는 눈 아래에서 벌어진 전투를 지켜보고자 고개를 내밀었다. 아무리 카즈마가 강하다 해도 아무런 도움도 없이 백경과 싸우는 것은 너무 위험하다.

실제로 조금 전 나츠키에게 그가 아쉽게 패했다는 소식을 들은 참이 아닌가.

하지만 지각 확장을 통해 시각을 다각적으로 보완하면 그나마 대등한 싸움이 되리라는 생각에 몸을 내민 순간, 치히로의 눈에 들어온 것은 상상을 초월하는 전투였다.

"후욱…!!!"

강렬하고도 과감한 일격이 풍압만으로 바다를 갈랐다.

바닷속에 숨어 있던 백경의 모습이 드러남과 동시에 카즈마는 두 번째 공격을 준비했다. 하지만 대량의 수염이 그를 제지하고자 그를 덮쳤다.

조금 전까지의 전투에서 백경들이 얼마나 힘을 아껴 두고 있었는지를 알 수 있었다.

다양하면서도 매서운 궤도로 이리저리 휘며 날아드는 백경의 수염은 조금 전까지와는 비교도 되지 않을 정도로 빨랐다. 뭉치면 함포마저도 붙잡을 수 있다는 백경의 수염이 바닷속에서 뻗어 나오더니….

카즈마가 휘두른 투박한 일격 앞에서 속수무책으로 분쇄되었다.

"뭐…?!!"

어지럽게 튀는 수염의 잔해를 보고 눈이 휘둥그레졌다. 참격이라기보다는 거대한 곤봉으로 후려쳤다고 하는 편이 옳을 듯한 공격이다. 도무지 나츠키에게 전해 들은, 합리성을 극한까지 추구한 검술로는 보이지 않았다.

하지만 그런 위화감을 느낀 것은 카즈마 본인도 마찬가지였다.

그는 건네받은 B.D.A의 출력을 조정하느라 애를 먹으며 필사적으로 숨을 가다듬었다.

'괜찮아. 세밀하게는 조정이 안 되지만, 이대로도 충분히 싸울 수 있어.'

문제는 오히려 몸속에 난 상처가 벌어지기 시작했다는 점이다.

외상은 둘째 치고 장기에 입은 부상은 무시할 수가 없었다.

이마에서 땀이 흐르고 핏기가 가시는 감각 속에서 카즈마는 도검을 똑바로 겨눈 채 자신의 고동을 가라앉혔다.

명경지수(明鏡止水)의 자세로 자신의 심신을 가다듬는 것은 그의 유파에서는 기본 중 기본이었다.

이 정도 부상이라면 생체자기제어에 의한 심신의 완전한 제어를 통해 짧은 시간 안에 출혈을 막을 수 있다.

하지만 카즈마를 명확한 위협요소로 판단한 백경 중 한 마리가 뛰어올라 포효했다.

「La… La… Ge, GEEEEEYAAAAAaaaaaa!!!」

밤의 장막이 소리의 파도에 뒤흔들렸다.

음파공격에 가까운 그 커다란 절규에 짐승들은 도망쳐 다녔고, 헤엄치던 물고기들은 심폐정지를 일으켜 떠올랐다. 원정군과 개척부대의 면면들 중에서도 고막이 찢어지고 정신을 잃는 자들이 속출했다.

가까스로 위기를 벗어난 치히로도 현기증이 나서 고개를 가로저었다.

하지만 그녀가 지각한 상황 앞에서 그 정도 충격은 사소한 문제에 지나지 않았다.

"이런…! 방금 전 절규로 다른 백경들도 이쪽으로 향하기 시작했어…!!!"

방금 전의 절규는 음파공격이 아니라 동료를 부르기 위한 외침이었던 것이다.

반향정위로 전달했다가는 너무 늦을 것이라 판단했기에 그런 행동을 취한 것이리라. 동료의 외침을 들은 백경은 속도를 높여 이쪽으로 향했다.

초과압축의 왜곡장이 연달아 발생했다. 아무래도 일제공격을 퍼부을 모양이다.

초조해진 치히로의 곁으로 와이어를 날려 급접근하는 인물이 있었다.

"치히로, 괜찮아?!"

"나, 나츠키?! 어째서 여기에?! 만일의 경우를 위해서 살아남으라고 했잖아?!"

나츠키가 있으면 설령 거주구획이 파괴된다 해도 도시국가의 생산력은 보충할 수 있다. 따라서 나츠키는 반드시 살아남게 하라는 지시를 집정회에서도 받았는데….

"미안, 그 명령 부분만 잡음이 심해서 안 들렸어."

"그럴 리가 없잖아!!!"

"정말이래도. 녹음 기록도 있는데?"

"큭, 용의주도해…!"

과연 남자들이 두려워하는 무적의 퍼펙트 레이디다. 집정회 측에도 무난한 내용으로 둘러댔을 것이 뻔하다.

"아, 아무튼! 백경의 무리가 이쪽으로 오고 있어! 초과압축도 시작됐으니 이번에야말로 도망쳐야…."

"백경의 무리가? …그래? 마침 잘됐어."

나츠키의 조용한 답변을 들은 치히로는 당황했다.

초과압축에 의한 흡인은 이미 시작된 상태다.

잔해와 나무들은 물론이고 바닷물까지 가리지 않고 빨아들였다가 방출하는 다음 일격은 말 그대로 최대의 파괴력을 자아낼 것이다. 이 일대가 공터가 되어도 이상할 것이 없다.

하지만 나츠키는 고개를 가로저으며 치히로에게 계측기를 건넸다.

"카즈 군을 믿자. 좀 전에는 위력이 어중간했지만, 다음엔 분명 성공할 거야. 카즈 군이라면 분명… '밀리언 크라운'을 위해 만들어진 무구를 완벽하게 다룰 수 있을 거라고."

나츠키의 말에 치히로는 숨을 집어삼켰다.

'밀리언 크라운―인류최강전력'이라 불리는 그들은 '왕관종―크라운'과 같은 절대적인 힘을 지닌 종에게 대항할 가능성을 지닌 유일한 존재다.

일찍이 극동에도 그렇게 불린 사람이 한 명 있었다.

치히로는 곧장 카즈마가 사용하고 있는 B.D.A를 확인했다.

"서, 설마… 저 B.D.A는, 큰아버지가 전성기에 사용했던 가속기?! 무리야, 몸이 입자체의 초유동에 견디지 못하고 멜트다운을 일으킬 거라고!!!"

"그럴 가능성도 전부 이야기했어. 그래도 저 B.D.A를 사용하겠다고 한 건 카즈 군이야. …그래서 하다못해 그 각오에 보답하기 위해, 카즈 군에게 적복을 맡겼어."

적복을 걸친다는 것은 이 극동의 긍지를 짊어진다는 뜻이다.

나츠키가 그러한 각오를 표명하자 치히로는 아무 말도 할 수가 없었다. 그래서 계측기를 손에 쥔 채 몸을 내밀며 나츠키에게로 몸을 돌렸다.

"…만일의 경우에는 우리가 멜트다운을 막는 거야. 알겠지?"

고개를 끄덕여 답하는 나츠키를 보며 치히로도 각오를 굳혔다.

미쳐 날뛰는 바람과 파도 속에서 카즈마는 꼼짝도 않고 적을 바라본 채 고동을 가라앉혔다.

그리고 이곳으로 오기 전에 나츠키에게 들은 말을 돌이켜 보았다.

'고출력 B.D.A에는 반드시 리미터를 해제하기 위한 파워 오브 워드(Power of Word)가 등록되어 있어. 만약 카즈 군이 싸우는 중에 더 많은 힘이 필요하다 싶으면 이 말을 하도록 해.'

"……."

정신을 명경지수처럼 가다듬은 채, 호흡과 고동을 맞추어 나간다. 조금 전에는 약간 어긋났던 탓에 해방시의 순간적인 힘에 휘둘리고 말았다.

하지만 이번에는 성공시킨다. 실패는 용납되지 않는다.

몸과 정신과 기술을 하나로 모아 범아일여(梵我一如)의 극치에 이름으로써 백경들을 처치해 보이리라.

"B.D.A… 기동…!!!"

순간, 정적이 일대를 휘감았다.

하지만 다음 순간, 조금 전의 밝은 빛을 까마득히 뛰어넘는 입자의 물결이 일대를 뒤덮었다.

초과압축에 의한 힘의 소용돌이가 있음에도 불구하고 성진입자체는 빛의 띠가 되어 카즈마의 몸으로 흘러들었다. 그리고 다음 순간, 카즈마의 온몸에서 빛줄기가 치솟았다.

"아… 아스트랄 노바…!!!"

성진입자체의 가속이 빛의 파동의 속도를 뛰어넘었을 때 발생되는 유사발광현상.

그것도 심상치 않은 수준의 광채였다.

B.D.A는 체내의 혈중경로를 초가속시켜 입자를 순환시킴으로써 힘을 증폭시킨다. 입자체는 체내에 위치한 길이 약 10만 킬로미터에 이르는 혈관 속을, 초당 최대 약 33회까지 등속운동한다.

평범한 사람은 1퍼센트 미만.

훈련을 하면 5퍼센트 이상.

고적합률자는 10퍼센트 이상으로 분류되는데, 계측기를 본 치히로는 화들짝 놀랐다.

"적합률 22… 26… 36… 4, 40퍼센트 이상?!! 이, 입자 축적량이 897만?! 마, 말도 안 돼! 이런 잠재능력을 지닌 사람이 있다니?!!"

치히로가 읊은 수치에 나츠키도 깜짝 놀랐다.

축적량은 인류사상 제3위. 이는 일국의 생산량에 버금간다.

적합률은 인류사상 제2위, 3위와 비견될 수준이다.

특히 적합률이 40퍼센트를 넘는다는 것은, 카즈마의 몸속을 흐르는 입자는 **광속의 네 배 이상의 속도로** 허수와 실수의 사이를 오가고 있음을 의미했다.

"카즈 군…!"

나츠키는 언제든 뛰어들어 제지할 수 있도록 폐건물 끄트머리에 발을 걸쳤다.

시노노메 카즈마는 몸을 불사를 듯 빨라진 자신의 고동을 필사적으로 억제하며 백경을 똑바로 쳐다보았다. 사지에 힘을 주어 첫 걸음을 내디딘 그는, 조용한 목소리로 리미터를 해제했다.

"'Override(한정해제) — in Far East Crown(극동의 왕관)'…!!!"

똑바로 겨눈 도검이 빛에 휩싸였다. 나츠키와 치히로가 했던 것과 같은, 자신의 입자를 변환시키는 기술은 카즈마에게 없다. 그렇기에 자신의 고동에 의지하여 힘을 도검에 실었다.

광속을 까마득히 초월한 초유동 입자를 두른 검을 치켜든 채 카즈마는 백경들에게 돌격했다.

백경의 수염은 이제 장해물이 되지 않았다. 저들은 이제 최대의 일격인 초과압축에 모든 것을 거는 수밖에 없다. 타원형 왜곡장이 더욱 커지기는 했지만 카즈마는 두려워하지 않고 칼자루를 쥔 손에 힘을 줬다. 그제야 백경들은 깨달았다.

'…이것은, 막을 수 없다'

빛을 두른 그 칼의 위험성을 알아챈 백경은 초과압축된 공간 속에서 결국 등을 돌리고 도망치기 시작했다. 지원을 위해 달려왔던 백경들도 각각 다른 궤도로 앞을 다투어 태평양을 향해 돌진했다.

이 순간, 전멸을 각오했던 치히로 일행과의 각오의 차이가 양측의 차이가 되어 여실히 나타났다.

카즈마를 향해 정면으로 덤벼든 백경은 불과 한 마리뿐이다.

무리 중에서 가장 몸집이 큰 한 마리만이 동료들을 위해 목숨을 걸었다.

광휘에 둘러싸인 검을 든 카즈마는 그 한 마리를 진지하게 마주 본 채 왜곡된 공간째로 벨 기세로 외쳤다.

"간다, 백경…!!!"

「GE… GEEEEEEEYAAAAAAAaaaaaaaa!!!」

천지가 울리는 장렬한 절규. 그것이 백경들의 단말마였다.

까마득히 보이는 수평선까지 도달한 광휘의 참격은 직선상에 있던 마지막 백경을 증발시키고 단칼에 바다를 양단했다.

여명의 빛보다도 훨씬 강하게 빛나는 그의 도검은 수습하는 동작을 따라 호를 그리며 천천히 칼집으로 들어갔다. 그 모습을 지켜본 원정군과 개척부대의 면면들은 확신을 품은 채 중얼거렸다.

이 인류 퇴폐의 시대를 부정할 수 있는 유일한 존재.

인류 사상 최강의 전력으로 칭송되는 자들.

지금 이 순간… 이 극동에, 새로운 왕관이 태어났다고.

MILLION CROWN

WHAT IS MILLION CROWN....?
A CHALLENGE THAT EXCEEDS
THE POWER OF HUMAN INTELLECT.
THE TALE OF HUMANITY'S
REVIVAL BEGINS.

문득 고요한 밤에 시노노메 카즈마는 눈을 떴다.

몸을 일으키자 상처투성이가 된 오장육부가 비명을 질러 댔다. 아무래도 무리에 무리를 거듭한 탓에 미세한 상처가 완전히 낫지 않고 남은 모양이다.

요일 감각도, 시간 감각도 애매했다.

손가락과 관절이 굳어진 것으로 미루어 며칠 동안은 잠들어 있었던 것 같다.

백경과 마지막으로 싸웠던 밤부터 며칠이 지났는지는 알 수 없지만… 어쨌든 주변에 사람은 없는 듯했다.

"……."

마침 잘됐다 싶어 옷을 입고 방을 뒤로했다.

삐걱대는 몸을 채찍질해서 몰래 기숙사에서 빠져나온 카즈마는 도시유적의 폐건물 옥상으로 뛰어올라 어느 장소를 향해 달려 나갔다.

거대화한 나무들을 발판 삼아 높이가 다른 폐건물 위를 달렸다.

목적지는 신주쿠 구에서 그리 멀지 않았다. 카즈마의 다리로 달리면 금방 도착할 수 있을 정도의 거리다.

그럼에도 목적한 장소가 가까워질수록 카즈마의 발걸음은 서서히 느려졌다.

사람이 없는 유적, 붕괴된 도시. 바닷속에 가라앉은 생활의 흔적들.

아무리 세월이 흘러도, 아무리 풍화된다 해도.

잘못 볼 수가 없는, 잊을 수가 없는 풍경이 있기 마련이다.

"……큭."

어릴 적부터 자주 가서 놀았던 하천가.

하굣길에 다 같이 들렀던 카페.

바다에 가라앉았음에도 그 장소에 대한 기억이 선명하게 되살아났다.

삐걱댄다. 몸이 그렇다는 것이 아니다.

마음이 삐걱댔다.

카즈마는 받아들일 수 없는 것을 필사적으로 받아들이고자 심장에 오른손을 가져다 댄 채 앞으로 나아갔다. 이 고통은 여행을 하는 3개월 동안 각오해 온 것이었다.

일본에 돌아가면, 그만 꿈에서 깨어나자고 결심했었다.

잠에 취한 듯 현실감 없는 현실에서 불가능한 재회를 바라는 것은 그만두자고 결심했었다.

현실을 받아들이고 살아갈 각오를 다지자고 여행을 시작할 때, 정해 뒀던 것이다.

"……크윽."

이끼와 덩굴로 뒤덮인 고층 맨션 앞에서 카즈마는 깊이 심호흡을 했다.

여기서부터는 계단을 따라 천천히 올랐다.

주택지에서도 유달리 커다란 그 고층 맨션은 그가 살았던 타이토 구를 일망할 수 있게끔 되어 있었다.

1층, 2층, 3층… 위층으로 갈수록 시야가 넓어졌다.

시야가 넓어질 때마다 도망치고 싶은 마음이 가슴에 퍼져 나갔다.

계단의 층계참에서 보이는 고향은 붕괴된 유적 그 자체가 되어 있었지만, 해수면에서 튀어나와 있는 건조물들은 어쩐지 낯이 익기만 했다.

그 모든 것들이 카즈마에게 '도망치지 말라'고 호소했다.

쿵쾅대는 가슴을 달래며 핏기가 가신 얼굴로 계속해서 올랐다. 그렇게 끝까지 계단을 올라 도달한 곳은 최상층 우측 구석에 위치한 방 앞이었다.

몇 겹으로 휘감긴 덩굴에는 작은 새가 둥지를 틀고 있었다. 굳이 확인하지 않아도 안에 아무도 살고 있지 않다는 것을 알 수 있었다.

수십 년, 수백 년 동안 닫혀 있었던 문이다.

그렇다면 굳이 안을 확인해 볼 필요는 없다.

이 방에 살던 이는 먼 옛날에 이 방을 버린 것이다. 굳이 문을 열고 확인할 필요는 없다고, 도망치려 하는 자신의 머리를, 카즈마는 온 힘을 다해 주먹으로 후려쳤다.

"…도망치지 않겠다고, 결심하고, 이곳까지 왔잖아."

여동생은 죽었다. 어머니도 죽었다. 아버지도 죽었다. 할아버지도 죽었다.

친구도 죽었다. 동문의 문하생들도 죽었다. 큰아버지도 선배도 죽었다.

남몰래 좋아했던 여성도… 지금은 머나먼 과거의 사람이 되었다.

하지만 **만약 그렇지 않다면**.

이 시대에서 본 모든 것이 꿈이라면, 현실로 돌아갈 문은 이것뿐이다.

어릴 적부터 계속 살았던 장소.

카즈마에게는, 3개월 전까지 자신의 집이었던 장소.

소중히 간직했던 열쇠를 문손잡이에 꽂고 돌렸다. 잠금장치가 열리는가 싶더니, 300년 동안 맡았던 역할을 마치기라도 한 듯 덜컹 소리와 함께 떨어져 나갔다.

미친 듯 뛰어 대는 심장을 부여잡은 채 문을 열었다.

그 순간, 카즈마의 귀에 또렷한 목소리가 들렸다.

"…**어서 와**, 오빠."

"읏, 리…."

밤바람이 불어닥쳤다. 파도소리가 멀리서 연신 들려왔다.

허물어지고 녹슨 가구들의 흔적. 어릴 적에 자신과 동생이 방에 냈던 흠집들. 넷이서 살기에는 다소 좁았던 집.

그리고 밤바람이 들이치는 창가에서, 그립기까지 한 검은 머리가 나부꼈다.

"…역시 이리로 왔구나. 결국 나츠키의 예상이 맞았어."

"그렇게 말하는 치히로도 이곳으로 올 거라고 생각했잖아?"

"…아마노미야. 나츠키."

과거의 환영이 사라졌다. 그 대신 붉은 옷을 입은 소녀들이 카즈마의 눈에 비쳤다.

아마노미야 치히로와 카야하라 나츠키. 여동생의 모습은 없다.

두 사람은 카즈마의 얼굴을 보자마자 난감하게 됐다는 듯 웃었다.

"놀랐어. 병문안하러 갔더니 카즈 군이 없어서. 2주 만에 일어났는데 무리하면 어떡해."

"…2주라. 몸이 무거울 만도 하군. 하지만 어째서 내가 이리로 올 거라 생각한 거지?"

"그야 네 가족에 관한 조사가 끝났기 때문이지. 감사하라고. 사람들이 네 활약에 보답하고자 협력해 준 덕이니까."

가족에 관한 조사가 끝났다. 그 말을 들은 카즈마는 고개를 들었다.

나츠키는 키득키득 웃었고 치히로는 어째서인지 진지한 얼굴로 팔짱을 끼고 있었다.

"뭐, 하나씩 차근차근 설명할게. 우선 네게 보여 준 생존자 리스트 말인데. 거기에 '시노노메 리츠카'라는 이름의 사람은 등록되어 있지 않았어."

"그래서 처음에는 다들 실망했어. 하지만 금방 알아챘어. 그 생존자 리스트는 대재해로부터 30년 후에 만들어진 거니까… 재해 이후 생존자의 **성**이 바뀌었을 가능성이 있다는 걸 말야."

카즈마는 그 순간, 두 사람이 무슨 말을 하려는 것인지 알아챘다.

"리츠카는… 결혼해서, 성이 바뀐 건가?"

"그래. 만약 '시노노메 리츠카' 씨가 결혼해서 성이 바뀌었다면, 계보(系譜)와 상관도는 어떻게 바뀌었을지. 그걸 조사하는 게 얼마나 힘들었는지 알아?"

"하지만 뭐, 그것도 '해신' 전기에 답이 실려 있었어. 와다 타츠미 선장이 첫 구조 활동에서 구출해 낸 사람들 중, 훗날 그의 아내가 되는 사람. 그리고… 그게….”

치히로가 말하기 몹시 거북한 듯 뺨을 긁적였다. 둔한 카즈마도 그 설명을 듣고 나니 두 사람이 무슨 말을 하려는 것인지 짐작이 되었다. 치히로는 분명 와다 타츠지로의 육친이었을 터.

처음 만났을 때, 어째서 닮지도 않은 그녀에게서 여동생의 모습을 본 것일까.

어째서 이 집에서 기다리던 그녀에게서 그리움을 느끼고 만 것일까.

"아마노미야… 너 설마, 리츠카의 후손인 거냐?!"

"그렇게 된 거야. 선조님의 오라버니. …이야, 진짜로, 별 희한한 인연도 다 있네. 와다 선장이 남긴 후회가 이런 형태로 일본으로 돌아오다니.”

"후후, 분명 카즈 군이 평소 착하게 살았기 때문일 거야. 덕분에 우리 극동도 진정한 의미에서 '해신' 전기에 적힌 마지막 바람을 이루어 드릴 수 있게 됐고.”

"…마지막 바람? 타츠미의?"

"그래. 그가 남긴 바람은 두 가지였어. 절친한 친구였던 시노노메 카즈마와 다시 만나는 것과…."

"리츠카 씨랑 셋이서, 여름축제에 가는 거!"

두 사람이 고개를 끄덕임과 동시에 창밖에 커다란 꽃이 피었다.

스미다 강가에 쏘아 올려진 그것은 불꽃놀이가 분명했다. 카즈마가 아는 것과는 달리 모양새는 상당히 비뚤배뚤했지만 그럼에도 불꽃놀이가 분명했다.

거주구획의 등이 일제히 밝혀지더니 여름축제가 시작되었다.

스미다 강의 밤하늘에 피어오른 커다란 꽃을 멍하니 보고 있자, 두 사람이 카즈마의 손을 잡아끌고 달려 나갔다.

"자, 가자! 다들 네가 일어나기를 기다렸다고!"

"도쿄에서 여름축제를 하는 건 개척부대의 야망 중 하나였거든. 주역 중 한 사람이 없으면 안 되잖아!"

"자, 잠깐만 기다려 봐…!!!"

못 이기는 척 카즈마도 달려 나갔다. 걸음걸이가 불안한 것은 잠에 취한 듯한 감각에서 헤어나지 못했기 때문이 아니라, 차례차례 밝혀진 정보가 아직 머릿속에서 정리되지 않았기 때문일 것이다.

나츠키는 고개를 돌려 그런 카즈마를 바라보더니, 그의 손을

더욱 세게 움켜쥐었다.

"괜찮아. 문제는 산더미처럼 많고, 불안한 일투성이지만… 그래도 분명 인류의 미래는 밝을 테니까."

선명한 붉은 옷에 걸맞은, 한 떨기 꽃 같은 미소였다.

이 시대까지 살아남은 의미는 아직 찾지 못했다. 하지만 시노노메 카즈마는 두 송이 꽃의 광채로 불안감을 떨쳐 냈다.

현재는 인류 퇴폐의 시대. 그럼에도 분명, 미래는 밝을 것이라 믿으며.

밀리언 크라운 1권 마침

◈작가 후기◈

10년 전. 막 일을 그만뒀던, 추운 바람이 불던 계절.

침울한 마음으로 다리 위에서 '어디 보자, 앞으로 뭐 하고 먹고 살까'를 고민하던 시절. 재취업할 곳도 딱히 없었던 타츠노코는 미래에 대한 전망이라든지 바람 같은 것을 전부 낙관적으로 생각하기로 한 채 직장에서 쉬는 시간에 자주 읽었던 라이트노벨을 읽기 시작했다.

그리고 그때 우연히 스니커 문고 신인상 공모 전단을 본 타츠노코는 정신이 나가기라도 했는지 이런 생각을 하고 말았다.

'…좋아. 라이트노벨 작가가 되자!'

이 작품은 그런 패기와 관성과 젊음의 치기로 글을 쓰기 시작한 지 2년에 접어들었을 즈음에 써 재낀 작품입니다.

당시에는 남자 녀석 둘의 파트너물이었다거나, 히로인이 나올 수 없는 구성으로 되어 있었다거나, 학대당하던 어린 소녀가 끝판왕이었다거나 하는 식의 무리수투성이 세계관이었는데, 세상일은 정말이지 모르는 거군요. 설마 이 작품이 재집필을 통해 햇

빛을 보게 될 날이 올 줄은 몰랐습니다. 이야, 정말로 당시의 나는 뭔 생각을 했던 건지. 뜯어고친 부분이 많기는 하지만 이야기의 우주는 캐릭터와 캐릭터의 관계성에 깃드는 법이니, 수상 당시 작품의 등장인물은 이름과 입장을 바꿔서 슬그머니 등장시켰으면 합니다.

…응, 파트너라고 늘 붙어 다니라는 법은 없지.

그 밖에도 여러 가지 사건 사고를 겪으며 고난의 길을 걸어온 작품입니다만, 포기하지 않고 본 작품을 낼 때까지 함께해 주신 스니커 편집부에 진심 어린 감사 인사를 드립니다. 이 이야기가 나올 때까지 정말로 끈기 있게 도와주셨거든요.

그리고 빡빡한 일정 속에서도 근사한 일러스트를 그려 주신 코게차 님. 이렇게 빡빡한 일정의 작품에 함께해 주셔서 감사합니다.

다음 권은 되도록 빨리 냈으면 하는 만큼, 독자 여러분에게도 되도록 빨리 소식을 전달해 드릴 수 있도록 노력하겠습니다.

본 작품 이외의 것도 읽고 계신다면 함께 이야기가 진행되고 있는 『문제아들이 이세계에서 온다는 모양인데요?』와 『라스트 엠브리오』에서 만나 뵙도록 하죠.

타츠노코 타로

밀리언
MILLION CROWN
크라운

밀리언 크라운 [1]

2019년 6월 20일 초판 발행

저자 타츠노코 타로 | **일러스트** 코게차 | **옮긴이** 정대식
발행인 정동훈 | **편집 전무** 여영아
편집 팀장 최우성 | **편집** 김태헌 노혜림
발행처 (주)학산문화사 | 서울특별시 동작구 상도로 282 학산빌딩
편집부 02.828.8838(전화), 02.828.8890(팩스) | **영업부** 02.828.8986(전화), 02.828.8989(팩스)
홈페이지 www.haksanpub.co.kr | **등록** 1995년 7월 1일 | **등록번호** 제3-632호

MILLION CROWN
©Tarou Tatsunoko, Cogecha 2017
First published in Japan in 2017 by KADOKAWA CORPORATION, Tokyo.
Korean translation rights arranged with KADOKAWA CORPORATION, Tokyo.
이 책의 한국어판 저작권은 일본 KADOKAWA CORPORATION과의 독점계약으로 (주)학산문화사에 있습니다.
저작권법에 의해 한국 내에서 보호를 받는 저작물이므로 불법 복제와 스캔 등을 이용한
무단 전재 및 유포·공유 시 법적 제재를 받게 됨을 알려드립니다.

ISBN 979-11-348-1442-7 04830
ISBN 979-11-348-1441-0 (세트)
값 7,000원

나를 좋아하는 건 너뿐이냐 6

라쿠다 지음 | 브리키 일러스트

〈제22회 전격소설대상〉 '금상' 수상작!
TV애니메이션화 결정!!

학교에서 손꼽히는 미소녀인 히마와리, 코스모스, 아스나로, 그리고 팬지까지 네 명에게서 사랑의 고백을 받아 '궁극의 대답'을 한 나. …응? '궁극의 대답'이 란 게 뭐냐고? 스포일러를 두려워하지 않고 말하지. …5권 마지막 장면을 읽어 줘. 자, 드디어 시작되는 여름 방학! 사실 히마코스팬지와 여러 가지 약속을 했 거든. 나가시소면에 해수욕, 불꽃놀이! 평생에 한 번 올까 말까 한, 행복이 넘쳐 흐르는 고등학교 2학년 여름 방학!! 모든 이벤트를 완벽하게 즐겨 주도록 하겠 에!! 그런데 왜 내 눈 앞에는 호스의 친구인 토쿠쇼 키타카제가 있는 거지?! 응? 나한테 할 말이 있다고? 서, 설마…!

(주)학산문화사 발행